關於我轉生變成史萊姆這檔事 6

Regarding Reincarnated to Slime

Kadokawa Fantastic Novels

目錄 — 八星輝翔篇

序章

魔人們的陰謀

Regarding Reincarnated to Slime

「窩、窩快死了，真的……」

嘴裡說著這句話，拉普拉斯出現在委託人面前。

正如他所說，他全身都受重傷。

「看樣子你吃了不少苦頭？」

委託人——這間房間的主人是名黑髮少年，他一副事不關己的模樣，隨口應聲。

這反應激怒拉普拉斯，讓他粗聲發牢騷。

「給窩等一下，這件事不速三言兩語就能帶過的吧？入侵確實累人，但逃出來更累，有幾條命都不夠用啊……」

「我對你有信心。反正殺也殺不死。」

「好過分。你這個人還是一樣過分。」

拉普拉斯開始假哭，少年繼續裝傻。

「那麼，你查出西方聖教會的底細了？」

「——這個嘛，窩並不想帶回這種消息……但窩實在查不出來。」

聽拉普拉斯一臉正經地稟報，少年依然面不改色。

他的態度就像在說自己早就料到對方會這麼回應，露出一絲笑意開口道：

「哦——還是老樣子，你講話都不老實。應該已經掌握某些重點了？」

聽少年這麼說，拉普拉斯聳聳肩發出嘆息。

「被發現嘍？這可速窩辛辛苦苦弄來的情報，打算高價出售耶，你料事如神啊。窩輸了。」

「呵呵呵，聽你這麼誇我固然讓人開心，但報酬不會加碼喔！」

聽到這句話，拉普拉斯唉聲嘆氣，嘴裡說著：「真是狠角色。」

「哎呀，別這麼說嘛。我會確實支付說好的報酬。對了，其實那樣東西的意識已經安定了。我身體裡的『魔王』順利移到人造人身上。」

說完，少年愉快地笑了。同時敲響呼叫鈴，把疑似在房間外頭待機的祕書叫來。

「您叫我嗎？」

有人回應召喚前來，是一名美麗的女性。

看起來端莊細心，簡直是祕書的典範。

她的肌膚白皙細緻，樣貌姣好，跟盤起的金髮很相襯。

眼眸是藍色的。

煥發有如神祕青金石的光芒。

不過，那道光看起來雖蠱惑人心，卻沒有蘊藏邪惡的色彩。

「咦？欸，難道妳速……？」

拉普拉斯對女子的樣貌起疑，卻在那對眼裡看到熟悉的光芒。他似乎立刻看出此人的真面目，心中的困惑轉成一陣大笑。

「妳怎摸扮成這樣？閣下轉性啦？要窩說這樣很搭有點那個啦，跟之前的形象完全不一樣耶？」

「吵死了。我花十年總算弄到可以自由活動的肉體，些許不便還在忍受範圍內。」

那名女子不打算任人說三道四，口無遮攔地回應拉普拉斯。

剛才彬彬有禮的態度蕩然無存，她堂而皇之、帶著痞笑親切地拍拍拉普拉斯的肩膀，跟著坐到椅子上。

「你讓我跟這傢伙見面，意思是說不需要再裝下去了？」

「不，我希望妳表面上還是裝一下。只不過，現場都是自己人就沒必要裝了。」

「哦？既然老大都這麼說了，我只好照辦啦。可以說說理由嗎？」

「這個嘛，因為妳太弱了，卡札利姆。妳的力量還沒恢復完全吧？若妳還沒找回以前當『咒術王』的力量，就乖乖監視克雷曼吧。」

看起來像祕書的女性——卡札利姆聽到這個答案，一臉不滿地頷首。

卡札利姆。

這是遠古魔王的名字。

從前有個名叫雷昂的人類在邊境地帶自稱魔王，該名魔王打算制裁雷昂卻落敗。

他是魔王克雷曼和拉普拉斯都想讓其復活的存在，亦是中庸小丑幫的會長。

然而如今光環不再，看起來只是一名纖弱的女子。

差點死去的卡札利姆因緣際會附身於少年的肉體，前幾天星幽體總算成功移入替代的人造人體內。

目前的力量遠不及全盛時期，卡札利姆認少年當老大，成為他的手下。這是因為他與少年間的契約，

卡札利姆對此也沒有意見。

他與少年相識十年，卡札利姆已經認可少年是自己的主子了。

「說得對。我的力量還沒徹底恢復。畢竟我敗給那個魔王雷昂，輸得一敗塗地，還失去肉體。靈魂雖然在這具人造人體內安定下來，人造人肉體卻過於脆弱，要是我全面解放妖氣，肯定會毀掉這具肉體。

稱不上完全復活……」

「素喔，原來素這樣。既然會長叫這個人老大，你就是窩的老大啦。不是單純的委託人，窩們就在某種程度上打開天窗說亮話吧。」

「真是的，你也是個死腦筋。都配合這麼久了，還幫忙復活你最看重的會長，居然到現在都不相信我……」

「哈哈哈，這跟那是兩碼子事。話說會長現在的模樣真素笑死窩了。變成超級大美人啦！」

「——是嗎？外表怎樣都好吧。」

「不不不，樣貌跟說話語氣落差太大，真的很好笑。」

「好啦——不對，我明白了。既然要演下去，我說話就要有女人味。」

「不不不，不是那問題吧？也好，這樣比較搭……不過，該怎摸說才好……噗哇哈哈哈！」

說到這兒，拉普拉斯再次放聲大笑。

「少囉嗦。變成這副模樣又不是我願意的。這可是魔導王朝薩里昂運用特殊技術加工的人造人，是老大特地替我準備的。」

「是啊。這玩意兒要價不斐呢。若不準備沒有靈魂的容器，會混入雜質，很可能移植失敗。說起來，要是卡札利姆逃進的不是我的身體，現在可能混成一團，再也沒辦法分離嘍。所以說，挑剔外表我也沒轍。」

「我很感謝你，老大。」

少年說起話來很不是滋味，卡札利姆則對他表示感激。即使如此，少年依然顯得忿忿不平，直到拉普拉斯加進來道謝才重拾好心情。

「就不跟你計較了。對了，時間差不多了吧？我知道你們久別重逢心中感慨萬千，但我想談正事。說說你的調查結果吧，拉普拉斯？」

這句話讓卡札利姆斂去笑容，視線落在拉普拉斯身上。拉普拉斯也隨之點頭，一改原先的態度，一派認真地開口：

「你遵守約定，實現窩的願望。窩也要展現誠意。窩潛入西方聖教會，想一窺究竟，卻沒找出真相。」

話說到這裡，拉普拉斯開始講述他的調查內容。

這次拉普拉斯的任務是探究西方聖教會暗藏什麼玄機。

該組織在神聖法皇國魯貝利歐斯設立根據地，堅守身為獨立宗教團體的立場。

標榜他們是「守護弱者的正義使者」，對西方諸國有莫大的影響力——就少年看來，這件事對他而言非常不利。所以他才會聘專門幫人辦事的中庸小丑幫成員拉普拉斯，要他挖掘可以當弱點的真相。

少年認為西方聖教會還有不為人知的一面。

假如西方聖教會真的是正義代言人，到時不管耍什麼手段都要貶低他們的聲勢，但那是萬不得已的最後手段。

目前還不是出招的時候。

這是因為，西方聖教會還有最強聖人兼聖騎士團的聖騎士團長——坂口日向。

拉普拉斯的話還沒完。

「然後咧，因為日向不在，窩才有機會潛入教會，但那裡沒什麼可疑之處。所以窩就去魯貝利歐斯的聖地看看，前往位在靈峰山頂的『內殿』。」

似乎愈說愈起勁，拉普拉斯開始比手畫腳解說狀況。

他在那親眼目睹一件事。
看到令人生畏的真相。
「窩大吃一驚哩，聖地充滿神聖氣息喔！」
「這是當然的吧？那裡可是聖地。」
「你腦子有問題嗎？一陣子沒見，你又變得更蠢了？」
「不素吧，窩哪有！話說會長，你說話的語氣又變回來啦？」
「沒差啦，老子——我的事不重要。快點接下去講。」
雖然對自己受到的待遇頗有疑慮，拉普拉斯依然將所見全盤托出。
…………
……………
……
穿過西方聖教會本部占地，筆直前進會來到聖神殿。身為神的代言人，同時代替法皇處理政務的法皇廳也在這個聖神殿裡。
拉普拉斯進入聖神殿，在那首次發現不對勁的地方。他發現那裡有微弱的魔力流動，能對精神造成影響。
拉普拉斯的獨有技「詐欺師」啟動自動防衛機制，才知道有如此巧妙的魔力存在。
（真教人驚訝。沒想到那裡有跟窩同等的精神魔法能手在……）
想到這兒，拉普拉斯更加慎重。
小心翼翼地前往大聖堂。

對於敵方組織，拉普拉斯多少有些概念。不過，這個西方聖教會和神聖法皇國魯貝利歐斯是什麼關係就令他不得其解了。

西方聖教會奉唯一神祇魯米納斯為真神。神聖法皇國魯貝利歐斯也一樣，兩者可以說是同樣信仰魯米納斯教的同好……

以目前的勢力來看，西方聖教會遠勝神聖法皇國。

原因就出在日向身上。

派遣騎士前往西方諸國的教會分部，以很有效率的集團形式活動，藉此保護弱者——西方聖教會能蛻變成如此精良的組織，老實說全歸功於坂口日向。

西方聖教會原本受神聖法皇國魯貝利歐斯庇護，是專門用來弘揚魯米納斯教的組織。如今它搖身一變成為「守護弱者的正義使者」，不再是神聖法皇國魯貝利歐斯的從屬組織。

重點在於日向親手鍛鍊的騎士團，他們才是問題所在。

最強的人類騎士——囊括眾多聖騎士的聖騎士團。

連拉普拉斯都把他們當棘手人物，騎士團追隨的對象並非神聖法皇國魯貝利歐斯，而是唯一真神魯米納斯——講白點，其實只對信奉魯米納斯神的日向言聽計從。

因此西方聖教會才能跟神聖法皇國魯貝利歐斯切割，自成一格。

另一個問題隨之而來。

神聖法皇國魯貝利歐斯握有的兵力不是只有聖騎士團而已。

直屬於法皇的法皇廳亦備有神聖法皇國魯貝利歐斯正規軍。即法皇直屬的近衛師團，這個組織也很棘手。

奉神之名，人生而平等——打著這個口號，裡頭聚集各路人馬。

入團條件簡單明瞭。

必須是虔誠的魯米納斯信徒，擁有A級以上的戰鬥能力。開的條件簡單扼要，卻極其困難，因此近衛騎士的人數相當稀少。然而他們每個人都是頂尖戰士或魔法師，擁有自己的部下。故法皇直屬近衛師團的戰力不容輕忽。

在那樣的團體裡，日向還高居首席騎士之位。此外，法皇廳的執政官尼可拉斯·修伯特斯樞機還很崇拜日向。西方聖教會可以說有一半都在日向的掌控中，原因就出在這兒。

為法皇左右兩大勢力的最高權力者，卻不對法皇效忠。由於日向這號棘手人物的關係，如今聖教會與神聖法皇國的關係顯得扭曲。

（那個女人真的很難搞……）

想起事前統整的相關資訊，拉普拉斯發出厭煩的嘆息。

大聖堂充斥精靈之力，呼喚偉大的聖靈。

神聖氣息——正好與魔人拉普拉斯相剋。知覺好像變鈍了，甚至想早點撤離該處。

拉普拉斯一面鼓勵自己，一面思考接下來該何去何從。

前往靈峰山頂，那裡似乎有用來跟神交流的場所「內殿」。

還有他目前待的大聖堂，拉普拉斯的直覺告訴他，這裡似乎也藏了什麼祕密。

「好了，接下來該怎麼辦……」

他只煩惱一會兒，接著就地穿越大聖堂，朝「內殿」前進。

拉普拉斯擔心在這花時間調查，日向隨時都會回來。再說日向目前不在這，正好可以把握機會一窺西方聖教會的教義——神的真面目。

（就去看一下吧。）

打定主意後，他開始穿梭於山路間。

結果他判斷錯誤。

不，就最終獲得成果的點來看算判斷正確，然而從拉普拉斯的角度出發，這選擇無疑讓他面臨危險，吃力不討好。

通過設有石梯的山路，拉普拉斯抵達山頂的神殿。

與大聖堂相比，神殿規模較小，豪華程度卻不是大聖堂可以比擬的。這間小小的神殿才是神之居所吧。

現場寂靜無聲。

神聖氛圍越發強烈，壓迫拉普拉斯的身心。

可是在一片神聖氛圍裡，他嗅到熟悉的魔性氣息。

（——怎摸會？這個地方應該素聖地，怎摸有魔性氣息？好奇怪，心裡毛毛的……）

最大的障礙日向目前確實不在這裡。

如果有其他人在，雖不容小覷，卻不構成威脅——拉普拉斯原本做此判斷。

不過，這是正確的判斷嗎？

事情發展到這兒，拉普拉斯心裡湧現不安，暗自反問。
（想太多，窩可以徹底隱匿蹤跡。碰到打不過的傢伙逃走就素了。）
拉普拉斯對自己信心喊話，決定豁出去。
他小心發動「障眼法」，打算悄悄潛入神殿。
剎那間——
他「彷彿」看見有道光貫穿全身，拉普拉斯慌了手腳，從神殿連滾帶爬逃離。
「沒用的東西。就憑你這個雜碎竟敢玷汙『神』的居所！」
有人突然從神殿現身，伴隨駭人的魄力。
在豪華絢爛的衣著下，隱約可見結實的肉體。
留著燦爛的微捲短金髮，彰顯此人的脾性。
一身王者風範。
兩根犬齒從嘴唇探出，格外醒目。
「素吸血鬼族——！」
「你這雜碎給余閉上狗嘴。由余親手制裁你，你該感到光榮，去死吧！」
緊接著，紅色光束開始在山頂瘋狂掃射。
拉普拉斯無路可逃，無計可施的他被打得七零八落。
…………
…………
……

話說到這兒，拉普拉斯渾身顫抖。

「那傢伙有夠強的。窩還以為這下肯定沒命。」

「不對吧……你怎麼沒死？」

聽拉普拉斯小聲碎唸，少年出聲吐嘈。

卡札利姆則傻眼地笑說：「唉，這傢伙再怎麼殺都殺不死吧。」

「討厭喇，確保逃生路線和人身安全不素常識嗎？不過咧，窩最近老是挨打。也差不多該耍個帥，大顯身手一下。」

「是是是。你的職責就是當密探，勸你還是別逞英雄啦。」

「對啊，拉普拉斯。達成目的才是重點，耍帥大顯身手不重要吧。」

「素，你們說得對。可是繼續挨打，窩可能會習慣當喪家犬啊。」

「有什麼關係，打輸又沒差。」

「是啊，活下來，在最後一刻贏得勝利就行了。話說——」

卡札利姆說到這兒換上嚴肅的表情。

拉普拉斯也點頭道：

「對對對，這件事比較重要。居然能把窩打得落花流水，那傢伙肯定很強。問題在於他素何方神聖。照理說那裡是聖地，怎摸會出現這摸強的魔人，這才是關鍵所在。這會成為動搖西方聖教會的天大問題吧？」

「魔人啊。西方聖教會跟魔人有關，還是高階的吸血鬼族……」

拉普拉斯似乎跟對方的想法一致，開口指出問題核心。

少年也頗有同感地點頭。不過，這出乎意料的事實仍讓他難掩吃驚。

「是說這下麻煩了。那個打倒拉普拉斯的男人，依我的現有知識看來，應該不只魔人程度。」

「素啊，窩也這摸認為。」

「嗯，這話怎麼說？」

卡札利姆和拉普拉斯這麼一說，少年報以疑問。

「不是窩愛現，窩真的很強。之前跟樹妖精對戰過，要素窩認真起來，她不素窩的對手。窩認為在森林裡作戰很不利，要素她搬救兵又很惱人，最後才選擇逃跑。硬把她打倒沒什麼意義。可素，這次的對手很不一樣。超越準魔王級，已經跟魔王沒兩樣了。因為窩除了逃跑什麼都辦不到。」

在森林裡，樹妖精格外強大。基於種族特有能力，可以透過植物瞬間移動。不僅如此，還能透過草木之聲跟族人「共享」所有的資訊。所以因應當下狀況，同伴能立刻趕過來幫忙。

她們是棘手的種族，拉普拉斯才選擇逃跑，若只有單獨一隻樹妖精，他有自信贏過對方。

可是，這次不一樣。

「那傢伙素怪物。肯定比窩強。」

拉普拉斯如此斷言。

房間內的氣氛頓時沉重起來。

「原來如此，魔王啊……卡札利姆，你怎麼看？」

卡札利姆從鼻孔哼了聲。

「我說啦——這下麻煩了。就我所知，只有一人符合描述。」

「哦，那個人是誰？」

看卡札利姆賣關子，少年開口問道。

「——魔王瓦倫泰。遠古魔王之一，實力跟全盛期的我不相上下。」

「素喔。居然跟會長有得拚，窩開溜果然素正確的。還好有跟著直覺走。」

拉普拉斯聳肩回應。

難得他趁日向不在入侵，沒想到居然碰上魔王——這些想法全透過他的表情傳達。

「……嗯——西方聖教會有魔王駐紮。難道說，法皇就是魔王瓦倫泰？」

「誰知道，天曉得？魔王跑來保護人類真的很莫名其妙。會長，這個瓦倫泰素怎樣的人？」

發現兩人都看向自己，卡札利姆開始憶當年。

拿纖纖玉指咚咚咚地敲著太陽穴，閉眼沉思，從前的事歷歷在目。

「別看我這樣，每逢五百年就會發生一次大戰，我挺過三次。算是遠古魔王之一。不過，我當上魔王時，已經有六名魔王了——」

卡札利姆以這句話起頭，娓娓道來。

魔王瓦倫泰是比卡札利姆更資深的魔王。擁有強大的力量，不死之王吸血鬼族絕非浪得虛名。

卡札利姆從長壽的長耳族進化成妖死族，身為不死象徵的吸血鬼魔王瓦倫泰確實令他忌諱。

「——其實我跟瓦倫泰廝殺過好幾次。但沒有分出勝負。像我們這種等級的人一打起來，就算本人毫髮無傷，周圍也會蒙受重大損失。所以才坐下來談——衍生出靠多數決決議的制度——魔王盛宴。之所以會靠三張票表決通過，是延續魔王僅七名時留下的習慣。」

會保留應該是大家怕麻煩吧——卡札利姆帶著高雅的笑容笑說。忽男忽女的說話方式聽起來很詭異，不過他本人似乎沒注意到。

接著他收起笑容，用認真的表情訴說：

「因為本小姐跟他交手過，所以敢斷言。那個叫瓦倫泰的男人，他只把人類和亞人當餌食。那樣的男人跑去當人類守護者，就算天塌下來也不可能發生。」

拉普拉斯嗯了一聲，點頭示意。

少年也陷入沉思，咀嚼卡札利姆的話。

「對了，那窩們就跟他訂協議吧？」

「我說，拉普拉斯。約定或協議，必須雙方立場對等才能成立喔！」

「對喔……」

大概知道自己不夠格，拉普拉斯立刻打消念頭。

「再說，像日向這種冥頑不靈的傢伙，不可能跟魔王合作。也就是說，拉普拉斯遇到的不是魔王，而是不知名魔人吧？」

像在對拉普拉斯的回應表示贊同，少年跟著道出這段話。不過，卡札利姆否認他的看法。

「不，我認為他就是瓦倫泰。聽說當時有紅色光束掃射，肯定沒錯。瓦倫泰的別名是『鮮血的霸王（Bloody Lord）』，擅長使技能『血刃閃紅波』，將血變成魔粒子發射。」

據說血刃閃紅波是一種擴散型粒子砲。

讓自己的血轉為魔粒子，猛力擊出——要說誰擁有足以實行這招的魔力含量，除了魔王不作他想。

卡札利姆如此斷言。

這樣一來……

「換句話說，跟拉普拉斯對戰的肯定是魔王瓦倫泰，以他的為人不可能跟人類合作。照這樣看來，法皇就是魔王瓦倫泰吧？」

「有可能……這樣想最合理。至於他素怎摸騙過日向的眼睛，這點令人納悶。」

見另外兩人嗯──地沉吟，卡札利姆姑且也表示同意。

「是啊，這樣解釋最合理。的確還有不少疑點，某些地方也令人在意……但現在的重點是，魔王瓦倫泰待在只准法皇進入的地方。」

他開口道，列出這次得知的事實。

「我再確定一下，他真的是魔王吧？」

「八九不離十。外貌特徵跟我印象中一模一樣。還有，從魔王瓦倫泰的性格推敲，他應該不會在別人底下做事……」

「對啊，比窩還強的魔人應該沒那摸多。素說有那種怪物在，繼續調查有難度。」

卡札利姆和拉普拉斯看法一致，所以少年也猜想法皇就是魔王瓦倫泰。

「總之，這情報很有用。你立大功了，拉普拉斯。」

他一臉雀躍，拿到擊垮西方聖教會的王牌似乎讓他很開心。得知敵方有強大的魔王撐腰，他臉上卻沒有不安的色彩。

根據剛才得到得情報，少年開始思索下一步該怎麼走。就這樣，他樂得算計，一面擬定接下來的對策……

＊

「窩就報告到這裡，對了，克雷曼那邊情況怎樣？」

一報告完，拉普拉斯突然想起這件事，開口道出疑問。

被這麼一問，少年不悅地擺臭臉，撩起烏黑光亮的髮絲，話裡盡是不滿。

「這個嘛，他搞砸了。」

「失敗了？」

「對。讓你說的史萊姆利姆路跟日向對戰，到這裡都進展順利。可是，之後完全沒照計畫來……」

少年說著，這次換他講解來龍去脈。

一開始，克雷曼對魔王蜜莉姆的懷柔政策宣告成功。都是少年賜給克雷曼的祕寶——支配的寶珠發揮魔力所致。

有鑑於此，他必須確認支配效果對魔王蜜莉姆有多大的影響。

「所以，我們打算找個恰當的人測試蜜莉姆的力量。各路魔王深不可測、神出鬼沒，於是選了看起來最無腦的卡利翁當測試目標。」

繼少年之後，卡札利姆也加進來說明。

「還可以順便搞垮獸王國猶拉瑟尼亞的首都。那裡應該有很多以前當過奴隸的人類，可以蒐集用來覺醒成真魔王的靈魂……」

說到這兒，少年和卡札利姆互看彼此，嘴裡吐出嘆息。

「一方面可用這些靈魂讓克雷曼覺醒，算是一石二鳥。」

「可是蜜莉姆卻失控了，擅自跑去下戰帖……」

弄到最後，卡利翁他們額外獲得一個星期的緩衝期，住在首都的人全跑去避難。

「果然，用魔法道具支配魔王沒那麼簡單。實行前必須先做些細部設定才行。」

「你要對我有信心啊。本小姐很擅長使咒術喔！『咒術王』這個別名不是叫好玩的。支配的寶珠由我親手製作，是無可挑剔的魔寶具，都怪克雷曼那混帳沒把事情辦好。」

「這件事就算了吧。總之，在獸王國蒐集靈魂的計畫失敗。所以我們把目標轉向法爾姆斯王國。」

「法爾姆斯王國？」

「對。那個國家自行展開召喚儀式，蒐羅一大票『異界訪客』。是時候削弱他們的實力了。我暗中找人洩漏魔物王國的情報，挑起貪婪國王和那些下屬的興趣。」

「然後他們很感興趣，緊咬著餌不放呢。」

當時擁豬頭帝（半獸人王）當魔王的計畫正好失敗，才基於拉普拉斯的報告內容擬這項計畫——煽動法爾姆斯王國，出兵攻打朱拉．坦派斯特聯邦國。

該國擁有多名高階魔人，應該能帶幾個法爾姆斯王國的「異界訪客」一起陪葬。

碰巧魔物王國的首領利姆路在外單獨行動，克雷曼的部下又混進他的國家。

利姆路可以拿來當吸引日向出征的理想誘餌，這計畫可謂一石二鳥。但——

「真的是意外頻傳。那隻叫利姆路的史萊姆，居然逃離日向的魔掌耶！跟你一樣，都是不容輕忽的傢伙。」

「好犀利的評語……」

「糟的還在後頭──」

「照本小姐看來，法爾姆斯王國穩操勝算。可是，魔物的主子一旦參戰，結果可能大翻盤。不過老實說，哪邊贏都沒差。跟獲勝一方談條件就行了，目的是戰爭帶來的大量死傷──收割靈魂。還以為這次肯定能用那些靈魂讓可愛的克雷曼覺醒。沒想到……」

完全失敗了。

法爾姆斯王國的大軍被一隻魔物史萊姆毀掉。

「雖然教人難以置信，但這是事實。」

「我利用獨有技『謀略者』訂立計畫，計畫脫序成這樣還是頭一遭。」

少年大失所望，卡札利姆則滿臉憤慨。

「等、等等！被一隻魔物幹掉，這怎摸可能？法爾姆斯王國這摸小看魔物王國啊？」

這話出人意料，拉普拉斯聽了驚訝地大叫。

卡札利姆則對他做出回應。

「剛才已經提過，法爾姆斯王國很感興趣。準備為數兩萬的大軍，由騎士和魔法士組成。整個軍團全滅。如我所說，沒找到任何倖存者。」

「咦！太扯了……」

幾近天方夜譚的事實一入耳，拉普拉斯顯得震驚不已。後面還有更驚人的消息等著他。

「更教人吃驚的還在後頭。克雷曼戰後針對戰場進行調查，據他所說，屍體都消失得一乾二淨。這表示有人拿屍體當供品召喚，或是用來製造魔物……」

「要是我拿那些屍體施展創造魔法『魔偶』，不知道能造出多強的怪物？他們不是普通的屍體，是千錘百鍊的戰士，戰場上還充斥負面情感，造就最棒的施法環境。這些條件齊聚一堂，至少能造出跟準魔王級不相上下的怪物。」

「可能吧？在我看來，沒能回收靈魂比較虧本。聽克雷曼說，現場好像連一個靈魂都不剩，所以讓他覺醒的計畫又泡湯了。」

少年說著說著嘆了一口氣。

進行的作戰計畫過於繁多也是失敗主因，他暗自反省。

太過重視效率，策略過於錯綜複雜。因此一步錯步步錯。

可能是我太貪心了吧——少年心想。

「該不會素那隻叫利姆路的史萊姆搜刮靈魂吧？」

「拉普拉斯你在說什麼傻話？不是魔王種，區區一個魔人有這種能耐？」

卡札利姆說得沒錯。

蒐集兩萬個靈魂還要控制，就連精通魔導的人也難以辦到。要是不顧一切施行，靈魂的能量肯定會失控。

此外，若成功施行——

「哈哈哈，對啊，拉普拉斯。要是他一次奪走兩萬個靈魂，現在早就變成不得了的怪物了吧？」

少年對上述可能性一笑置之。

「說得也是。剛才瞬間閃過不好的念頭，素窩想太多。」

拉普拉斯提出心裡的疑惑，卻被兩人笑著帶過。因為他們認為這想法太不合常理。

讓魔王種覺醒成真魔王的必要條件——就連卡札利姆都不清楚全貌。然而就他推測，恐怕需要大量的靈魂。

為了確認成果，他們才拿克雷曼當實驗白老鼠。克雷曼似乎也想拿半獸人王做實驗，惱人的是這些計畫全以失敗告終。

在這種處境下，睿智如卡札利姆，他也沒料到半路殺出的史萊姆會覺醒成「真魔王」。

其實拉普拉斯猜中了，但這時三人都沒有發現。

「這摸說來，克雷曼那傢伙現在在幹嘛……？」

他潛入西方聖教會九死一生，克雷曼大概也為他自己的事所苦吧，拉普拉斯心想。他的目光飄向遠方，嘴裡道出疑問。

「他先按兵不動。現在這個節骨眼上，最好謹慎行事。幸好蜜莉姆說到做到，讓獸王國歸於塵土。所以現在就先放緩腳步，重新檢討戰略。」

「哦？也就素說計畫並沒有全面失敗嘍？」

「喂喂喂，拉普拉斯，你把我看扁啦？雖然失去大半力量，謀略還是我的強項喔！」

「說得對。要是計畫徹底付諸東流，我可是會大發雷霆呢！計畫雖然出現許多變故，我們還是成功削弱法爾姆斯王國。這樣一來西方諸國就會集結在一起，更好掌握。」

「然後朱拉大森林就可以充當抵禦東方帝國的防線。」

「原來如此，會長。窩們要跟打勝仗的勢力交涉，這樣就不用毀滅魔物王國！」

拉普拉斯對兩人的說明深表贊同。

擬定的計畫任憑情況再怎麼變都有利可圖——魔王卡札利姆的獨有技「謀略者」具備這種真本事。

拉普拉斯想起這件事，在心裡讚道「真有一套」。

「蜜莉姆打倒卡利翁，證明支配的寶珠確實有效。示威行動到這裡就行了，接下來就看其他魔王如何對應。」

「沒錯。所以我們才命克雷曼別輕舉妄動。反正東方帝國會採取行動，到時也有蒐集靈魂的機會。」

「還有，西方聖教會也盯上魔物王國，對我們來說，留下那個國家比較方便。」

所以不須操之過急，兩人這麼說。拉普拉斯也恍然大悟。

「也就素說，眼前的敵人素西方聖教會嘍？」

「先暫定這樣。」

「可是，事情沒這麼簡單呢。我們必須假設敵營同時有聖人和魔王坐鎮，隨意出手太危險。」

他們不想跟西方聖教會正面衝突，想避免與其他勢力相爭。拉普拉斯問說這是當前的方針嗎？少年則點頭稱是。

掌控西方諸國後，魔物國度未必會成為絆腳石。

此外，還有另一個理由。

剛才對此次失敗的反省要銘記在心，這次要仔細審視敵人，別再採取雙線並進的策略。

西方聖教會，還有在背後撐腰的神聖法皇國魯貝利歐斯。他們就是敵人，首要之務就是打擊他們。

這次要慎重行事，絕對要注意別露出馬腳……

因此，有魔物王國在反倒方便。善用西方聖教會的教義，定能讓日向等人的注意力輕易落到該國身上。

「有利姆路這個魔人在，教會肯定不會視而不見。法爾姆斯王國敗退，如今打著聖戰名號大概也無法說服各國。為了避免喪失威信，他們必須有所行動。」

「正是。若我們可以從中阻擾，成功煽動兩者，他們或許會自相殘殺。我們只要等這兩方戰力衰退就行了。」

說到這兒，少年露出壞笑。

有個魔人單憑一己之力就滅掉兩萬雄兵，日向不出馬肯定拿他沒轍。少年就等這一刻，擬了不少對策吧。

計畫似乎已經安排妥當，他向拉普拉斯進行說明時，語氣沒有絲毫迷惘。

「問題在於你回報的事不在規畫範圍內，拉普拉斯。」

「對啊。沒想到魔王瓦倫泰竟然跑來攪局。是說他們真的合作了？以日向的個性來看，不可能跟魔王聯手。」

少年跟卡札利姆說這話時顯得有些憤慨。那語氣就像在說要是沒有魔王瓦倫泰，對付西方聖教會會更加輕鬆愉快。

這又不是自己的錯，但拉普拉斯覺得很尷尬於是像在找藉口地說：

「這窩知道，為了不妨礙調查，應該可以用計把魔王引出來吧？」

「嗯？什麼意思，拉普拉斯？」

「沒啦，只要跟克雷曼提一下，叫他召開魔王盛宴就行了。目前魔王芙蕾跟他站在同一邊，再加上魔王蜜莉姆，可以讓三名魔王聯署發動吧？」

魔王盛宴——只要召開會議，確實就能把所有的魔王叫來。

「——原來如此。這樣一來，的確能將魔王瓦倫泰從聖地引出。」

接獲拉普拉斯的提議，少年扯出淡笑並點點頭。

「哦，拉普拉斯難得腦袋瓜靈光。再來就找時機將日向逼出聖地，你的調查就能順利進展了。」

「咦！難道又是窩去？」

「當然啦。」

「這還用說？」

真是的——拉普拉斯在心裡暗道。

不過，少年和卡札利姆都一副事不關己的樣子。

就這樣，無視拉普拉斯的個人意願，魔人們開始訂立新計畫。

第一章

人魔會談

Regarding Reincarnated to Slime

克雷曼並未對自己的力量過分自信。

這個魔王接收魔王卡札利姆所有的地盤。

魔王卡札利姆敗給魔王雷昂後，他的部下全都跑來投靠克雷曼。

克雷曼併吞卡札利姆的領地。

其他魔王對此毫無異議，後續處理相對迅速不少。這一切全賴魔王卡札利姆預先設置防範手段，以備不時之需。

克雷曼隨之擴張勢力版圖，雖為新進魔王卻構築龐大勢力。

在眾魔王裡，克雷曼的財力最為雄厚。

說得更精確點，也可以說是克雷曼知道該怎麼運用金錢。

他跟東方帝國暗中進行交易，還與矮人王國維持頻繁的貿易關係。利用這些交易管道，購得東西兩大陣營的最新型武器和防具。

用前人留下的遺產和魔法裝替部下增強戰力，用來讓渴望力量的魔人們就範。以巨大的財富引誘魔人，利用他們。克雷曼很擅長使這種手段。

不僅如此，他持續揮霍到手的利益，用來運籌帷幄。因此形成了克雷曼在各國安排大批幫手，彼此互不相識的狀況。

這一切都按克雷曼的計畫進行，全面掌控所有的情報，進而支配世界的目的已經達成一半……

他缺乏的東西只有力量，克雷曼心知肚明。

戰爭勝敗靠人數決定。

克雷曼的想法如上，也因為這樣，他沒有自視甚高。

無論戰前累積多少實力，還是有可能遭人打得落花流水，他深知這個道理。

他認為魔王卡札利姆太過輕敵，但這名魔王落敗仍在克雷曼心中投下不小的震撼彈。

所以他在各大勢力中樞站穩腳步，慎重其事地擴張勢力。

時至今日，克雷曼獲得堪稱王牌的力量。

魔王蜜莉姆——她的凶猛威力技冠群雄，還壓過與之同等的十大魔王。

沒把實力在克雷曼之上的魔王卡利翁當一回事，單槍匹馬滅掉一個國家。

如今獲得自己一度缺乏的力量，克雷曼的心情格外高昂。

他一心想除掉魔王雷昂，相信這個願望不久將會實現。

可是，在那之前要先……

（呵呵呵，「那位大人」果然是厲害角色。他的結論跟我一樣。讓惱人的聖教會和魔人利姆路相爭。要削減兩者的力量，這是最有效率的做法。）

放敵人自相殘殺，他們就不用勞心勞力了，克雷曼打起如意算盤。

（為了執行計畫，必須刺探聖教會的內情。確認他們是否跟魔王瓦倫泰掛勾……只要配合拉普拉斯再混進去一次的時機召開魔王盛宴，他們的警備網肯定會因此鬆懈。好個天衣無縫的作戰計畫！）

懷著愉悅的心情，克雷曼含住紅酒，細細品嚐它的滋味。

百年釀造的紅酒味道自然不在話下，形同在品嚐其中蘊藏的工夫與辛勞。

為了讓嚴選的高檔貨維持最高品質，保管上絕不馬虎，就等被人開瓶品嚐的那天——花了這麼多心思，只為克雷曼一人。

在克雷曼看來，這是理所當然的事。

他是最尊貴的王，只有頂級商品才配得上自己，克雷曼對此不疑有他。

「接下來，魔王盛宴的名目該怎麼定呢——」

一面品嚐酒香，克雷曼加以思索。

時間是一星期後的夜晚。

那天是新月，吸血鬼力量最弱的時候。

為了以防萬一，他刻意挑魔王瓦倫泰力量最弱的日子。

問題在於要拿什麼名目召集魔王。

克雷曼微微地瞇起眼睛，盯著空氣看，嘴裡小聲說著：

「——要進攻就趁現在。趁機將卡利翁的領土一起奪下。」

「可素克雷曼，上頭不素要你按兵不動嗎？」

房間裡空無一人，卻傳來反問聲。

不過克雷曼並沒有顯露慌亂模樣，他微微一笑。

「你在啊，拉普拉斯？還是一樣壞心眼。」

「不素吧，你都沒發現喔。想事情想得太專心？」

「咯咯咯，沒辦法。我得到兩次覺醒機會，卻因我的失誤錯失良機。」

「別看得太重。反正會長已經做出預測，東方帝國很快就會採取行動啦！」

「是啊，或許吧。可是，拉普拉斯，我想到一個好點子。雖然首都沒了，獸王國各地仍有弱小種族殘存。我要搶先其他魔王併吞卡利翁的領土，聚集倖存者，將他們殺了。這樣一來，我就能順利覺醒。如何，不覺得這想法很棒嗎？」

克雷曼這麼說，拉普拉斯卻不看好。

「不好吧，這招好像有點強硬？不知道覺醒的條件素什摸就出手殘殺弱小，未免太過分了吧？」

發現對方不贊同自己的做法似乎讓克雷曼不快，他臭著一張臉說：

「拉普拉斯，這話真不像你會說的。你在同情他們？弱肉強食，他們為我而死，算他們幸運吧？」

「可素，你之前屠殺幾千個人類奴隸，最後也不了了之啊。有出現什摸改變？凡事過猶不及。你應該再好好想想，審慎行事！」

拉普拉斯說得沒錯，克雷曼曾購入奴隸虐殺。人數達數千名，然而克雷曼並沒有覺醒成「真魔王」。

拉普拉斯指出癥結，但克雷曼依然無動於衷。

「那些想法是多餘的，拉普拉斯。買來的東西要怎麼用，都隨我這個持有人的意。殺千人不夠，那殺萬人不就得了。既然知道覺醒需要人類的魂魄，對付弱者就用不著客氣！」

克雷曼出聲講述傲慢的獨到看法。他還想推翻拉普拉斯的見解，繼續開口道：

「再說，這個作戰計畫對那位大人也有好處。『朱拉大森林有新勢力崛起，那裡的盟主還妄自以魔王自居』，我打算拿這個當名目召開魔王盛宴。」

「好，拿它來套應該沒問題，但這議題不構成入侵獸王國的理由吧？」

「所以啦，拉普拉斯。調查內情時，我的部下繆蘭被那個人殺了。這才發現魔王卡利翁背叛我們，我打算端這套說詞。我失去部下，立刻採取行動占領卡利翁的領土確保證據，到時其他人也不會有怨言。」

拉普拉斯開始評估克雷曼的說詞。

蜜莉姆的支配領域和獸王國猶拉瑟尼亞相連，沒人會跳出來做收集證據這種麻煩事。魔王蜜莉姆打倒魔王卡利翁就是最好的證據，足以替克雷曼的話背書。

此外，要是克雷曼還要求蜜莉姆協助調查……

到時他揮軍穿越魔王蜜莉姆的領土直奔獸王國，各方人馬也不會有意見才是。

那樣一來，捏造證據就不成問題。

這項計畫天衣無縫。然而拉普拉斯認為現在還不須採取行動。

（你有點操之過急了吧，克雷曼？）

雖然他這麼想，要改變克雷曼的想法卻不容易。

這時拉普拉斯突然驚覺他剛才略過某些重點。

「對喔，這摸做一切就說得通了……咦，等等！繆蘭被殺了嗎！」

他慌慌張張地提問。

拉普拉斯知道克雷曼從來不把繆蘭當一回事，但他認為繆蘭是很值得信賴的魔人。放眼克雷曼的部下，她還是名列「五指」的重要幹部。

這個魔人戰鬥能力不高，卻是能隨機應變的魔導師，擔任後方支援工作非常適合。還有，雖然她老是一臉心不甘情不願的樣子，拉普拉斯等人有要事找她商談仍會積極應對。

最難能可貴的是，她的價值觀很正常。光就這點，拉普拉斯就給予極高的評價。

不過，克雷曼依舊面不改色地應答。

「對，我不知道你在惋惜什麼，但繆蘭已經死了。」

「素嗎，原來她死了。這消息可靠嗎？」

「嗯？我在她體內植入『支配的心臟』，那樣東西已經報銷了，留在我這裡的活心臟灰飛煙滅。肯定沒錯。反正她的任務宣告結束，死得正好。」

「窩說克雷曼，能幹的部下喪命，你就不能替她悲傷一下？」

見克雷曼反應冷淡，拉普拉斯有些落寞，拿話勸他。

（這傢伙以前明明沒這麼壞，當上魔王後，性格好像愈來愈扭曲了……）

不只克雷曼。

像拉普拉斯的同伴中庸小丑幫，成員全都出現人格扭曲的情形。

他自己也一樣，沒資格對克雷曼說三道四。拉普拉斯心裡有數，但他還是覺得克雷曼變得跟以前不一樣了。

「哈哈哈，你人真好，拉普拉斯。之前蒂亞也唸過我，說道具要愛惜使用。是你教她的吧，拉普拉斯。不過，原因就出在這。道具壞了，必須找弄壞道具的人負責。這樣才能慰道具在天之靈吧？」

看克雷曼露出無害的笑容，拉普拉斯決定放棄，不再追究下去。

「……也素啦。至少不要讓她白死。」

「對吧？我就猜到你會這麼說。」

克雷曼說完扯嘴一笑。

（窩不素那個意思啦……）

撞見那張笑臉，拉普拉斯的心情有點微妙，但他決定轉換心情。開始檢視克雷曼的計策是否存在破綻。

「話說回來，克雷曼。關於魔王盛宴，會不會有人持反對意見啊？」

拉普拉斯的疑問一脫口，克雷曼臉上的笑容就隨之褪去。

「可能吧，或許會出現質疑聲浪。不過，現在的我可以隨意操縱蜜莉姆，誰有意見就陪他玩玩。」

克雷曼說這話神情扭曲，充滿自信與醜陋的慾望。

聽他這麼說，拉普拉斯刷白了臉。

「等等，這想法太危險了吧！那個人也說了，蜜莉姆可能會失控。雖然素會長親手製作的魔寶具，還素不能掉以輕心吧？」

「沒問題，拉普拉斯。蜜莉姆確實對我言聽計從。」

「窩已經聽說了，但她不是擅自行動，跑去跟人宣戰嗎？太古魔王不素省油的燈，抵抗力很強。想靠魔王蜜莉姆撐腰跟自殺沒兩樣啊！」

拉普拉斯拚命發出忠告，但克雷曼完全聽不進去。

「蜜莉姆對我言聽計從，你在嫉妒嗎，拉普拉斯？」

「才沒有！王牌要留在最後出吧？」

「閉嘴。用不著你操心，『那位大人』希望我覺醒成魔王，為此我要毀掉獸王國。誰敢出面阻攔，我就一併收拾掉。」

「等等！那個人跟會長已經下令，要你乖乖等待不素嗎？你只要想辦法順利撐過魔王盛宴就行了！」

拉普拉斯拚命訴說，克雷曼卻當耳邊風。

「相信我，拉普拉斯。只按卡札利姆大人的計畫行事，無法實現『那位大人』的願望。現在出手正是時候！」

克雷曼打包票，不再跟拉普拉斯爭辯。

結果，拉普拉斯沒能阻止克雷曼。

克雷曼的看法確實有些道理，跟上頭下的命令相去不遠。可是，拉普拉斯就是覺得克雷曼哪裡不對勁。

所以他這麼說：

「欸，克雷曼。最後再問你一個問題，這次的作戰計畫，當真素你自行決定的？」

「說這什麼話，拉普拉斯？能對我下令的只有卡札利姆大人，還有『那位大人』。這方面你最清楚吧？」

他說得沒錯。

既然克雷曼都說沒問題了，拉普拉斯也不方便多談。

他還有工作要做，執行再度潛入西方聖教會的任務。

「好吧，那就好。窩要走了，克雷曼你也要小心喔！現在最好不要輕舉妄動，你可別大意。」

留下這句忠告，拉普拉斯便跟克雷曼道別。

至於克雷曼——

（他認為我受某人影響？無聊。不，難道是……我掌控蜜莉姆的力量，他怕我搶功勞？嫉妒真不像他的作風……）

克雷曼並沒有對自身力量過分自信。

然而如今，能操控魔王蜜莉姆讓他多了份自負，替克雷曼壯膽。

所以當他最信賴、一直深信不疑的友人拉普拉斯說那些話，克雷曼才認為拉普拉斯在嫉妒自己。

對朋友有些失望之餘，克雷曼啜了一口紅酒。但它喝起來味道苦澀，沒有剛才那種圓潤的甜味。

（——真煩人！）

他突然將手裡的玻璃杯砸向牆壁。連他都不清楚這是什麼感覺，情緒一來就找東西洩恨。

立在桌上的高級酒瓶因撞擊碎成好幾片。但克雷曼不以為意。為了讓心情平復下來，他從懷裡取出某樣東西。

是一張面具。

刻著笑臉的面具。

「別擔心，拉普拉斯。我一定會成功覺醒。還要支配這個世界。吶，拉普拉斯。我絕不會再失去任何東西！所以我們這次要聚在一起，大家一起暢快過生活——」

——無人的房間裡只剩他一個，克雷曼自言自語，道出埋藏在心裡的願望。

像在觸碰重要的寶物，輕輕地撫摸面具……

要打倒魔王克雷曼。

這事已成定局。

那個混帳躲在暗處搞鬼，一定要盡早收拾他。

既然我放話要當魔王了，對其他魔王的牽制便不可或缺。拿克雷曼來血祭是最合適的人選，這也是理由之一。

目前還不清楚蜜莉姆那傢伙基於什麼理由挑釁卡利翁，沒辦法勸她。就先誇耀我的實力，永絕後患吧。

而且，克雷曼做得太過火了。

因果報應——一定要讓他惡有惡報。

再來是我們今後的活動方針。

尤姆頂著英雄光環，在法爾姆斯王國人氣高漲。我打算利用這點，釋放被我們俘虜的法爾姆斯王，進行戰後交涉。順水推舟掌控法爾姆斯王國。

最後要回應西方聖教會，對和我們締約的各個國家表明我國立場。

很多事情都需要詳談討論。

之後的會議可能要卯起來開了。

先來聽取蒼影帶回的報告。

聽起來克雷曼也有所行動，詳細聽過一遍，之後還得召開作戰會議。因此我帶著魔國聯邦的幹部和三獸士，準備前往大會議室，不過……

我的「萬能感知」發現約莫五十人的集團正朝城鎮靠近。

嗯？那是布爾蒙王國的自由公會分會長費茲吧。

過沒多久，費茲在衛兵的帶領下來到這裡。帶著悲壯感，硬是突破士兵的警備網，要來跟我談事情。

「好久不見，利姆路先生。還好有趕上。根據布爾蒙王國和魔國聯邦的安全保障條約，我趕來援助。很怕我們來得太晚。」

費茲說完就笑了。

但他看起來很緊張，追隨他的戰士也不例外，眼裡都透著慷慨就義的覺悟。

大夥兒全副武裝，一看就知道準備打仗。

「怎麼啦。自由公會分會長親自出馬，到底——」

「哈哈，別這麼說嘛。之後的事都託給希奇斯了。商人他們——特別是摩邁爾，已經跟我說過城鎮的狀況。聽說你們跟法爾姆斯王國打起來……」

嗯？嗯嗯嗯？

現在想想，送布爾蒙王國的客人回國已經是十天前的事。

接獲他們的報告，分會長立刻做準備，趕來替我們助陣嗎？

如果是就謝謝他們了，不過……

「——就算現在開始安排防衛網來不及，還是在城鎮周邊配置士兵鞏固防線較為妥當。法爾姆斯王國軍的主要部隊好像還沒來，不知道先遣部隊什麼時候會發動突擊。畢竟已經超過他們宣告的期限了。」

費茲拚命訴說。

帶著疑似做出赴死覺悟的熱切眼神，一口氣把話說完。

不是疑似，他真的做好覺悟了。還說把後事交給希奇斯處理，是真心想為這個城鎮而戰。

可是呢，唔──……

戰爭已經結束嘍。

費茲帥氣地發表看法，當著他的面我實在說不出口……

「還是說，你們打算殺出去？這樣肯定很吃力。根據我們掌握的情報指出，敵方的兵力將近二萬。硬碰硬絕對贏不了。其實這幾天我找來一些舊識，安排三百名冒險者待機。雖然人力薄弱，但我們會全力協助。做好打持久戰的準備，運用森林的地形打游擊──」

跑來幫我們沒問題嗎？問這話是多餘的，費茲確實很替我們著想。

「──能跟各位獸人並肩作戰，讓我放心不少。」

費茲說著自顧自理出一套哲理，這下我更難以啟齒。

魔國聯邦的幹部全都一臉錯愕，三獸士也不知該做何回應。

這也難怪，畢竟我們知道仗已經打完了。

不過，我沒想到他會帶兵支援。

雖然立了條約，還是能想辦法釋義，避免出兵支援。

戰力不多仍聚集兵力，快馬加鞭趕來。

我有點開心。

不過呢，這件事先擺一邊──

「──這座城鎮很棒。街景怡人，房子蓋起來絲毫不馬虎。還用石板鋪路，雖然不想承認，但這裡比布爾蒙王國氣派。我知道你們不想讓它淪為戰場。可是，我們要忍痛撐住，等待援軍到來！布爾蒙王已經決定出動騎士團了。應該需要一些時間準備——」

「啊——費茲老弟。你先暫停一下。」

我用這句話打斷費茲。

真的對他很不好意思，但不打斷他，情況沒辦法改善。

「什麼事，利姆路先生？您想到什麼作戰計畫嗎？」

「啊，嗯。也、也不算什麼作戰計畫啦……」

「不能對我方透露？哎呀，您懷疑我們實屬正常，但現在希望您相信我——」

「不是啦，不是那樣費茲老弟！我很高興你有這份心，但事情已經結束了！」

「咦？結束了？什麼意思？」

「嗯——該怎麼說……總之呢，簡單一句話，我已經把他們滅光了！」

「——咦？把什麼滅了？滅光？您指的是什麼？」

費茲似乎反應不過來，用這句話反問我。

會有這種反應，不能怪他啦。

「沒啦，就那個。在說法爾姆斯王國的軍隊，全被我擺平了！」

「咦、咦——————！」

他發出怪叫，整個人傻眼。

尤姆則拍拍費茲的肩膀，卡巴爾出聲安慰他。

愛蓮和基多在一旁交談，你一言我一句地說「這件事確實教人難以相信」、「真的很誇張」。

說得對。

因為距離敵方宣戰還不到兩星期。

他的預測大概是——一星期後主要部隊抵達，花兩三天打野戰爭取時間，布置用來守城的防線，為最壞的情況做打算。

在他看來戰爭早就開打了，我們卻疏於防範，似乎讓費茲感到納悶……

碰巧撞見大夥兒聚在一塊兒才會錯意，以為我們要攻過去。

本以為法爾姆斯王國的主要部隊遲到，沒想到戰役已劃下句點——突然聽說這種事，肯定難以接受。

「前幾天我有派犬子利格魯當使者過去一趟，看樣子你們剛好錯過。正如利姆路大人所說，戰爭已經結束了。」

利格魯德出面說明，卡巴爾跟愛蓮也跳出來做了不少補充說明，費茲總算願意接受事實。

費茲不忘碎碎念說「這怎麼可能……」，就等時間淡化這一切。

跟他一起過來的五十名戰士也呆掉，所以我要士兵帶他們去旅店休息。

畢竟大家都疲憊不堪，好像隨時都會昏倒。聽到戰爭結束突然間鬆懈下來才會這樣吧。

為了避開法爾姆斯王國軍，他們不走大街改走獸道，全副武裝通過森林可是苦差事。

戰士們紛紛對我道謝，跟著領路的士兵離開。

現場只剩一臉疲憊的費茲。

「費茲，你也去休息吧？」

「好……說得也是，我也有點摸不著頭緒，還是去休息一下……」

費茲點點頭，正打算朝旅店去……沒想到時機不巧，又有新訪客到來。

「啊，又有客人來了。而且還——」

「又有客人？他們還怎樣？」

發現我說的話語帶玄機，費茲不由得停下腳步。

他停下腳步，間接喪失休息的機會。

因為來人是矮人王。

就是蓋札·德瓦崗本人。

＊

剛才就發現一件事，我的技能「魔力感知」進化成「萬能感知」，感應的範圍大幅擴增，準度似乎也隨之提昇。

離城鎮明明還有一段距離，卻能捕捉從遠方飛來的天翔騎士團。

《警告。已發現有三十名騎兵正往這裡靠近。確定帶頭者是個體名：蓋札·德瓦崗。》

究極技能「智慧之王拉斐爾」若無其事地稟報。

由於搜尋準度提昇使然，好像還能辨識曾經碰過的人。

話說這能力真的好方便。

方便歸方便……

除了城鎮還囊括其他範圍，資訊量有點多。

老實說，一一跟我報備還滿煩的。

基於這些理由，希望你報簡化報告內容，「大賢者」……不對，要叫你「智慧之王拉斐爾」大人。

具體來說，想加害我、對我有害的傢伙靠近再報告就行了。

《……知道了——》

感覺它好像有什麼話想說，沒問題。這種麻煩事統統塞給它就對了。

交給它辦我放心，「智慧之王拉斐爾」大人就該這樣。

我比照上述要求將技能壓縮在最低限度，靜待客人到來。

都經過技能判別了，來的肯定不是冒牌貨，就是本尊。

我還來不及告知費茲，天翔騎士團成員就降落在我們面前。接著，蓋札王率先從天馬背上下來，一看到我就笑著開口：

「好久不見，利姆路。我聽到傳聞，你當上魔王了？」

果然要講這件事。是說我沒想到王本尊會親自過來一趟。

「算是吧，蓋札。發生一些事，所以我決定當魔王。雖然很麻煩，但我接下來會研擬今後的對策。」

我用這些話問候他，泛著苦笑透露開會訊息。

「那樣正好。我也一起參加會議吧！」

蓋札王理所當然地宣示。

費茲依舊一臉疲憊，這時他臉色大變靠到我身旁。

「魔王……？這是怎麼一回事？」

他在旁邊碰巧聽到我們的對話，似乎認為這話不能聽聽就算了，出聲質問我。

對喔，我還沒跟他提這件事……

現在講只會添亂，但要是我不講，費茲又不肯善罷甘休。

「利姆路先生，剛才那些話可不能裝作沒聽到喔！我好像聽見您當上魔王之類的……？」

費茲邊說邊發抖。

他在憋尿嗎？用不著跟我客氣，想去就去啊。

「你想尿尿？對了，本鎮的廁所可是──」

「才不是！誰說我要去上廁所了！不是那件事啦，是魔王……到底發生什麼事了──！」

我原本打算拿廁所帶過，卻沒辦法蒙混過關。

費茲似乎也沒餘力對我畢恭畢敬，完全展露真實性格。

「嗯，喔，你說魔王啊。我當啦？」

我答得輕鬆自在，假裝那沒什麼大不了。

不過，他果然不會輕易放過我。

「哈哈哈。這笑話真難笑。我希望您認真回答。」

唉───好麻煩。

他希望我從頭說起？一定要從頭說起嗎？想歸想，蓋札王似乎也很想知道。

站著說話不方便，但我還是決定稍微說明一下。

就這樣，我大致說明事情原委，結果費茲開始對著空氣唸唸有詞。看樣子他腦筋轉不過來，打算逃避現實。

總比被他唸到臭頭好。

我丟著費茲不管，再次跟蓋札王對談。

「對了，蓋札，一國之君隨意出巡沒問題嗎？」

這件事真的讓我耿耿於懷。

我沒資格說別人，但蓋札王未免自由過頭了。

矮人王國——武裝強國德瓦崗是大國，光比國力，規模就是我國的好幾十倍。

國王隨意外出，不會出問題嗎？

「哼，沒問題。我有替身！」

咦？你好像把替身用在不該用的地方……

不，應該沒錯？

好像哪裡怪怪的，算了，就這樣。

充當護衛的天翔騎士團團長德魯夫先生、英雄王的夥伴都到場了。這陣容也太強大。

「那不重要，利姆路，三天前培斯塔向我稟報一些事，那些消息是真的嗎？」

蓋札換上一國之主特有的眼神，朝我提出疑問。

「是真的，我把兩萬名——」

「等等，利姆路。聽說法爾姆斯王國軍莫名其妙失蹤，你知道些什麼嗎？」

「咦，失蹤？」

嗯？什麼跟什麼？

「培斯塔向我報備，說將近兩萬人的大軍逼近這個城鎮又突然間消失不見，究竟發生什麼事了？」

蓋札王緩緩道出這句話。

一雙眼看向待在角落的培斯塔，對他施加無形的壓力。

我朝培斯塔望去，只見他慌慌張張地搖頭。

「培斯塔，我當時也在場聽取報告。當時你確實這麼說。法爾姆斯王國軍突然消失不見，正在調查原因。我們很好奇就趕來這邊，已經找出原因了嗎？」

潘是矮人王國軍最高司令官兼蓋札王的盟友，用咄咄逼人的語氣朝培斯塔開砲。

我聽出端倪了。

蓋札他們試圖粉飾我虐殺兩萬大軍的事實。

「是，關於這件事，目前仍查不出真相……」

培斯塔似乎也看懂他們的意思，小心翼翼地接話。邊揣測蓋札等人的意思，配合他們、巧妙地一搭一唱。

聰明人就是不一樣，培斯塔反應飛快。我幹的好事逐漸被人掩蓋掉。

蓋札則壓低音量對我說悄悄話：「笨蛋！要是你一五一十昭告，會跟人類為敵啊！」說我跟人類為敵未免小題大作，但他們肯定會懼怕我。

想想也有道理。

一個人可以獨力抹殺人數達萬的大軍，簡直比核武還要棘手，更加駭人。

知道真相的人愈少愈好，與此事無關的國家和民眾沒有知道的必要。

法爾姆斯王國軍企圖進攻魔物王國，卻碰上原因不明的意外事件，導致他們集體失蹤──就把這套說詞包裝成事實，對其他國家發送消息。

原來如此，不愧是蓋札王。具備我缺乏的危機處理能力。

這樣一來，問題就剩我剛才說過的話。

對鎮上居民來說，現在隱瞞已經太晚了，再說讓他們知道事實真相也無所謂。大夥兒都知道這件事，不會有人大嘴巴到處亂講。

費茲是癥結所在。

我朝他一瞥，費茲已經恢復神智，我們的眼神正好對在一起。

「啊、啊──費茲老弟。」

「利姆路先生……」

好了，該怎麼辦？

剛才我大刺刺爆料，說法爾姆斯王國軍都死在我手裡。

該對他說這些話都是鬼扯淡嗎？

我還在煩惱，費茲就嘆了一口氣。

接著他舉起雙手回話：

「我什麼都沒聽到。當然，我的部下都去旅店歇息了，明天一早醒來肯定什麼都不記得。今天太累，他們疑似產生幻聽。」

看樣子他打算裝作沒聽見。

費茲彷彿一下子老了許多，整個人都虛脫了，有種哀傷的氛圍。

他那麼做很識相，畢竟得用這種方式才能圓滿收場。

「咯呵呵呵，既然這樣，為了確保萬無一失，容我確認一下。」

有人面帶笑容插話，是神不知鬼不覺站在我身邊的迪亞布羅。

這個迪亞布羅也很神奇。好像萬能管家，有求必應。

這次也樂於擔下雜務。

我好像聽到他竊竊私語說自己「很擅長竄改記憶」，假裝沒聽到好了。

費茲神情複雜，最後還是應允了，只要部下平安就不干涉。想必他認同蓋札王的看法，認為知情人士愈少愈好。

一旦跟國家的利益衝突扯上關係，最壞的情況下可能會遭人封口，所以他認為一點小事睜隻眼閉隻眼是比較聰明的做法。

只不過——

「部下的事我就不追究了，但開會要算我一份喔！」

費茲也跟著發表主張，表示這方面沒商量餘地。

八成認為接下來要開的會議不容忽視，他眼裡蘊藏決心。

「好吧。我也希望你們相信我，知道我沒有跟人類敵對的意思，不會阻止你參加會議啦。」

我說完就聳聳肩，同意讓費茲與會。

＊

在利格魯德的帶領下，費茲來到休息室。

由於蓋札一行人也要參加會議，必須先整理大會議室。想趁這段時間多少讓費茲休息一下。

看著這一切，蓋札朝我問話。

「哼，那個男人值得信賴嗎，利姆路？」

「可以信賴，這方面沒問題。」

費茲是值得信賴的男人。我信心滿滿地回答。

「嗯。既然這樣，問題就只有那群人。」

話一說完，蓋札就朝我們後方霸氣逼視。

嗯，那邊有人喔？

我吃驚地轉頭，一群生面孔出現在眼前。

是一身昂貴服飾的紳士。臉長得很帥，他年輕時應該很受歡迎。

男人一對狹長雙眼別具特色。

身旁跟著五名看似高階武將的人，他們分別守在紳士後方及兩側。

看得出這群人受過良好訓練。

是說他們靠這麼近，我居然沒發現……

怎麼可能，我的「萬能感知」竟然沒反應——！

這念頭在心裡掠過，但慌的人只有我。

《宣告。並未測出這群人有明確的敵對反應。》

智慧之王大人有些不滿地告知。

啊，好。我懂了。

……唔，這次應該算到我頭上。就在剛才，我嫌麻煩拒絕接收訊息。

也是啦，要它區分想加害我的人、對我有害的人，提出這種曖昧的要求，感覺滿難判斷的。

「智慧之王拉斐爾」火大不能怪它。

抱歉啦，以後還是拜託你如實回報吧——我暗自道歉。

對自己的技能道歉好像滿丟臉的，但心意有到最重要。

沒發現我在旁邊幹這種事，蓋札等人持續和神祕團體對話。

「你們打哪來的？」

「還真巧，這位不就是喜歡躲在地底過活的國王嗎？真教人意外，沒想到你這個膽小鬼竟然跑來幫『魔王』……」

受蓋札釋出的勇猛霸氣逼迫，那個男人依然擺出從容不迫的態度。

明顯是想激怒蓋札，跟在身邊的武官紛紛全都一臉不耐，就像在說「真受不了」。

「原來是你。跟個笨蛋一樣，喜歡待在高處的長耳族後裔。從神樹之都下凡了是吧？」

似乎看穿他的真面目因而解除警戒，蓋札痞痞地笑著，反過來挑釁他。

看樣子這個男人跟蓋札認識。

他沒有敵意，從「智慧之王拉斐爾」的反應看來應該不假，純粹是蓋札王跟這個男人水火不容吧。

說他們水火不容有點超過，看起來更像損友。

「利姆路大人，他們好像是魔導王朝薩里昂派的使者——」

有人向我稟報，是蒼影的部下蒼華。

聽說是她跟這些男賓應對，領他們過來這裡。後來這個男人發現蓋札王在場，才跑來瞎搞。

「你還是老樣子，艾拉多。」

兩個人都擺出苦瓜臉，互相打個照面。

這是他們二人特有的問候方式。

「對了，這個少女是——」

「啊，初次見面，我是這座森林的盟主利姆路。請多指教！」

那名細眼男——艾拉多的目光已經落到我身上了，所以我稍微跟他打聲招呼。

他是魔導王朝薩里昂派來的使者，該鄭重接待才是。可是，該怎麼做才得體、有哪些禮俗，這些我一概不知。

魔王當是當了，卻找不到這方面的專家……

沒關係，之後再另找專家請教吧。

我一跟他打招呼，艾拉多就突然繃緊神經。

接著雙眼大睜，嘴裡大聲嚷嚷。

「就是你嗎！你就是拐走我家女兒的魔王！想必你已經做好心理準備了吧！」

話才剛說完，他就發動超高階爆焰術，開始詠唱咒文。

喂喂喂，這個大叔，你太亂來了吧。

據我所知，超高階爆焰術是難度最高的法術。

火焰系是其中一種元素魔法，下至火焰球上至火焰大魔球。難度上修，還有火焰大魔壁、火焰大魔嵐這類高難度魔法。隨著難度增加，威力和規模自然隨之增長。

那麼，來看看這個名叫艾拉多的大叔要開什麼術式……

超高階爆焰術，簡單來說就是合成魔法。

內含用來燒人的火焰系，以及能炸飛目標的爆發系——併用兩大系統，將其昇華成更高階的爆焰魔法。

這麼說來，正好是靜小姐擅長的魔法種類。

不同點在於靜小姐借用精靈的力量。若非靜小姐這類使術高手，想支配精靈可不容易。不過，只要彼此建立信賴關係，精靈就會幫忙拿捏力道。

相對的，說到超高階爆焰術——

必須自食其力做最高難度的魔法控制，是相當危險的術式。

話雖如此，這種魔法不受限於體系，自由度很高。

發動速度、命中準度、威力規模、影響範圍、效果持續時間，各大要素可以在能力所及的範圍內自由分配。若他只追求威力，要對城鎮造成重大損害輕而易舉。

當然，風險隨之提昇。

操縱術式需要魔力，還要有足夠的精神力蒐集所需魔素。若術師沒有這些能耐，魔法就無法發動。此外，一旦魔法發動失敗，潰散的魔素將進入失控狀態，可能讓鄰近一帶化成焦土。

想也知道，如此危險的術式不會被人廣泛運用。須在魔導師級以上才夠格使用，是拿來當作軍事用途的高級術式。

肯定不能用在這樣的城鎮裡。
艾拉多打算詠唱這麼危險的魔法。
他在搞什麼鬼？莫名其妙。
說我拐走他的女兒，什麼跟什麼啊？
雖然我有點反應不過來，但好像沒緊張的必要。
現場嘶碰——！一聲，發出好大的聲響。
同時傳來愛蓮的叫聲。
「等等，爸爸！你跑來幹嘛！」
她怒意盎然跑過來。然後瞬間釐清狀況，艾拉多都還沒發表意見就朝他的頭敲去。
愛蓮的到來讓艾拉多恢復理智。
看樣子這個艾拉多好像是愛蓮的父親。被火大的愛蓮痛斥，總算安分下來。
沒三兩下就激動成那樣，這傢伙真的很會給人添麻煩。跟蓋札對話時明明就像知性的紳士，卻被後續行動全盤推翻。
「哎呀——啊哈哈。抱歉，有人跟我說女兒被魔王劫走，我一不小心就慌了手腳。」
他以爽朗的笑容放話。
可是也不能因為這樣就在鎮上放超高階爆焰術啊。好一個失控老爸。
「不，閣下。屬下已如實稟報，是閣下擅自曲解。」
「果然沒錯！都是爸爸不好！」
看起來像祕書的人冷靜指正，這個老爸因此遭到愛蓮責難，模樣狼狽。

感覺很可憐，但我不能同情他。是他自作自受，希望愛蓮多罵罵他，讓他反省一下。

「——你還是一樣溺愛女兒，艾拉多。」

待場面稍微平復，蓋札朝艾拉多開口道。

對此艾拉多完全沒有悔改的意思，還找話回嘴：

「我沒有溺愛女兒。都怪愛蓮太可愛讓我身不由己。」

「這種現象看在一般人眼裡就是……不，說再多也沒用吧。」

蓋札整個傻眼。艾拉多似乎從以前就是這副德性。

大概沒救了。

看蓋札和艾拉多聊到一個段落，愛蓮趁機跟蓋札打招呼。

「好久不見，蓋札王。」

如此說著的愛蓮，雖然一身冒險者行頭，卻散發雍容華貴的氣息。

「是愛倫嗎？我一時間沒認出來，別來無恙。一陣子沒見，妳變得更漂亮了。」

蓋札王也向她問候，結果艾拉多又開始吵吵鬧鬧，嘴裡嚷著：「你有戀童癖嗎？給我小心點，蓋札！」幸好愛蓮來個生猛的鐵砂掌，外加疑似祕書的人立刻摀住他的嘴，才防範於未然。

蓋札好像見怪不怪，並沒有多說什麼，只聳聳肩。

只要跟愛蓮有關，這個人好像就會一頭熱。平常溫文儒雅，落差好大。要列為警戒對象。

「利姆路先生，這位是我的父親，魔導王朝薩里昂的大公爵艾拉多．格利姆瓦多。」

「朱拉大森林的盟主，魔物統治者啊。我的女兒愛倫已經做過介紹了，我名喚艾拉多．格利姆瓦多。

請叫我艾拉多便可。」

在那之後，愛蓮介紹她的父親艾拉多給我認識。

沒想到這個男人是魔導王朝薩里昂大公爵家的當家。魔導王朝薩里昂派的使者並非泛泛之輩。

聽說他跟皇帝是親戚，還是他的叔父。難怪他跟蓋札聊天可以沒大沒小，因為他夠格。

講白點，他是魔導王朝薩里昂前三大的實力派人士。

是說我好吃驚。

這樣一來——

愛、愛蓮不就是超有身分地位的千金大小姐了！

我曾聽說她是貴族出身，沒想到身分如此了得……

叫她大小姐也不為過。身分如此尊貴還跑來當冒險者，未免自由過頭了。

認為她不該這麼做的應該不只我一個。不過她本人似乎沒放在心上。

大概有人暗中保護她吧。愛蓮當初告訴我魔王覺醒的事，她已經知道自己洩密的事會傳出去。

卡巴爾和基多，這兩個跟班肯定當得很辛苦。得找機會慰勞他們……

不過，現在先——

「那麼，你來這兒只為了愛蓮小姐嗎？」

應該沒這麼簡單。

我在心裡暗道，一面看向艾拉多。

「呵呵呵。當然不是。為了拿捏今後跟貴國的應對方式，我想親眼確認一下。來看看你是何方神聖，讓女兒如此中意。見你一身威嚴的盟主風範，真實身分是史萊姆確實教人難以置信。不過，我還是要測試你們的實力。」

艾拉多說著便露出邪惡的笑容。

剛才那招超高階爆焰術果然有測試我們的意味在。

紅丸、朱菜、紫苑都在我身邊待命。幹部全都臨危不亂。這是當然的，因為他們料定法術不會發動。以前他們很容易沉不住氣，算是有所成長。

「解讀您要行使的術式，魔素顯然未達基本需求量。」

這話出自朱菜。

被人看出剛才那齣戲只是想嚇人，艾拉多自討沒趣地扯出一抹苦笑。

「真是的，被人徹底看穿表示我的功夫還不到家。」

「不，論術式的施展速度、讓人誤以為魔法即將發動的本事，真的很有一套。用那具人造肉體還能行使得如此透徹，真教人敬畏。」

見艾拉多自嘲，朱菜溫和地回應。

「哦？真讓人驚訝，妳發現這具身體是人造人？」

「是的。看起來似乎是讓精神體附在裡頭，魔法大國的技術果然名不虛傳。真厲害。」

聽朱菜這麼一說，我嘗試進行「解析鑑定」，確實只有艾拉多用人造肉體。那些武官都是真正的武官，但看來保護名門貴族依然得多費心思。

前來面會自稱魔王的傢伙，我認為他帶的護衛不夠多。這樣一想，矮人王蓋札簡直是特例。

話說回來，竟然採用巧奪天工、跟真人毫無分別的人造人……

等這次事件告一段落，我想請他傳授製作方法。

艾拉多說他的目的是要評估跟我們應對的方式。好像還有其他事，以後應該就會知道了吧。用不著急在一時一刻逼問。

那乾脆請艾拉多他們一起開會，到時再請他判斷吧。

我也想聽聽他對本國決定的未來方針有什麼看法，算是一個好機會。視結果而定，可能連魔導王朝薩里昂都會與我們為敵，要是真的變成那樣，只好到時再做打算。

哥布達過來通知我們，說會場準備好了。

我原本打算先找自己人討論一下，但眼下好像沒那個機會。

不僅沒機會，我們還直接召開正式會議。

話說多國會議原本都會事先準備資料，以利大家質詢。外交官一般都會先行交涉，審視彼此的利害衝突，先取得共識。

然而這次完全沒經過檯面下的磋商，大家直接抒發真正的看法。

我們的未來展望都由這場會議決定。談不攏將引發戰爭，這麼說一點也不為過。

我提振精神，往大會議室去。

就這樣，決定今後魔國聯邦該何去何從的重要會議就此展開。

——這場會議後來被世人賦予傳奇色彩，史稱人魔會談。

*

我進入大會議室，只見大夥兒都站著等我到來。

還有三獸士、費茲、蓋札王和艾拉多公爵。各國貴賓被領至賓客專用席，於該處就座。

繼他們之後，我來到最裡面的座位入座，這時大家才不約而同就座。

會議在肅穆的氛圍中展開。

首先要介紹與會人員。畢竟來這參加會議的成員有不少來自強國。

有些人認識他們，但為了避免日後失禮，還是跟大家介紹一下。

如此這般，我們開始介紹來賓。

「那麼，我們先介紹來賓。」

看我使眼色，朱菜似乎明白我的意思，開始朗讀名號。

獸王國猶拉瑟尼亞。

由獸王戰士團的三獸士代表。

不過法比歐和蘇菲亞有點——應該說非常——單細胞，可能要把阿爾比思的意見擺在第一位。

矮人王國——武裝大國德瓦崗。

代表人是國王本尊——蓋札．德瓦崗。

剛才還想替我掩飾滅掉兩萬大軍的事實。

他可能另有打算，我最好把這件事考量進去，配合他的說詞。

這次似乎又能幫我不少忙。

布爾蒙王國。

可惜的是，該國沒有正式派遣使者。

不過費茲是布爾蒙王國的自由公會分會長。

跟布爾蒙王國的大臣貝葉特男爵往來甚密，等同有相當程度的權限。

擔任代表人當之無愧，應該聽得到寶貴的意見。

再來是魔導王朝薩里昂。

他們突然跑來參加，但來人是名門貴族艾拉多公爵。

艾拉多是寵溺女兒的傻父親，同時具備冷酷的貴族面貌。

此行目的在於評斷我國，應該不會寵女兒寵到做出錯誤判斷，幹那種蠢事才是。

這號人物不容小覷，絕不能小看他。

此外……

魔導王朝薩里昂的國力讓他們得以單獨對抗評議會，是跟武裝大國德瓦崗並駕齊驅的超級強國。

順利的話，搞不好能跟他們締結邦交。

作人不能太貪心，話雖如此，依然要慎重以對。

環顧這些賓客，都是重量級人物。

若只有自己人開會，思考上可能不夠客觀。將該點考量進去，像今天這樣有人類成員參加真是萬幸。

緊接著要介紹魔國聯邦的成員。

有些人已經是老面孔了，但幹部們還是依序做自我介紹。

看看利格魯德和人鬼（滾刀哥布林）族的長老們，如今已經變得有模有樣。身上穿的衣服極其華麗，不輸各國代表。

還比我有派頭，感覺很可靠。

各部門代表依序跟大家問候，身為森林管理者的樹妖精德蕾妮小姐也來打聲招呼。

森林裡位階最高的物種現身似乎讓艾拉多大為驚愕，然而他故作鎮定向對方回禮。

蓋札撞見這一幕似乎覺得很有趣，是說他們以前也很吃驚啊。算了，還是別洩這幫人的底。

最後要介紹法爾姆斯王國的關係人。

就是尤姆他們，還有繆蘭跟克魯西斯。

我預計讓這些人建立嶄新的國度。

想在這場會議上提案，不知道他們是否能接受……

該提議似乎會左右這場會議的成敗。

在我後方待命的紫苑和迪亞布羅僅點頭致意，我方大致做過一輪自我介紹。

喔，對，都忘了。

「朱菜，維爾德拉的服裝辦得怎樣？」

「是。維爾德拉大人他——」

朱菜話還沒答完，某處就傳來「嘎——哈哈哈」的爽快笑聲。怕他維持原本的打扮有失禮節，我要朱菜她們隨便替他搭一套衣服，似乎趕上了。

會議室的門扉開啟，維爾德拉像在逛大觀園般進入室內。我起身迎接維爾德拉，向大家引介。

希望可以輕輕帶過，我在心裡祈禱——

「我想跟各位來賓介紹一下。有些人可能已經聽過他的名號了，請你們別驚嚇過度——」

我先做個預告。

部下們已經知道他的真面目，全都吞著口水換上緊張的表情。傳說中的邪龍就在眼前，就連他們都感到畏懼。

發現氣氛改變，現場一片寂靜。

緊接著——

「他是我的盟友維爾德拉。」

「我是維爾德拉！有些人好像叫我『暴風龍』。嗯，能跟我對談的人不多，算你們運氣好。要感到光榮！」

我一叫他的名字，維爾德拉就用這段話自我介紹。態度還是一樣傲慢，卻跟他很搭。是說這個人開會時願意老實待著嗎？感覺他一下就膩了，會過來攪局……

「希望你在今天這場會議裡擔任顧問角色，在一旁老實待著我會很開心，你可以走嘍？」

「嘎哈哈哈，利姆路你這個無情的傢伙！別排擠我啦。」

「聽好，我們要談正事，你別過來搗亂好嗎？」

「相信我！我怎麼可能搗亂！」

維爾德拉都掛保證了，我只好妥協。再不濟就給他聖典（漫畫），一定要防止他搗亂。

就在我們討價還價時，現場一直鴉雀無聲。

大夥兒都定格了。

還有……咦？

砰咚一聲，費茲跟愛蓮等人當場昏倒，蓋札則大叫：「暫停，我要跟你談談，利姆路！」利格魯德等人不知為何再次趴在地上叩拜——狀況一發不可收拾，現場亂成一團。

用膝蓋想也知道會議會暫時中斷。

……該說會議都還沒開始，現在想這個也沒用。

*

會場亂糟糟。

比我料想得更加混亂。天下大亂啦。

維爾德拉果然是狠角色。

人們害怕這隻「暴風龍」不是怕假的。

唉，也是啦。

危險度處於最高層級的「天災級」魔物突然現身，難怪會引起這麼大的騷動。因為在世人看來，他比魔王更恐怖。

不過，好不好都是人想的。
既然注定會引發混亂，先介紹給大家才是上策。
若要斟酌今後的動向，得把維爾德拉的行動算在內。
是說各國的賓客都面色鐵青，渾身無力。
雖然已經壓抑妖氣了，他們還是可能中了維爾德拉的妖氣。
紅丸和紫苑等幹部平常都會控制妖氣。弱小的魔物和人類會造訪這個城鎮，他們已經很習慣了。
至於新來的迪亞布羅，就算我不說也能完美壓抑妖氣。真的很有才，堪稱大家的典範。
問題出在維爾德拉身上，跟我一起特訓學會了控制妖氣的技巧。
他自信滿滿地放話，說這不算什麼，但我想那是拜技能進化為究極技能「探究之王浮士德」所賜。
所以我以為會相安無事……是我太大意了？
畢竟在封印狀態下依然有妖氣溢出，導致未達B級的魔物無法靠近。
安全起見，我試著「解析鑑定」這個房間裡的魔素，沒發現異狀。
這麼說，原因出在——
「利姆路，我想跟你談談。會議先暫停一下，借點時間。」
蓋札拍拍我的肩膀提議，笑起來很有魄力。
剛才還用吼的，他是認真的吧。我的本能告訴我，最好不要違抗他。
我跟大家說會議要先中斷一下，接著從座位上起身。
大家似乎都沒意見。
有些人已經昏了，這也難怪。

將後續事宜交辦給其他人，我們兩個往接待室去。

我按蓋札的吩咐丟下維爾德拉，應該不會有事。

連同三獸士在內，有些人很想關心維爾德拉的近況，或許能爭取一點時間。

…………………

…………

……

進房的只有蓋札和艾拉多。

我要朱菜替會場裡的人泡茶，紅丸和紫苑負責收拾會場。

「先跟你說一聲。天帝陛下要我全權處理。我的發言將決定魔導王朝薩里昂的立場。有鑑於此，請你說明一下。」

艾拉多率先發表意見。

他不再是笨蛋老爸，此刻已是一名為政者，魔導王朝薩里昂的名門貴族。很有架勢。

魔導王朝薩里昂打算靜觀這次事件嗎？

他們沒有與我們為敵的意思，但言下之意在說我今後的一舉一動將決定他們是否與我國為敵。

只不過，艾拉多還要替女兒愛蓮幹的好事善後吧。

至少知道他們不是敵人，找他們幫忙應該不成問題。

「我知道了。那我也發誓，會將事情真相全盤托出。」

對方都說真話了，我也要認真看待。

我跟他們做了約定，一場密談就此展開。

先來聽聽蓋札怎麼說。

「好了，你想談什麼？」

「少裝蒜。『暴風龍』復活是怎麼一回事？」

就連蓋札這等厲害角色都難掩吃驚，吼聲聽起來很激動。

冷靜的蓋札很少這樣。想必他相當震驚。

是可以想辦法蒙混過去，但這樣毫無意義。

所以我決定大致說明一遍。

話是這麼說，其實只談到在洞窟裡遇見維爾德拉，協助他解除封印。

當我簡短報備後，蓋札便頭痛地呻吟。

「我沒料到事情會變成這樣。你當上魔王已經很麻煩了，居然還捅更大的簍子……」

哎呀，別這麼誇我──我原本想用這句話緩和氣氛，卻沒那麼做。要是我誤判，可能會惹毛蓋札。

「所以，利姆路閣下。那位大人真的是──」

既然艾拉多都問了，我就朝他點點頭。

維爾德拉人模人樣又藏住妖氣，他一時間似乎難以置信。

「──也對，應該是真貨。無論人或魔物，都不會有人蠢到拿邪龍之名招搖撞騙。」

聽他這麼一說還滿有道理的。

愛蓮和費茲之所以在第一時間採信，原因就出在這兒吧。

名字有重要意涵的魔物自然不在話下，人類也一樣，知道裝邪龍騙人一點好處都沒有。

基本上，蓋札打一開始就不曾懷疑他的身分。後來我試問原因，他只回一句「我看不透」。換句話說，蓋札間接承認他擁有讀心能力。這樣很強耶，想歸想，那件事不是現在的重點。

「不過，該怎麼辦……」

「說得是。我為了替女兒收爛攤子也忙得焦頭爛額……」

蓋札和艾拉多你看我我看你。

這兩人乍看之下水火不容，其實很要好吧。

「該公開還是隱瞞，這是問題所在。」

「西方諸國那邊沒問題。至於魔導王朝薩里昂，也只要跟天帝陛下回報就行了。問題是——」

「是西方聖教會吧。別想騙過他們。在所有的『龍種』裡，教會特別將『暴風龍』視為眼中釘，一復活肯定立刻被他們盯上。」

「若要隱瞞事實，除非我們串通好假裝不知情，但這招行不通。不管怎麼做都會被當成『神之大敵』。」

就這樣，兩人互相交換意見，替我想辦法解套。

那我呢？我的工作很簡單，只要應聲就行了。

「你有在聽嗎，利姆路？」

「就是。你們的問題害到我們，讓我們一個頭兩個大。你不認真點想，我們會很困擾啊！」

喔，被罵了。

我就乖乖反省，說說自己的看法吧。

「反正維爾德拉的事已經瞞不下去了，我打算對外公開。西方聖教會是避不掉了，算了，肯定會找到辦法啦。」

「嗯。既然你都決定這麼做了，我沒意見。」

蓋札二話不說表態支持。

「魔王與龍種聯手，這可不是在開玩笑。說老實話，問題出乎意料的棘手，但換個角度想算我走運。因為此刻我能在此參加這場會議。有幸獲得最有力的情報用以決定我國立場——」

艾拉多臉上浮現壞笑，站在大國的角度陳述意見。亦即——災禍級魔王和天災級龍種於某國共存，找他們的碴無疑是種愚蠢行為。蓋札的看法似乎與他一致，只見他重重地頷首。

魔國聯邦在國家規模上遠遠不及大國德瓦崗和薩里昂。然而只論軍事力量，不只與這兩個國家處在同一水平，甚至有過之而無不及。蓋札和艾拉多私底下已經承認這一切，才會那麼說。

「照你們現在的話聽來，就算我國與西方聖教會為敵也會跟我們站在同一陣線上，可以朝這個方向解釋吧？」

問題一出，蓋札就悶悶地回應：

「你要問這件事？利姆路，你要多練練不動聲色的技巧——」

接著他露出厭煩的表情接話「幸好這是密談……」，開始對我鉅細靡遺地解說。

他們沒有跟我國敵對的必要，又不能讓國家面臨危險，再加上不需對西方聖教會負責。

蓋札允諾今後會繼續保持中立，與我國維持邦交。

這樣一來，只剩艾拉多……

基本上我們跟魔導王朝薩里昂連邦交國都稱不上。處在這種狀態下，這人還大剌剌地替我們撐腰。

「有蓋札幫忙我就放心了。話說艾拉多先生——大人，您為何如此積極……？」

被我這麼一問，艾拉多跟著擺臭臉答話。

「——用不著加『先生』或『大人』，在這裡隨你稱呼。不過利姆路閣下，在公開場合請直接以名諱或職稱稱呼。您好歹是一國之君，用不著在公眾場合對他國要角卑躬屈膝。若您想成為他們的從屬國就另當別論。總之這事先擺一邊，容我回答您的問題——」

怕我丟臉還特地指導，他也有善良的一面。

這念頭讓我開口道謝，結果艾拉多看著我發出好長的嘆息。接著他似乎換個心情，開始講述來這裡的理由與目的。

事情的起因是女兒愛蓮。

據說愛蓮向我透露魔王覺醒的相關資訊害他被人究責。

說穿了等同催生新的魔王，國家無法對此置之不理，原因在此。

不過，大公爵艾拉多就在這時展現他的手腕。

他將問題掩飾掉，想辦法讓天帝成為唯一的知情人士。

接下來就剩預測未來走勢，看情況伺機而動。

用魔法監視似乎相當困難，但艾拉多還是設法獲悉我成為魔王的事。

要是我沒當上魔王，裝作不知情就行了，但成功魔王化就不能當作沒這回事。他想來探我的底，還做好最壞的打算，認為到時可能要派遣討伐部隊。

「基於這些理由，我才不想讓更多人知情，並親自出馬。」

艾拉多最後用這句話作結。

也就是說，一旦認定我是邪惡分子，他就要毀掉一切、掩蓋事實真相。

「那麼，您的判斷是？」

「正如我剛才所說。與其跟你們敵對，不如構築友好關係。」

原來如此，他接受我了。還認定我並非邪惡之人，讓我有點開心。

「嗯，這是當然的選擇。」

「當然。我國承認宗教自由，並非只信一神教魯米納斯教。與其殉教，還不如把國家利益擺在前面。」

「哼。我看你不順眼，但不知為何我們兩個看法一致呢，艾拉多。我國也跟西方聖教會理念不合，一開始就打算支持邦交國魔國聯邦。」

說到這兒，蓋札和艾拉多相視而笑。

「不過，還是有問題存在。有關利姆路閣下滅掉的法爾姆斯王國軍，就算推說他們死於戰爭，死亡人數還是太多。光是這點是我女兒提議的——」

艾拉多說話時一臉困擾。

這才是他真正的目的嗎？

我是否為邪惡分子不是重點，他是怕戰爭的損害情況在西方諸國傳開。

當上殺了兩萬人的魔王，看在任何人眼裡都很邪惡吧。西方聖教會的說詞更具正當性，我將被人當成「神之大敵」看待。

對喔，跟這種邪惡人士——就是我——有邦交，那些邦交國也會被連累。

該怎麼辦？唔——我開始煩惱。

不過這時，蓋札扯出一抹壞笑道：

「放心吧。我有對策。」

啊，該不會！

要循蓋札剛才說的，法爾姆斯王國君不知為何突然行蹤不明！

「屍體都消失了，沒證據。恐怕無人生還吧？」

既然如此，劇情愛怎麼改就怎麼改，蓋札笑著說道。

——對國民和其他國家而言，真相非必要。只要故事聽起來順耳，大家就滿足了。

「哦——這想法真引人入勝。蓋札，想必你會讓我一同當編劇吧？」

艾拉多也換上為政者特有的目光。

為了維護自身清白，他們打算安排對自己有利的說詞吧。這麼做都是為了愛蓮，相信此事還攸關國家利益……

那我也要做好覺悟。

畢竟我不惜殘殺兩萬人也要拯救大家。就算得背負更重的罪，我的信念也不會動搖。

「看樣子你已經決定遊走在灰色地帶了，利姆路。就是這樣，這樣就對了。當王可沒那麼容易。」

事到如今悔不當初也沒用。

這是必經過程。

「我早就做好覺悟了。那麼，你打算如何說明，蓋札？」

「呵呵，好吧。」

蓋札看我的眼神變得有些溫和。

後來我們花了一小段時間討論，審慎布局。

……………………

…………

……

回到會場一看，騷動已經平息。

總算找回原本的和平氛圍，昏倒的人也經過妥善照顧。

意想不到的突發狀況把現場搞得一團亂，但這也是沒辦法的事。

過去的事就讓它過去，專心善後，放眼未來。有幸跟蓋札他們一起討論解決之道，仔細想想，這段時間還真寶貴。

費茲和愛蓮等人渾身虛脫，趴倒在椅子上。

「還好嗎？感覺怎樣？」

我出聲關心。結果他們用充滿怨念的目光看我。

「……我都沒聽說。這麼重要的事——」

「搞什麼嘛，好過分！我也狀況外耶……他叫維爾德拉……先生？居然跟你是好朋友，你有跟我說過嗎？」

諸如此類，各式各樣的抱怨飛來。

跟我抱怨也沒用吧？

他被我吞進「胃袋」——這種話怎麼說得出口，說了也沒人會信吧？

「咦？我沒說嗎？好像有又好像沒有……？別管了，過去的事就讓它過去吧？還有更重要的事，我們來開會吧！」

我用爽朗的笑容發話，但這招果然行不通。

「「「少裝蒜——！」」」

他們一起吐我嘈。

「哈、哈哈哈，也是——」

我企圖用笑容掩飾，想辦法安撫大家。

是說這些人的神經未免太大條。我都當上魔王了，態度依然沒變。

我不希望他們跟我保持距離，感覺還滿開心的……但我希望他們再多點禮貌——

「你有在聽嗎？真是的，希望你好好反省一下！」

「真受不了你，少爺。」

「就是說啊，害俺心臟衰弱……」

他們似乎不打算來點基本禮儀。

但這才像愛蓮他們的作風。

費茲也是老樣子。

「啊，可是——要跟上級報備……咦，我就是分會長啊？」

就是那副德性，態度依然大剌剌，他已經接受現實了。

剛才怕維爾德拉的樣子彷彿是假象。要是我沒勸他上廁所，他八成已經漏尿了。

太好啦！我拍拍他的肩膀，結果被人瞪。

「我說你，居然一副事不關己的樣子……這件事得跟上級稟報，我晚點再來跟你請求精神損害賠償！」

我的忠告救了他，原本期待他道謝，沒想到他反過來罵我。

算了，不跟他計較。反正我跟他開開玩笑，費茲就找回平常的步調了。

——就這樣，大家接受維爾德拉。

會議總算能重新開始，而那是一小時後的事。

＊

這次會議正式展開。

跟克雷曼對戰是我方的問題，之後再議。

蒼影有過來跟我做過簡報，他好像沒找到根據地。我比較在意克雷曼是否出兵，這方面也由蒼影監視。

反正這事無法急於一時，我決定先完成跟各國首腦的會談。

雖然很麻煩，但我們要重新複習。

中間發生不少事，但同時向大家做詳細說明比較節省時間。為了讓大家對事情有相同程度的認知，我先說明狀況。

從跟維爾德拉相遇的事講起。

我原本是「異界訪客」的事也順便告知。

畢竟再瞞下去也沒什麼意義。

部下都知道我的底細了，就算讓蓋札和艾拉多知道也沒差。

就算魔王原本是「異界訪客」又怎樣。因為魔王雷昂原本也是「異界訪客」……

跟半獸人王對戰的事也約略說明一遍，還有在這蓋城鎮的事。

跟人共享情報很重要。

雖然解讀的角度不同，會出現不同的反應。

城鎮建造完成後，又發生一些事情……話題來到我實現願望前往英格拉西亞王國。

在鎮上的生活、優樹的委託略過不提，但我有提到跟日向對決的片段。

那傢伙很強。

如果對手不是我，恐怕已經被殺了。

就連紅丸跟蒼影都無法倖免。

她可能跟白老一樣強或者在他之上，還能施展未知的魔法。

特別是「聖淨化結界」，非常危險。

搞不好有小型版的個體戰專用款，我用「思念網」將自身記憶和認知傳送給大家。

雖說知道不一定能應對，但總比遇到敵人卻不知對方的底細好。

我要盡量讓大家對日向的可怕之處多點認識。

至少讓他們有機會逃脫。

「坂口日向（Hinata Sakaguchi）是吧。那個女人看起來很冷酷，給人心狠手辣的殺人犯的印象。不過根據我們掌握的情報指出，實際情況似乎有些出入。例如她一定會幫助向自己求救的人。會救助接收她援手的人。但若不聽勸，她就不再幫忙。她非常理智——」

費茲是不是認識日向啊，整段說明都在替她護航。

我也不想跟日向敵對，只是對方根本不願意聽我說話……

不聽勸就從救助名單排除，真像她會做的事。

畢竟來求救的人一大票，怪不得她放生那些傻蛋。

那傢伙真的很講究合理性。

優樹曾說日向是現實主義者，上述報告內容肯定不假。

話說費茲的消息還真靈通。

思緒進展到這兒，蓋札也跟著點頭道。

「哼。不愧是擅長情報操作的布爾蒙王國分會長。你掌握的情報準確度跟我國密探有得拚。朕可以證明你的情報與我所知一致。」

像在替費茲的話背書，蓋札接著開口。

可是日向都不聽我解釋……

「可是那傢伙都不聽我解釋耶。」

沒錯，她一開始就把我當成眼中釘。就算疑似被人灌迷湯，但都不聽人解釋實在……

「這個嘛，是因為魯米納斯教的教義說『不能與魔物交易』吧。」

意外的是艾拉多出聲替我解惑。日向在魔導王朝薩里昂似乎也很出名，由此可知她的風評廣為人知，甚至遍及令人意想不到的地點。

——不，針對西方聖教會最強的騎士蒐集情報，以國家的角度來看或許勢在必行。

因為她很漂亮才變成名人嗎——這念頭瞬間閃過腦海，但我還是少說為妙。

聽完費茲等人的說明後，我才知道日向是什麼樣的人。

日向以冷酷的言行聞名，據說從未違背教義。

堪稱最佳模範騎士。

換句話說，日向就是法律與秩序的守護者。

既然這樣，她怎麼不阻止各國施行召喚儀式？

如果是簡易的召喚式，通常會召來孩童。不管從哪個角度看，都是以國家為單位集體作亂啊……

「關於這件事，她沒有干涉各國的召喚行動，是真是假沒人知情吧？」

費茲說話了。

話是這麼說沒錯……

「施行會招來『異界訪客』的召喚魔法不能對外公開，是嚴禁使用的祕術吧。西方諸國評議會明文禁止，各國也不會輕易承認。要是他們堅稱自己沒有施行召喚魔法，將難以追究。西方聖教會的權限確實很大，卻不能擅自干涉各國內政。」

例如法爾姆斯王國將「異界訪客」當成兵器使用，他們肯定會辯稱偶然發現「異界訪客」並收留對方，藉此規避吧。

這樣一來，若沒有確切證據，西方聖教會也無法干涉吧。

假如狀況真是如此，怨日向不夠積極實在有失公正。

對了，優樹還說過這句話。

——他說「我搞不懂她」。

或許日向照自己的方式行動，試圖阻止召喚儀式也說不定。是的話，繼續在這煩惱也不是辦法。

「總之，可以肯定日向很棘手。假如她願意聽我解釋，也許能找機會談談，化干戈為玉帛……」

倘若西方聖教會將我們視為「神之大敵」，跟日向交手將無從避免。可以的話我不想跟她打，就等事情發生再看著辦吧。

「咯呵呵呵。那就讓我出馬，了結她的性命吧？為了永除後患，先除掉危險分子更為妥當不是嗎？」

聽到我在喃喃自語，於背後待命的迪亞布羅做出提議。

這傢伙意外的有自信呢。他是新來的，一方面似乎對表現機會虎視眈眈。

「喂喂喂，就連我都輸給日向——不對，就連我都跟她打成平手喔！你去未必能順利料理她吧！」

真是的，講話要先經過大腦好嗎？

「就是說啊，迪亞布羅。與其派你這種三腳貓，還不如讓我去殺她。所以利姆路大人，快對我下令！」

看吧。都怪迪亞布羅亂講話，連紫苑都跳出來瞎扯！

「原來是紫苑小姐。妳傳授我當祕書的訣竅，於我有恩，所以我不想說重話……只可惜妳不是日向的對手。」

「哦？聽這話的意思，你認為自己比我強是吧？有趣。就來分個高下——」

「都給我住手！」

迪亞布羅突然跟紫苑針鋒相對，我一聲喝斥制止他們。

沒想到他看起來冷靜，其實很好鬥。對我畢恭畢敬，卻不尊敬前輩。明明是新人，居然這麼囂張。

不自覺煽動對手進而引發爭端，這種人似乎跟真性情的紫苑特別犯沖……

「咕哈哈哈哈！也就是說，您要派我出馬？那好，我去去就回——」

「你不用去啦！要是對方打過來非出手不可，但我們用不著主動出擊。再說一遍，我並不想跟西方聖教會作對！」

被那兩人刺激到，坐在我隔壁的維爾德拉打算起身。我趕緊制止他，悄悄嘆了一口氣。

真糟，都是些問題兒童。

不不不，大家還有成長空間，要把重心擺在今後的教育上。

仔細想想，紅丸跟蒼影比較沉穩了，懂事的蓋德值得信賴。戈畢爾有時會得意忘形，但他已經懂得察言觀色，很少讓我煩心。

蘭加則乖乖待在我的影子裡當聽眾，比其他成員還要惹人愛。

問題就出在紫苑、迪亞布羅還有維爾德拉這三人身上。

有他們三人在場好危險。讓我的精神面更加疲憊。

今後處理這三隻要更謹慎。

「總而言之，日向及西方聖教會的議題就到這邊。看對方的反應而定，可能會引發紛爭，我們要慎重以待，進一步觀察！」

我如此宣言，對整件事做出總結。

但不能忘記一件事，有人正暗中蠢動。

日向知道我這號人物。

她說有人密告，不過，知道我殺掉靜小姐的人少之又少。

找出犯人不容易，可是跟我認識的人嫌疑很大。

有卡巴爾、愛蓮、基多這三人，還有費茲跟幾名布爾蒙王國人士，再來是優樹。其他的知情人士就是本鎮自家人。

但這樣一來……

「智慧之王拉斐爾」已導出可疑人物。

是啊，應該沒錯。

話雖如此，也許有其他不明人士介入……

我不想因片面想法行動，也不想在沒有證據的情況下懷疑他人。

就先記著，提醒自己小心防範。

這人為什麼要讓我跟日向對戰？

希望我收拾日向？

要阻止我回國？

想引出日向？

《——抑或全數該當。》

不是吧，太貪心了。

不清楚對方的意圖，任人利用的感覺不是很好，但現在先忍忍。

總之，這方面先按兵不動。

我繼續講述。

說我跟日向對戰後回國，發現城鎮遭人襲擊。

法爾姆斯王國派「異界訪客」作亂。

為了拯救因此戰犧牲的人，我才選擇走上魔王之路……

還沒說明後續的事，愛蓮就自主爆料。

「反正爸爸已經知道了吧？是說你來這裡也是為了那個吧？」

她仰望艾拉多追問。

老實說，這樣真的很犯規。好可愛。

出這招，身為笨蛋老爸的艾拉多肯定被她迷倒。

「愛蓮……被爸爸知道沒關係，但妳不需要對其他國家的人爆料啊……」

艾拉多無奈地嘆氣。

我懂你的心情。

愛蓮完全沒顧慮大局，是她不好。只不過，艾拉多早就料到事情會變成這樣。

「我的女兒愛蓮肯定會自己表態，說她教人怎麼當魔王。為了阻止事情發生只能硬把她帶回家，但那樣一來她會討厭我。所以這是下下策。」

如此這般，他說些讓人分不清是天才或笨蛋的話。

結果被艾拉多料中，他應該算天才吧……

總覺得哪裡怪怪的，我跟蓋札互使眼色。

發現他點頭，我們決定照剛才講定的計畫行事。

「——事情就是這樣，我拿法爾姆斯王國軍當祭品。才順利當上魔王。」

就這樣，我向大家告知當上魔王的事實。

＊

好了，已大致說明一遍。

接下來要切入正題。

「就是這樣。剛才我說的都是真話，但對外發表要做點更動。」

我的話讓大家感到困惑。

對外，也就是要對外擬聲明——對魔物來說力量就是一切，做這種事好像沒什麼意義，怪不得大夥兒會困惑。

不過呢，謊言和偽裝在政治上是很重要的一環。

「那麼，您要找什麼理由，如何改寫？」

紅丸當代表提問，我將剛才密談議定的內容弄得淺顯易懂，對大家進行解說。

我自稱魔王，卻隱瞞覺醒的事。

前提是各國不清楚事件始末。

因為他們沒有派人調查。

目擊者全數身亡，知道真相的除了我們幾個，就剩那三人。

法爾姆斯王生性貪婪人盡皆知，我們算正當防衛。

這是因為比起被一個魔王滅掉，在戰爭中敗仗這說法更能讓人們接受。

不僅如此，大量屍體還解開最邪惡的封印。

沒錯，大量鮮血流入這片土地，喚醒沉睡的邪龍——也就是讓維爾德拉復活。

英雄尤姆和朱拉大森林盟主、想成為魔王的我出面協助，犧牲眾多魔物才說服維爾德拉。平息維爾德拉的怒火，將他當成守護者祭祀。

像這樣改寫真相，我當上魔王就有意義了。讓法爾姆斯王國承擔一切罪責，找理由主張我們是正義的一方。

「大家想想看。人類會害怕他們無法理解的事物，不願認可。出現一個人單槍匹馬滅掉兩萬大軍，就算他對人們示好，人類也不會採信。」

這話出自蓋札。

費茲跟尤姆聽到這句話低聲沉吟，表態贊同。

就連跟我親近的人都出現這種反應了，不認識我的人肯定會如蓋札所說，出現上述反應。要是處理不當，還會跟西方諸國為敵。

「不過，若將兩萬大軍失蹤的事算在『暴風龍』頭上，人們會比較容易接受。因為『暴風龍』已經被人視為『天災』。」

蓋札一做出結論，大夥兒就明白了。

只有維爾德拉會錯意，喜孜孜地說：「咯咯咯，竟然稱我天才，這個男人真有眼光。」算了，把他當空氣應該沒關係吧。

「我也認同這種改法。女兒說溜嘴助利姆路閣下當上魔王，與其因此受人畏懼、憎恨，還不如改稱利姆路閣下當上魔王，創造和『暴風龍』交涉的機會，受世人感念。」

不需要衡量了吧？說完這句話，艾拉多微微一笑。但他用眼神對周遭眾人施壓，惡狠狠地瞪視他們，看誰敢反對。

這個男人為了女兒愛蓮似乎什麼事都做得出來。

「爸爸……不愧是老奸巨猾的貴族，好奸詐……」

愛蓮道出不知是褒是貶的感想……總覺得，艾拉多好像有點可憐。

我等現場歸於沉靜，再度展開說明：

「此外，對我來說還有其他好處。不會一不小心造成人類的恐慌固然重要，或許還能誤導其他對我心生警戒的魔王，認為構成威脅的只有維爾德拉喔！」

那樣一來，我行動起來更不會綁手綁腳。

與法爾姆斯王國一役大獲全勝，魔王克雷曼肯定對我嚴加戒備。然而一旦放出消息，說那些都是維爾德拉的傑作，克雷曼對我的警覺心將會降低。

蓋札想將我國打造成友善的王國。

我則想讓西方諸國有個好印象。除此之外，哪些人與我們有敵對可能，我就希望他們小看我，盡量降低他們的警戒。

目前的結論是與其讓人提高警覺，還不如小看我，會對我方更有利。

「還有，只要放出我們能跟維爾德拉交涉的消息，跑來找碴的國家也會變少。就算西方聖教會出來說些什麼，其他國家不會照辦的可能性也會提高。」

這應該是最大的好處。

假如不採納蓋札的提案，總有一天還是得對外公開維爾德拉的存在。橫豎都要公開，不如挑好處最多的時間點公布。

我們接下來打算對付克雷曼，不該蠢到同時與西方聖教會為敵。

同時兵分二路作戰會分散戰力，要盡量避免。

外人對我的戒心應想辦法降至最低，同時要讓他們對魔國聯邦保持最高警戒。

拿蓋札提的草案當基礎，「智慧之王拉斐爾」替我們做完美的改編。

蓋札、艾拉多，還有我。

讓我們三人的利害關係一致、團結一心，並統整成今後作戰也能利用的狀況。

不愧是「智慧之王拉斐爾」。進化成究極技能後，謀略似乎更上一層樓。

「原來如此。也就是說，你們找到照顧我的合理解釋了。」

維爾德拉大力點頭，一臉滿足樣。

喂喂喂，這傢伙，都朝對自己有利的方向解釋耶……

——我不是那個意思，算了。

畢竟他配合我們演這齣戲。

維爾德拉暫且不談，部下們也給出正面回應。

「確實很合理。這樣一來，應該能維持以往的立場跟人交流。」

利格魯德大力點頭，說話語氣有點安心。他似乎很怕今後的貿易遭受波及，一副鬆了口氣的模樣。

看樣子他從經濟層面切入，掛念魔國聯邦今後的狀況。

「不愧是利姆路大人！想法很不一樣！」

「不，是蓋札王先起頭，我只是統籌意見。」

我將紫苑的讚賞輕輕帶過，做出回應。只要他們願意採納我的意見，我就心滿意足了。

「多謝相助，蓋札王。照這個方向操辦，有朝一日我們展開行動，利姆路大人就能出兵幫忙！」

蘇菲亞露出勇猛的笑容，開口朝蓋札道謝。

法比歐和阿爾比思紛紛表態贊同。看樣子三獸士也認同這項提案。

「呵呵呵，我懂了。這代表我們能集中火力對付克雷曼吧。若這樣還打不贏，就是我無能了。」

紅丸笑了，與克雷曼作戰讓他鬥志高昂。

真可靠。希望有他發揮的舞台。

蒼影和蓋德也一樣，一副很想立刻殺過去的樣子。

希望他們再等一下。等這場會開完，你們就可以大鬧一場啦。

我帶著熱切的目光，直望著我的部下點頭回應，在心裡回話。

＊

對外公開的說詞受世人接受。

我們根據結果做二次商談，決定今後的行動方針。

我先提及法爾姆斯國王和西方聖教會的大主教在我們手裡。再針對日後的方針說明，告知我們計劃擁立尤姆為新王，建立新的國度。

聽完我的解說，費茲開始沉吟。

他沉默一會兒，似乎正暗中統整思緒。

蓋札悶不吭聲，閉著一雙眼睛。他的夥伴互相辯得口沫橫飛，但雙方僵持不下，遲遲沒有結論。

艾拉多不發一語。魔導王朝薩里昂該如何應對才是上策，想必他正冷冷地盤算吧。

我一面窺探大家的反應，一面進行解說。

首先要釋放現任國王，讓他對侵略我國一事負起賠償責任。

這只是一個名目，利用賠償問題讓法爾姆斯王國陷入內戰，那才是真正的目的。

假如王重新集結貴族群起反抗，到時將取他的性命。對方是一國之君，我可不想再放他一馬。

要是他當下決定老實賠償，我們就先不擁立尤姆為王。不過，「智慧之王拉斐爾」認為他不會出面賠償。

就算他想依約賠償，實行起來還是很困難。

法爾姆斯王國失去兩萬個人力資源，要恢復國力，金錢不可或缺。這樣只能跟貴族課稅，但貪婪的貴族不可能乖乖繳錢。

肯定會找一堆藉口，企圖帶過賠償事宜吧。到時尤姆會表示意見，帶兵起義。

國王可能會強逼貴族就範，一旦他那麼做，內亂必定隨之而起。

打敗仗的責任由誰來扛，自然是倖存者。身為倖存者的王不願自行負責，轉而對貴族下達強制令，到時候……

王將徹底喪失威信。

賠償問題是關鍵。

如此一來，王和貴族的關係將出現裂痕。

一旦王失去影響力，派系肯定會四分五裂。聽說王的孩子們都尚未成年，不難想像他們將成為貴族的傀儡。屆時肯定會出現爭奪王位的局面。

尤姆可以趁他們內亂時挺身而出，疲於應付的國民一定會站在英雄這邊。

——到最後，法爾姆斯王國將無法避免走上滅亡一途。

當然，魔國聯邦會表態支持素來交好的英雄尤姆。

若尤姆宣布建立嶄新的王國，我們將予以認可，並與該國正式締結邦交。

現為掌權者的貴族應該會集結起來投反對票。但我們早就料到了。

留下一開始就表態願意協助我方的人，其他人一律流放。假如他們執意阻擾，很遺憾，只能請這些人消失。

我們將成為牽制貴族集團阻力，一邊防止雙方人馬起正面衝突，一邊觀察誰是敵人、誰是朋友。

計畫如下——先花上一段時間，發表能贏得國民信賴的政策，趁尤姆的人望居高不下之時，一口氣擊潰反抗勢力。

短期內重振國家是不可能的事。

最少也要抓兩三年的緩衝時間。

只不過，如果王做出錯誤的選擇，尤姆就會更早出頭……

以上就是計畫的大綱。

推舉尤姆的時期視情況而定，但尤姆八九不離十會當上國王就是了。

「我不打算折磨法爾姆斯王國的國民。不過，他們放任自家統治者為所欲為，我不打算視這些人為無辜的。所以我要讓他們耗弱到某種程度，之後努力復國。」

說完這些，我替整場解說劃下句點。

大夥兒都默默無語地沉思，蓋札王率先反應。

「不錯。我不反對這項計畫。可是利姆路，這個男人——尤姆當王的事另當別論。」

蓋札說完自座位起身，開始睥睨尤姆。

好強大的壓迫感，隔一段距離還是感覺得到。我曾經正面接招，很能理解尤姆現在的心境。

「——唔！」

尤姆發出呻吟，咬緊牙關，但他依然回望蓋札。

「哼，挺有骨氣的。不過，他的本性又是如何？是否愛護人民，做好背負人民痛苦的覺悟？」

這句話讓現場安靜下來。

「嘿，天曉得。又不是我自己想當王的。可是，信任我的人將任務交給我，要是我拒絕就不配當男人！」

「哦？」

「我只是不想先下定論，認為自己辦不到，還沒做就放棄。一方面也想在心愛的女人面前耍帥啦，既然要做就盡全力去做。」

尤姆毫不猶豫、斬釘截鐵地放話。聽起來很白痴，卻莫名有說服力。

「——笨蛋。」

繆蘭出聲了。

「可是，很像尤姆的作風。矮人王，我願意擔保。這傢伙雖然很蠢，卻不是會推卸責任的人。只要接下工作，就會好好做到最後。本人克魯西斯發誓，會好好監視他！」

獸人克魯西斯也苦笑以對。繆蘭聽了點點頭，再跟尤姆一起，三人並肩面對蓋札。

「——是嗎？既然如此，好吧。要是遇到什麼狀況，儘管來找我。」

蓋札說著大動作頷首，收回咄咄逼人的態度。

看樣子尤姆他們順利通過蓋札出的考題。有強國武裝大國德瓦崗當後盾，這下有利了。

然而在那之後——

蓋札笑說「話說回來，這下遇到一個有趣的男人了」，「居然為了心愛的女人當王——」艾拉多捧腹大笑，再來是「克魯西斯你好樣的！竟然在我們面前理直氣壯放話，要背叛卡利翁大人！」法比歐出言調侃克魯西斯……

這場騷動挺有趣的。

笑了一陣子，蓋札開始用認真的語氣對尤姆訴說：

「尤姆啊，我國希望你們生產農作物。說太多會變成干涉內政，總之你先聽聽看。像法爾姆斯王國那樣，光進口我國產品就謀得不少利益，但現在已經證明，這不是長久之計——」

的確，法爾姆斯王國對進口品課徵高額關稅再行販售，是專門剝皮的中間國，對矮人王國來說不是很理想的客人。

如今有人另闢街道，可以當成新的貿易路線，令他們不再具備優勢。事情演變成這樣，國家為了求生存，必須發展新的特色。不找跟他國競爭的商業領域下手，而是將觸角延伸至尚未開發的區塊，如此更能與他國共存共榮。

據說矮人王國的問題出在糧食供給量低落，我懂他的意思。我們也一樣，不想光靠森林產物，希望有更多管道進口穀物。

蓋札的提議很合乎邏輯。

「我也想拜託你。進口穀物是重大議題！」

我不忘順水推舟，跟風大肆要求一下。

「少爺，你果然厲害……交給我處理吧。法爾姆斯王國有在發展農業，或許能因應你們的要求。」

這樣蓋札跟我就利害關係一致了，尤姆跟我們約好，等他當上王會在農業方面協助我們。

朱菜朝大家送上茶點和茶，大夥兒稍微休息一下。

我們換個心情，繼續開會。

尤姆獲得認可，所以大家就接受樹立新王國的計畫。

這部分是最大的難關，後來大家平心靜氣悠閒開會。

「那麼，我代表布爾蒙王國發表提議。聽完蓋札陛下和利姆路先生的提案，我想我們應該能出面協助計畫。法爾姆斯王國的貴族米歐拉侯爵和海爾曼伯爵與我國布爾蒙來往密切。若能跟他們交涉，令他們加入我方陣營，這樣不是很方便嗎？等尤姆先生起義，我想找他們當後盾。」

費茲道出自身意見。

他是公會的分會長沒錯，但權力有這麼大嗎？似乎察覺我的疑惑，費茲苦笑著說明：

「正如剛才所說，我是布爾蒙王國的代表，請把我當成國家派來的人。剛才的話並非出自公會分會長，而是以一名公務員的身分發表。」

深入了解才發現布爾蒙王國的情報單位已經替費茲留了一個位子。不是單純的情報人員，而是統籌情報單位，輔佐他們。

但就算是這樣，你隨便下重大決定……

我將心裡的想法問出口，結果費茲道出驚人事實。

在剛才我們密談時，他已經跟布爾蒙王直接回報狀況，要他準備全權代理的委任狀。小國辦事就是快，一方面也證明費茲很受人信賴。

據他本人所說，他握有幾個消息，一講出來就能毀掉布爾蒙王國。

乾脆威脅這傢伙奪走情報好了……這念頭稍稍竄起，但還是別提比較好。

費茲似乎活用自身立場，蒐集各式各樣的情報。

還沒聽說我們的計畫前，他就蒐集一切可能會用到的情報。

這男人好機靈，真的很能幹。

至於米歐拉侯爵和海爾曼伯爵，似乎有布爾蒙王當後盾。

米歐拉侯爵是法爾姆斯王國的名門貴族，表面上沒有跟布爾蒙王走在一起。不過私底下交情甚篤。

其實他是布爾蒙王的遠親，兩人關係很好。而米歐拉侯爵對海爾曼伯爵有大恩，海爾曼伯爵應該不至於背叛他。

「喂喂喂，爆這種料沒問題嗎？」

「哈哈哈，沒問題。就算我不說，蓋札陛下也知情啊。武裝大國德瓦崗的密探跟我們布爾蒙情報局有得拚。」

好歹有掌握鄰國的情報吧，費茲這麼說。

蓋札僅挑動一邊的眉毛，沒給更多反應。給反應的人不是蓋札，而是立於背後的美女。

她是密探總長安莉耶達。連蒼影都認可的實力派，這麼說來真的有兩下子。

「呵呵呵，你太謙虛了。布爾蒙王國很會掌握情報。貴國專門販賣情報，既然是身為重鎮的情報局，肯定比我的手下優秀吧？」

不管怎麼看，她的表情都不像是這個意思。

安莉耶達在說客套話。

「哈哈，真犀利。我們的戰鬥能力遠不及密探呢。只不過，單就蒐集情報的點來看，我們自認不是省油的燈。」

費茲也不甘退讓。

因為布爾蒙王國是小國，才網羅各國情報吧。這是用來守護自己國家最有利的武器。

既然費茲都這麼說了，這情報肯定不假。那我們就要拖那兩人下水，讓他們幫助我方。

「尤姆，你聽到了吧？」

「聽到了，包在我身上。」

尤姆的包裝方式就這麼定案。

讓他以英雄之姿凱旋而歸，來場華麗演出。

細部事項用不著趕在這場會議決定。剩下的事就交給尤姆他們，來談下一個議題。

＊

「好！英雄尤姆的國家占領計畫就朝這個方向跑。」

這話一出，大夥兒都認同地點點頭。尤姆一人害羞地抱著頭，但我還是裝作沒看到好了。

這件事就這麼定了。接下來——

正要談論下一個議題，聽取我們對話的艾拉多錯愕地笑了。

「噗、噗哈哈哈哈！有趣，真是痛快。同是擔負國家使命的人齊聚一堂，在對他人沒有起疑的情況下開門見山說話……這麼看來，一直保持戒心的我反倒像個傻瓜！」

他笑著說「真是蠢到家」，不過，那對眼眸透著銳利的光芒。

不是笨蛋老爸艾拉多，而是如假包換的名門貴族。在他人面前絕不能說真心話，魔導王朝薩里昂的大公爵艾拉多。

他突然換個面貌起身，對周遭眾人釋放壓迫感。

翻臉像翻書，大夥兒全都安靜下來。

艾拉多似乎有什麼話想說，人們全都懷著緊張的心情等待他開口。

——廣大的會場一片寂靜，維爾德拉在看漫畫，只聽見翻書的聲音。

咦，喂！大叔，你在幹嘛？我又還沒給你，你從哪拿到的……

……算了。

反正我一開始就不覺得他會乖乖聽話。

若他願意保持安靜，我就沒意見。

維爾德拉替我緩和心中的緊張，就用輕鬆的心情等艾拉多發話吧。

艾拉多咳了聲清清喉嚨，讓大家的注意力回到自己身上，接著鄭重其事地開口。這個人意外地愈挫愈勇。

「——我問個問題。那邊那個男的，你叫費茲吧。利姆路是魔物，你真的相信他？」

「這話……什麼意思？」

「就算魔物擅自成立國家又怎麼樣，不需要正式承認他們是一個國家吧？再說，用不著跟他們締結邦交不是嗎？從定位上看來，應該更慎重對應才是。」

「這、這個嘛……」

艾拉多的目的絕不是挑他毛病，純粹只是在問問題而已。也因為這樣，費茲詞窮，不知道該怎麼回答才好。

「換句話說，這位仁兄，如果是我，只會跟他們做交易，同時觀察西方聖教會的反應。暗中通報，讓西方聖教會全權調查這個國家是否有古怪。只享受利益，避免日後衍生其他麻煩，不會一個勁兒替他們撐腰。小國辦事的方式應該是這樣吧？」

艾拉多的話比劍還銳利，直刺費茲的心窩。

此外，不只艾拉多，似乎發現在場眾人都盯著自己瞧，費茲小聲碎唸：「可惡，為什麼挑我——」接著——

「好啦，我知道了！既然這樣，我就打開天窗說亮話吧！」

似乎有所覺悟，費茲搔著頭高聲叫喊。

他又變回平常那個目中無人的費茲。對手明明是大公爵艾拉多，講起話來卻不再打官腔。

「艾拉多公爵，我跟你的看法一致。也拿這套理論勸過上面的人，跟我認識的貴族也是。不過，他們拒絕了——」

用這段話起頭，他道出跟那個上司的應對過程。

費茲是這麼說的。

聽起來他曾跟上司進言，進言內容就跟艾拉多剛才說的一樣。可是對方回應：「要是布爾蒙王國跟魔國聯邦打起來該怎麼辦？」將他的意見駁回。

這件事發生在我造訪布爾蒙王國之前，差不多是跟暴風大妖渦(Charybdis)打完仗的時候。有數名高階魔人坐鎮，該國擊退半獸人王和暴風大妖渦。上司認為跟這樣的國家打起來，肯定馬上被滅掉。

布爾蒙王國並未篤信魯米納斯教，西方聖教會不可能為他們賣命。意思就是沒處理好，國家將會滅亡。

結論就是跟我們對抗沒用。

——那好，該怎麼辦？

「我們要取得魔物的信任，跟他們構築信賴關係，互惠互利。因此，要盡一切力量協助——這是我國高層的結論。而矮人王國跟你的國家都是大國，有選擇的餘地……我國行事上稍有不慎可是會滅國的。既然要賭上未來，就別跟西方聖教會求救，還是相信魔物統帥吧。總之，理由如上。」

費茲邊說邊嘆氣。

心裡所想被人當面指出，想想這男人滿可憐的。就像在說布爾蒙王國是弱小的國家，連做出這種選擇都辦不到。

這個嘛，雖然是事實啦……

是好是壞，對或錯——

那些都不重要，他們做出豪賭，選擇相信我並賭上一切。

——不，不對。

布爾蒙王國做出結論，就算他們算錯導致國家滅亡又能怎樣，沒有其他的活路可走。

仔細想想，我一個人就能收拾一支大軍，自然免不了被人當成威脅看待。

與其跟我敵對還不如同進退。

合情合理。

小國掌握情資，在大國的陰影下討生活，會採取該戰略其來有自。

所以他們才相信這是正確的選擇，傾盡全力。

確實很亂來，但換個角度想，或許是很有效的招數。

對我很有效。

因為我相信布爾蒙王國讓人信得過。

艾拉多的結論似乎與我一致。

「——話說回來，這覺悟下得還真徹底。還有一件事，你來這兒似乎是想幫忙利姆路閣下，那也是上級的判斷嗎？」

「你猜對了。他對我下令，說彼此既然締結安全保障條約，就要信守承諾。不過，就算國家方面毀約，我還是會過來一趟。因為我是自由公會成員。身為公會成員的我原本不屬於任何國家，卻跑來這種地方與會，真的很可笑。算了，布爾蒙王國情報部門都保留位子給我了，看樣子我的好運已經走到盡頭……」

我幹嘛接這種爛攤子——費茲開始碎碎唸。

你未免老實過頭了，但現在提醒為時已晚。

話說布爾蒙王比預料中還講人情義理。竟遵守跟我們訂立的條約，決心與法爾姆斯王國一戰……

原本還認為這項條約對我們沒什麼好處，能見識他們的氣度真是三生有幸。

遵守約定，這是待人處事的基本道理。換成國家也是同理，失約——不遵守條約的人無法讓人信賴。

這次事件正好證明布爾蒙王國值得信任。

他們似乎堅信我方將贏得勝利，賭上國家的前程。不過，單槍匹馬殲滅所有敵人——他們應該沒想到事情會變成這樣吧。

「好一個賭徒，你說的上級長官該不會是那個人吧？」

「——正是。就是我國的國王陛下。」

我這麼一問，費茲用哭笑不得的表情點點頭。

原來，他們的王看起來是好好先生，骨子裡卻是硬漢。當上一國之君，果然需要狠下心辦事。

「——來龍去脈差不多是這樣，我們選對了。沒想到利姆路大人獨自一人滅掉法爾姆斯王國的兩萬大軍。再加上『暴風龍』復活，這時對你們是否有信心已經不重要了。上級替我準備全權代理的委任書，那速度簡直刷新紀錄——」

費茲說話時一臉疲憊。畢竟他被迫承擔決定國家存亡的任務，就讓他發點牢騷吧。

「——原來如此，事情經過是這樣啊。抱歉，費茲先生。不過，多虧有你，我才能釐清布爾蒙王國的心思。」

艾拉多的態度軟化，對費茲稍微低頭賠不是，嘴裡如是說道。

看艾拉多這樣，蓋札朝他發話。

「你還是一樣狡猾啊，艾拉多。用不著為了試探其他國家做到這種地步，光是我相信利姆路這點，你就沒必要擔心吧？」

「話是這麼說沒錯，但蓋札。跟魔物王國締結邦交，這決定沒那麼好下。我現在已經對布爾蒙王萌生敬意了。」

「哼，少來。你們早就做了決定，才會由你出面吧？策士艾拉多，你的結論是？」

蓋札的迫力咄咄逼人，艾拉多將之輕輕帶過。

並非因為他使用不會危及安全的人造身體使然，而是艾拉多膽子夠大。

「算是吧。我已經按自己的意思做出結論。但在我回答之前，可以再問一個問題嗎？」

這次艾拉多的話是對著我說——

「真是的，爸爸！別賣關子，快點回答啦！」

「等等，大小姐！這樣不好啦！」

「就是說啊！公爵大人偶爾也想在女兒面前耍帥，現在努力裝酷耶！」

一度緊張的氣氛被愛蓮三人組徹底破壞殆盡。

「策士的顏面蕩然無存……」

蓋札這麼說。

艾拉多有點可憐，所以我決定裝出認真的樣子。

意即——釋放「魔王霸氣」。

「——你問吧，艾拉多。」

我的部下們「噢噢！」幾聲，開始騷動起來。

蓋札和他的夥伴則發出呻吟，紛紛「唔！」了一聲，尤姆等人、費茲甚至是三獸士都流下冷汗，感到吃驚。

我把威力壓到最低，沒想到效果出乎意料強。

這是因為「魔王霸氣」整合「威壓」和「魔法鬥氣」等諸多技能，還能拿來當攻擊招數，不小心誤用會引發危險。

話雖如此，我自認像這樣扮演王者的技巧又更上一層樓。

面無表情說話是訣竅。

隱藏感情淡淡地說話，光這樣就能讓對手害怕。

搭上靜小姐美麗的臉龐，史萊姆晶瑩剔透的細胞，兩者交織出絕妙的神祕色彩。

再加上「魔王霸氣」簡直完美無缺。

不需要展現更多。一旦展露喜怒形於色的原始自我，神祕色彩將一落千丈。

做這種事涵養很重要，原本是一般人的我算有達標吧。

因為這樣，艾拉多也被我騙得團團轉。

「——唔，果然厲害。那麼——魔王利姆路，我想問問您。您身為魔王，要怎麼運用那股力量？」

什麼嘛，原來是這件事啊。

簡單。

我想實現自己的心願創造新世界，大家都能好好過生活。

可以的話，我希望創造豐饒的世界，讓大家的日子充滿歡笑。

我真心希望如此。

所以我毫不猶豫向艾拉多道出心裡話。

「——大概這樣吧。不過呢，總會經歷失敗，事情不會那麼順利吧。」

「這、這種天方夜譚，您當真想讓它成真？」

哦，他真的嚇到了。

名門貴族喜怒不形於色，我成功讓他慌了陣腳。

「是啊，這股力量就是為此而生。沒有力量高談理想只會淪為空談，而力量不為理想而生會很空虛吧？我這個人很貪心，但不成就些什麼，一味追求力量，那種事我沒興趣。」

我把某人的名言依樣畫葫蘆改寫，意思應該有大致傳達出去。

不過，這麼想理所當然吧？

有目標才會努力。

那就是人類的本質，我是這麼想的。

「哈、哈哈哈、哈哈哈哈哈！真愉快，太愉快了，魔王利姆路！好貪心的魔王！我總算明白了，知道您為什麼會覺醒！」

艾拉多開始大笑。我沒有阻止他，讓他笑到最後。

笑到一個段落後，艾拉多以使者身分對我行跪禮。

「多有得罪。魔王利姆路，我身為魔導王朝薩里昂派來的使者，希望與貴國——朱拉・坦派斯特聯邦國建立邦交。還望您應允——」

現場再度陷入一片寂靜。

只剩小小的翻書聲。

在意就輸了。要是我轉頭看，可能會毀掉現場氣氛。

某個廢柴男（維爾德拉）躺在休息用的長椅上，邊喝著不知何時叫人準備的冰紅茶，邊看聖典（漫畫），讓他進入視野只會打亂我的步調。

「——我也想跟你們建立友好關係。務必讓我們締結邦交。」

唔喔——！現場洋溢歡呼。

大家從座位上起身，為值得紀念的新關係歡天喜地。

就這樣，今日又多一個願意接受我們的國家。

我們與第三個人類國家——魔導王朝薩里昂締結邦交。

法爾姆斯王國終將滅亡，新的國家將在尤姆帶領下崛起。

版圖分布將重新洗牌。

而事態發展的速度超乎我的預期。

第二章

來自菈米莉絲的消息

Regarding Reincarnated to Slime

會議接近尾聲，我正打算結束這場會議。

這時磅！的一聲。

門開了，有人闖進來。

——接著——

「我都聽到了！這個國家（魔國聯邦）會滅亡的！」

來人這麼說。

對方是一個嬌小的女孩。

看她的樣子一時之間或許讓人難以置信，但她可是十大魔王之一，「迷宮妖精（Labyrinth）」菈米莉絲。

突然飛進來就算了，說那什麼鬼話。

妳、妳說什麼————！我是否該回這句？

菈米莉絲朝我筆直飛來。

大門敞開，後方跟著輕輕闔上門板的貝瑞塔。

總覺得他要操心的事好多。

不，肯定很操勞吧。我彷彿能看到他被菈米莉絲耍得團團轉的樣子。

就在菈米莉絲眼前，一名身穿高級管家服的人擋住她。是迪亞布羅。

他似乎待在我背後，靜靜地觀察會談狀況，看來不打算原諒入侵者恣意妄為。

該怎麼說，菈米莉絲一下子就被人抓住。

好像被人捏住的蜻蜓。

她拍翅掙扎，嘴裡一面嚷嚷：「等、等等？你做什麼啦——！」

這傢伙真有趣。魔王的威嚴蕩然無存，令人不禁莞爾。

「利姆路大人，我抓到可疑人物了。該怎麼處置？她亂說話，說這個城鎮會滅掉，您要如何處置她？」

迪亞布羅回到我跟前，語氣畢恭畢敬地詢問。

我則看向菈米莉絲。

她正胡亂掙扎，試圖逃離迪亞布羅的箝制。

「咦——！我魔力全開也逃不掉？這、這個人來頭不小吧？什麼嘛，這算什麼！我有做錯事嗎！」

這傢伙還是一樣，吵吵鬧鬧的。

坦白講，迪亞布羅擁有的魔力非菈米莉絲可比擬，她想逃應該很難吧。

這樣還當魔王。

要是有人認為魔王實際上不怎樣，都拜這傢伙所賜。

「利姆路大人，您認識這隻妖精？」

費茲向我提出疑問。

啊，會談中斷了啦。

接下來只剩最後的確認步驟耶，真希望這傢伙晚一點進來……

還是一樣白目。

沒發現。

「嗯，她是名喚菈米莉絲的妖精，我的舊識。雖然她那副德性，好歹是魔王喔！」

「喂！那副德性是什麼意思？別看我這樣，我可是人見人怕，號稱十大魔王裡最強的！」

菈米莉絲被迪亞布羅捉住還抬頭挺胸，擺出得意洋洋的跩臉。看起來毫無威嚴可言，但她本人似乎沒發現。

「咦？魔王……？」

「咦～就這玩意兒？」

這類耳語從四面八方傳來，與會者的反應看來似乎也不怎麼驚訝。

「──咦？咦咦咦──？為什麼？你們應該要更吃驚才對啊！我可是魔王耶！『迷宮妖精』菈米莉絲就是我喔！為什麼大家的反應平淡成那樣？」

不不不。雖然妳自稱魔王，現在卻被人捉住。

我猜，大家八成都很傻眼吧？

這話在心裡浮現，沒說出口是一種仁慈。

「沒啦，因為啊……利姆路先生也是魔王，認識的人在當魔王感覺滿合理……」

「或該說『暴風龍』復活讓我震驚過度，導致我對其他事情基本上都不會大驚小怪了……」

人們開口道，朝彼此點點頭。

原來如此。聽他們這麼說，好像滿有道理的。

反觀菈米莉絲，似乎對大家的反應頗有怨言。

「啊？『暴風龍』……你說維爾德拉復活了？你們都被騙了！維爾德拉被我一拳打爆了啦！那傢伙不值一提。總之，他的時代已經結束了。要是你們覺得害怕，就從今天開始敬畏我吧！」

她連珠砲似的說了一長串，開始高聲大笑。

拜託妳別再耍嘴皮。

我從迪亞布羅手中接過菈米莉絲，帶她到維爾德拉那邊。

「維爾德拉，抱歉，你能不能陪陪這孩子？她好歹是個魔王，或許可以跟你當朋友喔！」

「嗯？我現在忙著解天大的謎團。」

維爾德拉嫌麻煩，打算拒絕我。不過，我可不會妥協。

「哦，那個啊。犯人是○○，這下謎底全部解開了吧？那就拜託你啦。」

我毫不留情告知犯人身分，接著就回到自己的座位上。

維爾德拉則瞪大雙眼，一副深受打擊的樣子，彷彿在說「咦？你幹嘛先說出來啊？」。這麼做是有點壞心，但我們在開會。包含希望他反省的意思，不能輕易放過。

至於菈米莉絲，她一看到維爾德拉就昏死過去。

如此這般，兩隻問題兒童安分下來，我趁機重啟會議。

＊

首先要來確認待辦事項。

「紅丸，敵人是克雷曼。我們要擊潰他！」

「這命令等好久了——！」

紅丸露出桀敖不馴的笑容，眼裡閃著妖異的光芒。

不只鬼人，我的部下全都一臉欣喜。不知不覺間，大家都變成好戰分子了。

話說在場人士都是前陣子大鬧一場的成員……

算了，沒差。士氣高昂是好事。

「再來是三獸士及獸人戰士──」

「無須多言，我等目前皆聽從利姆路大人指揮。」

這邊也一樣，阿爾比思露出透著邪惡魅力的笑容。

法比歐和蘇菲亞也不遑多讓，看樣子不需多問。

「利姆路，就這些人有勝算嗎？」

「我們會贏。那傢伙激怒我了。」

「是嗎，那我就相信你。」

蓋札說著就發出苦笑。還壓低音量說「你成長太快啦，明明是師弟──」，我以外的人應該沒聽到吧。

「不過這個克雷曼，他是不容輕忽的魔王喔！延攬眾多魔人當部下，據說還跟東方帝國來往……」

艾拉多擔心地補充，但──

「沒關係。打仗講究的不是人數，是質！」

我理直氣壯發表超乎常理的看法，讓他閉嘴。

「哎呀，我彷彿聽見腦內常規崩塌的聲音……」

即使艾拉多錯愕地回話，從他的臉還是可以看出對我們很感興趣。

我自己也覺得不合邏輯，但絕對沒錯。

一般而言人數多較有優勢，但這個世界不來那套。半獸人王一役就是很好的例子，只要拿下敵軍將領，接下來就靠高強的戰鬥力決勝負。

再說這次論成員數也不輸人。

蒼影前去調查克雷曼的動向，由於會議會開很久，我便先聽他稟報結果。

目前還在調查確切人數。但他們緩慢移動，目前好像還在蜜莉姆的領地裡。

蒼影的「分身」應該等一下就會回來，等回來再做判斷。

這方面的作戰會議待會兒再開，先來確認對付法爾姆斯王國的戰略安排。

釋放國王後，我們要米歐拉侯爵、海爾曼伯爵向他追究責任。

看他作何反應，尤姆再起義，不過……

「那麼，戰爭方面是我們的問題。希望你們這次信任我方，交由我們處理。因此，為了擁戴尤姆成為新時代的英雄王，希望各位助一臂之力。」

此話一出，賓客們紛紛頷首。

人類社會的事，與其由我們處理不如交給他們辦，這樣更不容易出錯吧。

希望他們務必幫這個忙。

「首先是費茲老弟，拜託你暗中聯繫米歐拉侯爵和海爾曼伯爵。」

「好，交給我吧。」

面對我的委託，費茲打包票應允。

細部調整待日後會面再商談，但我們已經定好整個流程。

先讓尤姆等人假裝把王救出，再讓米歐拉侯爵收留國王，將他納入保護傘下。就此成為尤姆的後盾。

到時會釋放三名俘虜，是說……

「對了，紫苑，三名俘虜的調查工作還順利嗎？他們是否透露有利的情報？」
這些人隨便怎樣都好，所以我一直遺忘他們，但俘虜都交給紫苑處置。
「呵呵呵，那當然，利姆路大人！」
噢噢，紫苑自信滿滿。
危險的預感油然而生。
尤姆和繆蘭陪同執行調查任務，我朝他們望去，結果兩人尷尬地別開視線。
他們不敢看我，開始向我報備。
「——那件事啊，少爺。算調查？訊問？是說，他們有透露情報啦。」
「對，確實有……但那根本不像調查。說是訊問也差遠了……」
說到這裡就好，拜託你們別再說下去。
紫苑肯定做得太過火。但放行的人是我。不該找他們發牢騷，我也不打算發。
再說，就算他們想阻止失控的紫苑也沒轍，因為我一直窩在洞窟裡，他們好像聯絡不到我。
真要追根究柢，找不到人的我才該負起責任。所以說，就當作沒發現吧。
抱歉，來自法爾姆斯的幾名仁兄。不過呢，你們先出手有錯在先。
希望你們明白，能活下來已經很幸運了。
所以我才要生擒這三名俘虜。
經過紫苑的訊問——是調查才對，他們似乎透露不少情報。
「首先，艾德、艾德紐約爾？艾德……」
「——是艾德馬利斯國王吧？」

看紫苑陷入困境，朱菜在她耳邊說悄悄話，告訴她答案。果然能幹。

相較之下，紫苑沒問題嗎？好像連國王的名字都講不好……算了，他名字怪，沒辦法。

「好像有商人跟艾德馬利斯王接觸，那個人帶了我國的絲織品，讓國王利慾薰心。此外，他們怕我國會成為日後的交易樞紐，因而導致這次事件發生——」

紫苑繼續說明，事情都在我的預料之中。硬要列舉，頂多懷疑該商人企圖煽動艾德馬利斯吧。

「知道那個商人是誰嗎？是不是御用商人？」

「關於這點……很抱歉。」

紫苑像洩了氣的皮球，我趕緊安慰她。這只是我突然想到，應該沒那麼重要啦。

「那件事不重要，教會那邊呢？」

我決定改問其他的，看看雷西姆大主教那邊有什麼情報。

「是！已經查出犯人了。他的名字是——」

她頓了好久。該不會忘了……？

「——元凶是尼可拉斯．修伯特斯樞機。」

接獲紫苑求救的目光，繆蘭代替她道出名字。

紫苑截至逼問情報都進展順利，後續則一塌糊塗。她似乎不擅長記專有名詞，下次還是別找紫苑做這種任務。

這次多虧繆蘭在場才得救。尤姆也靠不住，她果真是稱職的助手。

該國顯然與神敵對，將出兵討伐——據說尼可拉斯曾如此表態。

將出兵——再怎麼說仍停在計畫階段。

「原來如此。雷西姆大主教打算討伐神敵謀取榮耀，希望中央給予他正面評價。」

恍然大悟的費茲喃喃自語，大夥兒似乎也同意他的看法。

「總而言之，似乎還有轉圜餘地。西方聖教會還未做出最後的判斷。既然這樣，或許能透過交涉避免雙方敵對。」

「那麼，讓我去交涉吧。」

費茲主動請纓。

他打算拖評議會下水。

發表聲明，要大家承認魔國聯邦是一個國家，將西方聖教會一軍。

透過評議會宣傳，魔國聯邦將受世人矚目，成為新的貿易中繼站。

雖然問題出在鎮上居民是魔物，但他們待人親切，還能跟人類對談，肯定能和人類打成一片。

這點已經獲得證明。

不如說，他們進化幅度大得驚人。講白點，目標是讓人們將這些魔物當成接近人類的亞人種，類似矮人或長耳族。

為了支援費茲的計策，蓋札王也會有所行動。

活化跟我國的貿易關係，讓魔國聯邦的知名度增加。

西方聖教會的教義指出魔物是敵人，他們應該很難接受吧。不過，武裝大國德瓦崗、布爾蒙王國已經和魔國聯邦締結邦交。

就算西方聖教會行使權限，也無法抹滅這層關係。此外，魔國跟人類國家大方交好，肯定會挑起其他國家的興趣。

而在這個時候，魔導王朝薩里昂將正式宣告與魔國聯邦締結邦交。

用這招乘勝追擊。

「我說這種話有點不妥，但跟魔國聯邦締結邦交是雙刃劍。應慎重行事，注意別遭到反噬。」

說這話的人果然是費茲。他說得沒錯，布爾蒙王國的立場最為艱辛。

武裝大國德瓦崗、魔導王朝薩里昂，這兩個國家不受西方聖教會影響。且單憑一國之力就能與西方諸國對抗。相較之下布爾蒙王國是小國，來自各國的壓力對他們影響甚大。

——不過，那些都是過往雲煙。

「呵呵。你叫費茲吧，放心吧。透過魔國聯邦，貴國可以跟我們矮人王國交流。只要鞏固貴國的立場，評議會就不會小看你們。」

蓋札說得對。

武裝大國德瓦崗和魔導王朝薩里昂，這兩個強國擁有不同的文化背景和技術，將透過魔國聯邦與他們交流。如此一來，這座城鎮肯定會以驚人的速度發展。

到時將催生新文化。

還有技術。薩里昂自豪的魔導科學、德瓦崗培植的精靈工學分屬不同技術體系，兩者將在此集結——勢必引發一場夢幻的產業革命。

而布爾蒙王國能搶先嘗到甜頭。

衡量損益，連帶產生的利益肯定不小。

至於藉尤姆之手改頭換面的法爾姆斯王國將搖身一變，成為以農立國的國家。可以餵飽鄰近地區的人，催生新的飲食文化。

為了避免特產互相競爭，必須妥善分配獲利——關於這方面，我打算暗中動些手腳。
究極技能「智慧之王拉斐爾」的運算能力三兩下就能幹掉量子電腦。計算經濟效益比超級電腦「地球模擬器」還精準，小事一樁。
在背後操縱世界很有幕後黑手的感覺，但我是魔王，沒問題。
我也知道費茲擔心的點在哪兒。
布爾蒙王國太小，很怕淪為大國壓榨的對象吧。
脫離認可小國權利的評議會是艱難決定，理由就出在這裡。
怪不得他們會感到不安。
事實上，繼續跟評議會互動，短期內或許有好處。要是動員布爾蒙王國所有的情報戰力，促使西方聖教會跟我們全面開戰也許不成問題。
要是我一開始跟他們接觸就迫使對方這麼做，搞不好現在已經被人討伐了。
可是布爾蒙王國的人沒有選這條路。
他們選擇相信我，跟我們一同奮鬥。
所謂的結果，都由自身選擇所造就。
布爾蒙王國已經選擇我們了。因此我給點提示應該不為過。
——畢竟共存共榮是我的理想。
「費茲，我希望你回去替我跟布爾蒙王轉達一下。我有事拜託他。」

「有事拜託他？又是麻煩事嗎？」

「你好失禮呢。詳細說明會占用很多時間，再加上難以理解，下次我直接過去解說吧。」

「大人您才失禮吧！這樣好像在說我的腦子不好不是嗎！」

「不是啦，我不是這個意思。因為啊，難道費茲你是經濟學強人？」

「唔……好啦。我會跟國王轉達，替你們安排會面。」

好，我說著就點點頭，結束這段對話。

布爾蒙王國的任務是掌握各商品交易數量。調查各國的外銷品與進口品，將對的商品送到對的地方。簡單講，他們將成為這個世界第一所類貿易公司。

若成功實踐，小國將不再是小國。會擁有莫大的影響力，催生跨國企業概念。

按布爾蒙王國所處位置看來，希望他們未來成為貿易集散地。

不過這一切都得等所有作戰計畫塵埃落定再說。

我們要打倒克雷曼。

尤姆要建立新王國。

至於費茲和布爾蒙王國，他們將運用情報操作技巧，牽制評議會和西方聖教會。至少要牽制到我方獲得勝利為止。

對我們來說，西方聖教會是一大隱憂。

他們應該不會立刻採取行動，但牽制是必要的。

西方聖教會不承認魔物王國，另外還有神聖法皇國魯貝利歐斯。

我想盡可能延緩衝突發生，對外證明我們能幫到大家、可以跟人們和睦共處。

萬一掀起戰事，我希望能和平落幕，不過……從日向的反應看來，應該不容易。
所有問題解決起來都不簡單。
一切端看我們今後的行動而定。

＊

接下來，就把這三個俘虜——嗯？
艾德馬利斯王、雷西姆大主教，還有一個人是誰？
我想起來了！是沒被我打死的傢伙。
放那種人走沒問題嗎？
「紫苑，俘虜共三個人吧？有一個從我的攻擊存活下來，應該滿難纏的？」
「咦？啊，是。您在說那個驚魂未定的男人吧？」
驚魂未定？原來他只是僥倖活下，不怎樣嘛。
「哦，在說那名僥倖存活的男子啊。聽起來，應該是騎士團長弗肯吧？」
蓋札聽過這號人物，也就是說他算實力派戰將嗎？嗯——那這樣放他走應該滿危險的？
我轉頭看迪亞布羅，朝他問話：
「這傢伙看起來怎樣？應該滿強的吧？把他放走沒問題嗎？」
接著迪亞布羅回話了，臉上笑意不減。
「不，利姆路大人。他是不痛不癢的小角色。只不過，以人類的水準評斷，似乎是操縱魔法的能手。」

魔法師？那樣的話，應該不是名叫弗肯的騎士團長。

「紫苑，妳知道他叫什麼名字嗎？」

我這麼一問，紫苑大方回應。

「是！他叫拉麵！」

原來叫拉麵啊。這麼說來，我已經好幾年沒吃拉麵了。

工作熬夜時吃的沖泡拉麵真的好好吃。

好懷念。下次來重現看看。

我才在緬懷轉生前的事……

「拉麵？法爾姆斯有這號人物？」

「沒印象。還會施魔法？魔法？說到魔法，法爾姆斯那邊有一個叫拉贊的魔人……」

「英雄拉贊嗎？這男人來頭可不小。」

費茲、艾拉多、蓋札三人這麼說。

還不只這樣。

「英雄拉贊。我聽說過他。名號還傳到獸王國，這個男人是大國法爾姆斯的守護者，人稱睿智的魔人。」

「我也聽過。他是人類，魔法造詣卻超越魔導師。我很想跟他交手！」

「不過，近戰一定是我們占上風，但這個人類肯定不容輕忽。」

真教人驚訝，三獸士也知道他。

沒想到這樣的人會留在法爾姆斯王國裡……

叫拉麵的男人不重要，但那個拉贊須小心防範。

「紫苑，那個人真的叫拉麵嗎？」

「是，我想想，應該吧……可是，他還很年輕！是襲擊這座城鎮的其中一人，不是大家說的魔法師！」

前半段沒什麼把握，但後半段非常肯定。

咦，可是，好奇怪喔？

迪亞布羅說他是魔法師啊……

我有點在意，除了紫苑、迪亞布羅，還向其他人求證。

被捕的男人是名年輕男子，曾經襲擊這座城鎮，是「異界訪客」沒錯。聽大家的證詞也知道。

「迪亞布羅，你該不會想讓利姆路大人稱讚，才隨便亂講話吧？」

紫苑開始搧風點火。

「真是出乎意料的發言啊。只不過打倒一隻三腳貓罷了，笨蛋才會抱持如此龐大的期待。我只想完成指派的任務，讓利姆路大人恩准我當他的僕人。」

對喔，迪亞布羅曾說他想侍奉我，但沒說過對手很厲害，甚至不把他當一回事。

這麼說……

「——這麼說來，關於那名『異界訪客』，老夫與蓋德將他逼入絕境時，一名實力可觀的魔法師出面阻擾。那個人確實名叫拉贊。因為來人事先準備核擊魔法以便隨機施放，老夫認為我方將遭受重大損害，才放他一馬——」

白老邊回想邊向我報告。

不是拉麵，是拉贊？

是說必須加強防範的拉贊這次也有參戰嗎？

《宣告。若施展歸屬於精神系魔法的祕術，將能置換肉體。》

啊，就是這個。

「照這樣聽來，應該是那個叫拉贊的魔法師附在年輕人身上吧？」

「咦！」

我一指出癥結，紫苑就慌了。

她似乎不確定俘虜的名字，我的猜測八九不離十。

「咯呵呵呵呵。叫什麼名字，應該很快就能知道。」

迪亞布羅朝紫苑補槍，讓紫苑眼眶泛淚。

結果，那個男人就是拉贊。

沒有叫拉麵的男人。知道了吧？

所以說，就別再指責紫苑了。沒辦法嘛，她可是紫苑。基本上，將要動腦的任務派給紫苑就是一種錯誤。

此外——

「——不過，居然把那個拉贊打得落花流水！」

「真是不敢相信。他可是數百年來支撐法爾姆斯王國的英雄啊……」

「身為魔導師的實力跟我並駕齊驅，甚至有過之而無不及，是難得一見的奇才——」

諸如此類，大夥兒全都震驚不已。

他們感到吃驚的對象是迪亞布羅。

現在想想，這個迪亞布羅也是謎樣人物。

為什麼想侍奉我？雖說他不介意提供免費服務，我沒理由拒絕就是了。

被大夥兒認定該嚴加防範的男人讓他斷言是三腳貓、不成氣候，看樣子這傢伙真的很強。而且那還是在我替他取名之前……

如今更當著紫苑的面耀武揚威。因為是紫苑自討沒趣，所以她懊惱地咬緊牙關。

算了，都好。要是紫苑沒擅自將迪亞布羅當成死對頭，問題也不會隨之而來。瞥腳祕書對上菁英管家，這層關係會成為嫉妒的溫床吧。

好，決定了！

「尤姆，原本要你帶三名俘虜展開行動，你把迪亞布羅一起帶去吧。」

此話一出，這次換迪亞布羅慌慌張張地看我。

雖然我看到紫苑露出奸笑，但我下這道命令不是為了她。

我是經過細想才做出判斷。

我們要起兵對付克雷曼。

這座城鎮將委託維爾德拉守護，我一直在煩惱該派誰去支援尤姆他們。

此人必須思緒清明，擁有能隨機應變的能耐，還能迅速移動。

蒼影是合適的人選，但我要讓他上戰場大顯身手。

紅丸是負責領兵的將軍。

紫苑不可能。

白老不會「影瞬」和「空間轉移」，移動起來很花時間。

至於蓋德跟戈畢爾，他們的外表之於人類社會過於醒目。再說考量他們的性格，應該不擅長出謀劃策。

在這方面，迪亞布羅是具備所有條件的人。他曾說願意出力扳倒法爾姆斯王國，想必迪亞布羅不會有意見才是。

還要找人監視棘手的男人拉贊，迪亞布羅肯定沒問題。

「拜託你了，迪亞布羅！」

「是，小的遵命，利姆路大人！」

被我拜託，迪亞布羅綻放欣喜的微笑。

好像哪裡怪怪的，但他都答應了，沒問題。如果是現在的迪亞布羅，繼維爾德拉和我之後就屬他最強吧。不管發生什麼事，都能臨機應變才是。

「可能得花好幾年，你要沉住氣。遇到什麼狀況，儘管透過『思念網』聯繫我。」

「沒問題。用不著花那麼多時間，我會迅速了結此事。」

要滅的可是一個國家，好大的自信。但正因如此，我才能放心交給他辦。

這下我們就少了一個牽掛，可以全力以赴，對魔王克雷曼全面宣戰。

如此這般，計畫環節確認完畢，首腦會議告一段落。

最後我做個確認，看還有沒有其他討論事項，結果有人舉手。

是艾拉多。他看著我，似乎有什麼話想說。

「什麼事？」

聽到這句話，艾拉多迫不及待地發話。

「我國魔導王朝薩里昂跟此處——也就是魔國聯邦，中間隔著非常礙事的森林和群山。要是能夠直達，肯定能縮短相當程度的路程。若開闢一條街道，來往上會更加便利——」

他說完就偷瞄我。

嗯哼——我知道他想說什麼。

既然都跟魔導王朝薩里昂締結邦交了，開闢直達道路會方便。這項工程當然要執行一下。好處在於原本須繞遠路進貨的商品可以直接送過去，我一開始就把它算在計畫之內。

可是要開闢道路須大興土木，像是砍樹、開闢隧道，還得對路面進行鋪裝作業，執行上將動用龐大的國家預算。

國家強歸強，不代表他們能輕易提撥這筆預算。

艾拉多站在公爵的立場縝密計算，想把工作全推給我們吧。

「艾拉多，你臉皮太厚了。如此重大的任務，利姆路怎麼可能輕易答應。」

蓋札出面表態。

是說先給我暫停一下。直達矮人王國的街道開闢工程也由我們全面承擔耶！

「愛說笑，蓋札！由利姆路閣下回絕情有可原，但哪有你說話的份！」

啊，也就是說艾拉多也知道這件事。

我們當初回應蓋札的要求，現在回絕會不會引發問題？

說真的，要我們全面承擔沒關係。只要能讓人類認可我們，開闢街道只是小小的投資罷了。

話雖如此，要是我在這輕易答應，今後跟我們交流的國家有可能會學著見縫插針。就好比被布爾蒙王國牽著鼻子走，人類是狡猾的生物。

所以現在要來個下馬威。

「我明白艾拉多公爵的意思。關於街道的開闢工作，由我們負責沒問題。只不過——」

「只不過？」

艾拉多吞吞口水，一雙眼望著我。

別這麼緊張，我不會做過分的要求啦。

「只不過，街道上的警備工作和旅店經營，這些也由我們包辦。當然，用於該處的經費會轉成過路費，將酌量收取。」

脫口的內容如上。

簡單講，類似高速公路的收費機制。每隔一段距離就設置用以警備的哨站，在那些地點收取一定程度的費用。這些會變成長遠收益。短期內看似虧損，長遠看來將由虧轉盈。就是所謂的黑心國庫收益。

同時我們還接下開闢道路的工作，對別國施恩惠。

「——原來如此，真有一套。會這麼要求合情合理。不過，關於您說的通行費，希望每隔幾年能交涉一次。」

哦？艾拉多也不簡單。看樣子艾拉多馬上就猜到我的心思了。

沒差，這種事建立在雙方的共識上。定太高也沒意思。就接受他的提議吧。

「ＯＫ。就這麼辦！」

「好隨便！」

旁邊的費茲大吃一驚，但我不在意。

外交最重要的莫過於決斷力。

「蓋德！又有工作要排了！」

「遵命！感激不盡。從事各種工程讓人學會協調，搬運資材讓某些人學會補給、操縱土的技能，利姆路大人分派工作為我們加分。這可是最棒的軍事訓練場！」

咦！啊，原來……

他們的工作心態是這樣啊。

還以為蓋德中規中矩，沒想到他也是武鬥派。太讓人意外，害我一時之間辭窮。

「好、好喔。既然這樣，我們要快點把仗打完，早點動工。」

「是。請您一定要看看我們平日的訓練成果！」

蓋德幹勁十足。

到時跟克雷曼對戰，他肯定會很活躍吧。

其他人似乎沒意見。

經歷一些風波，會議總算落幕。

各國參與這場會議都有他們的考量，為了創造人魔共存的世界，互相交換意見。

這場突發的會議——後世稱作人魔會談——具有甚至可稱為歷史轉捩點的重大意涵。

——我們又朝理想邁出一大步。

＊

跟各國首腦開會告一段落，我們總算能召開對付克雷曼的作戰會議。
我要人做準備，希望大家一起聽蒼影報備。
好像遺忘什麼東西……這念頭剛閃過，我就想起來了。
是菈米莉絲。
那隻吵鬧的妖精究竟想說什麼？
是說她還處在昏死狀態？
我開始擔心她，決定去找維爾德拉看看情況……
居然有這種事。
菈米莉絲在那專心看漫畫！
本以為再不陪她會把她弄哭，看樣子我的擔心是多餘的。
「——喂。妳這傢伙，在搞什麼飛機？」
我逼不得已只好問了。
「先安靜一下。現在正好看到精采的地方，等一下再說。」

菈米莉絲頭也不回，用這句話打迷糊仗。

這傢伙來這幹嘛的？

看她注意力都在漫畫上，不是有要事嗎？

該不會是這樣吧，從昏睡中甦醒正想大鬧一場，突然發現長椅上有漫畫散落。接著就被漫畫挑起興致，連會開完都沒發現，沉浸在漫畫的世界裡。

似乎還跟維爾德拉意氣相投，剛才的昏死彷彿是假像，兩人感情要好地讓貝瑞塔服侍。

真的讓人啞口無言耶。

我的視線落到貝瑞塔身上……

「在此對您恭賀，恭喜您進化成魔王。我也因您的進化受惠，一直想跟您道謝。託您的福，我從『魔將人偶』進化成『聖魔人偶』。」

說完，他朝我恭敬地行禮。

貝瑞塔變成聖魔人偶，似乎同時具備聖與魔兩大相斥屬性。

好像是受他獲得的獨有技「天邪鬼」影響。

這項技能會自動獲得相反的屬性。換句話說，拿貝瑞塔當例子，會逆轉惡魔族的特質，同時擁有天使族的力量。

貝瑞塔體內產生新的「精靈核」，跟舊的「惡魔核」結合。最後催生「聖魔核」。據說有這顆聖魔核的力量加持，貝瑞塔甚至能操縱原本是弱點的聖屬性。

這算什麼，好奸詐——有上述想法的人肯定不只我一個。

那身堅固肉體由魔鋼製成，大部分的物理攻擊和魔法都傷不了他。不僅如此，連弱點都彌補了，堪稱最頂級的強化。

他學到獨有技「天邪鬼」似乎也跟我有關。

我想，大概是我的焦躁帶給他強烈感受吧。

當初被「聖淨化結界」囚禁時，魔素被封住，覺得自己一無是處，那種感受讓他學會這股力量。

「魔將人偶」靠魔素運作，他知道這會讓自己動彈不得。因此，才藉這次的進化擬定對策。

獨有技「天邪鬼」也好，「聖魔核」也罷，都是讓我很感興趣的研究素材。

《宣告。獨有技「天邪鬼」已跟究極技能「誓約之王烏列爾」整合完畢。該能力可透過全屬性的「法則操作」重現。此外，要製造「聖魔核」，須滿足特定條件並準備指定素材——》

什麼！

又若無其事稟報了，「智慧之王拉斐爾」真的很有才。

對喔，我有「食物鏈」！

我有究極技能「暴食之王別西卜」的「食物鏈」，可以獲得同胞的技能原型。

貝瑞塔似乎也包含在內。

後來，我又跟貝瑞塔小聊一下。

他好像做得很快樂，沒什麼不滿。

還在迷宮裡做各式各樣的實驗。這次事件連帶讓他進化，他才發現我產生變化。

「總而言之，你過得順心就好。等這次事件結束，我們再聊聊吧。」

「哈哈，多謝關照。我很期待。」

「嗯。你都有配合菈米莉絲的要求，真是太好了。總之，除了無理要求都順著她就對了。」

「包在我身上。我一定會回應您的期待！」

「嗯，加油。對了，你們來這幹嘛？」

我望向不厭其煩看漫畫的菈米莉絲，朝貝瑞塔提問。

「這、這個嘛……」

貝瑞塔似乎想起此行的目的，趕緊靠近菈米莉絲遊說她。

「菈米莉絲大人，現在不是做這種事情的時候。要快點跟利姆路大人說那件事——」

「你很煩耶！我現在很忙！」

「請您回想來這的目的。」

「就、跟、你、說、了！我命中注定要邂逅它！在這個名叫漫畫的優良讀物裡，當主角的少女究竟會選誰——」

菈米莉絲理直氣壯。

貝瑞塔真的好辛苦。

這樣下去貝瑞塔太可憐了，沒辦法。

我大概知道她在看哪種漫畫，嘴裡發出嘆息之餘，我過去威脅她。不這樣做，我真的要等她看完。

——順便補充一下，這部漫畫是超過四十集的大長篇，雖然人人都說我跟佛祖一樣心地善良包容力強，但我還是忍不下去。

「喂，菈米莉絲。要是妳不希望我說出女主角會跟誰在一起，就快點講妳來這的目的！」

我的威脅奏效，效果出乎意料地快狠準。

「是！」

她舉手跳起，趕緊回想此行的目的。

看她悠哉成那樣，帶來的消息肯定不痛不癢，單純是她把場面鬧太大吧。

已經打包好準備回國，正在閒聊的各國賓客也不例外，似乎想起菈米莉絲這號人物，動作紛紛頓住。

大概是想姑且聽聽她的說詞再回去吧。

菈米莉絲見狀好像很滿意，挺起平胸盤手，煞有其事地點點頭。

接著——

「我再說一遍！這個國家會滅亡！」

那句話脫口而出。

「妳、妳說什麼——！」

我用平板的語氣做出回應。

然後菈米莉絲就得寸進尺地接話，一副施了天大恩惠的模樣。

「哼哼！唉，我也不樂見。所以才特地跑來通報。要心懷感激喔！」

跟她認真好像會拖很久，隨便對應一下好了。

「那麼，為什麼會滅國呢？」

「這個嘛，說原因之前——」

菈米莉絲說到這兒先頓了一下，再換上認真的表情。先是環顧各國重要人士，稍微思考一會兒，這才點頭續言。

「好吧，並非跟人類無關。也好，你們一起聽。魔王克雷曼出面提議，要發動魔王盛宴！」

「魔王盛宴？」

「沒錯，魔王盛宴。全天下的魔王齊聚一堂，開一場特別會議。」

什麼啊，她剛才說發動，我還以為是大魔法。我們打算主動進攻，卻被他先發制人，這不是教人著急嗎？

向菈米莉絲詳細追問後，我發現魔王盛宴好像就是魔王齊聚一堂的意思。

要發動魔王盛宴須得三名以上的魔王承認，一旦發動似乎具相當程度的強制力。一定得參加，是魔王之間訂立的少數協議之一，能迫使恣意妄為的眾魔王就範。

聽說某些吊兒郎當的人不會親自出馬，而是改派全權委任的部下出席。

「——這麼說來，文獻有記載。說魔王聚集並引發大戰。所以西方聖教會就將那天命名為魔王盛宴。」

據艾拉多所說，一千多年前的文獻曾記載這件事。當時那大戰打得天昏地暗，造成重大傷亡，引發大災難。

由西方聖教會命名的魔王盛宴，人們都認為那是「讓世界毀滅、陷入混亂的魔王饗宴」。

所謂的大戰，應該是指曾經發生數次的世界大戰吧。

魔王聚在一起引發大戰，當真是那個意思？還是說，他們為這些大戰備戰，打算當誰的後盾？

「也就是說，大戰是魔王引起的？」

「才不是！我沒那麼閒，戰爭打起來很麻煩，根本就不想打好嗎！」

菈米莉絲二話不說否認我的疑問。

她不管怎麼看都很閒啊……不，算了。

仔細想想，這傢伙也是魔王之一。好像還活很久，就算曾經參加千年前的會議也不奇怪。

之後，艾拉多朝菈米莉絲點頭，一面說道：

「魔王菈米莉絲的話應該不假。大戰的正式名稱叫『天魔大戰』，各大勢力都出來爭奪霸權。話雖這麼說——」

照艾拉多的說明聽來，大戰每隔五百年就會發生一次。

這是有原因的，據說天上的大軍會進攻地上界。

天上的大軍——指的是天使族。

天使族形同魔物的天敵，但他們不分種族一律攻擊。

應該說，不知為何，他們總是挑先進都市下手。原因不明，不過，聽說是這樣。

「我們之所以待在地底不肯出來，理由就出在這兒。」

這句話來自蓋札。

矮人王國發展得很好，肯定格外醒目，這個判斷再正確不過。

魔導王朝薩里昂也差不多，將都市建在巨大的神樹洞裡。蓋札曾對艾拉多提到「被神樹環抱的都市」，就是在調侃這件事。

這兩大強國在捍衛國土上，似乎都做了萬全準備。

而西方諸國——

評議會——會成立西方諸國評議會，都是為了對抗魔物。另一目的是挺過大戰。

參加評議會的國家會互相幫忙。德瓦崗和薩里昂兩大國按兵不動，敵人只有天使族——要這麼說也不完全是這樣。

呼應天使族的進攻，魔物跟著活化。這裡說的魔物擁有智慧，也就是魔人。

某些魔王想利用這場大戰侵略人類國家。千年前就是如此，聽說當時的狀況慘不忍睹。

不僅如此，人類也是不容輕忽的敵人。

目前的假想敵是東方帝國——納斯卡．納姆利烏姆．烏爾梅利亞東方聯合統一帝國，由此可看出端倪。

帝國的霸權主義不分時間場合。一旦發現西方諸國勢微，隨時都會發兵攻打。

如此這般，混雜著天、魔、人的大戰——這就是「天魔大戰」。

如果是這樣，說魔王引發大戰等同遭人抹黑。

我自己也不想挑起戰爭啊。

話說回來，天使族居然會攻擊先進都市啊。

我很想讓這座城市變得欣欣向榮，讓其他城鎮都望塵莫及。不過，還是先緩緩好了。

至少重要設施要等防衛面鞏固再行開發，這才是明智之舉。

總之那都是後話，先在心裡找個角落記著。

現在要先來處理魔王盛宴。

「那麼這樣說來，魔王盛宴到底是什麼？全體魔王聚集究竟有什麼目的？」

若與大戰無關，應該有其他目的吧……

啊，是那個嗎？蜜莉姆曾說自稱魔王會遭其他魔王制裁，難道他們要開會表決，舉派某人來處置我？

「這個嘛——首先，你們好像誤會了，我先來說明一下。」
接在這句話之後，菈米莉絲說的事跟我的想像有出入。
「魔王盛宴時常舉辦。有三名以上的魔王同意就能發動，開起來不難。如果是以前，其實就等同我、金、蜜莉姆三人開個小茶會啦——」
菈米莉絲向我們透露這些，繼續說：
「也就是說魔王盛宴這東西，就是魔王聚在一起報告近況，聊些有趣的事。只是人類不知情，其實並沒那麼誇張啦。」
她大爆料。
總覺得這傢伙想得太簡單，會跟其他魔王想法有落差，滿恐怖的。她的話最好別當一回事。信以為真可能會很慘。
我一定要罵罵她。
「笨蛋！只是開個小茶會，這個國家怎麼會滅亡？」
連為人溫厚的我都怒了，真的。
這個臭小鬼，真是白目得可以。
「啊，不是啦！問題不是魔王盛宴，是議題啦！」
菈米莉絲趕緊更正。
議題？魔王確實會聚在一塊兒，所以果然是想討伐我……？
根據菈米莉絲所說，這次有兩個人贊成克雷曼召開會議。
是魔王芙蕾與魔王蜜莉姆。

包含克雷曼在內共三名魔王發起，所以這提案就被受理了。

此外，議題還是——「朱拉大森林誕生新勢力，森林盟主還妄稱魔王」。

肯定在講我。

「我說你……是不是自稱魔王了？」

「對啊。我不後悔，也不打算反省喔！」

既然菈米莉絲都問了，我就老實承認。

「嗯——如果是你不意外。雖然會發生很多麻煩事，但實力堅強就沒問題啦。」

菈米莉絲說得輕鬆愉快，彷彿事不關己。不，確實跟她無關。

反正我已經有心理準備了，都好。

「所以呢，他們果然要制裁我？」

果然要制裁我——原本這麼想，結果聽菈米莉絲說，事情好像不是這樣。

「名義上是這樣啦，但要不要制裁都隨便，這是我們業界不成文的規定。這次他特地召開魔王盛宴，理由在於魔王卡利翁背叛大家。不只這樣，克雷曼還出來嚷嚷說他的部下魔人繆蘭遭殺害。」

魔王也算一種職業喔？這什麼業界啊？我這麼吐嘈，結果被無視。

聽說克雷曼主張有人殺了繆蘭，犯人是「妄稱魔王的新人利姆路」。他恐怕目的是——

《宣告。推測他可能想占領魔王卡利翁的領土，鎮壓朱拉大森林。》

——大概吧。我也這麼認為。

所以克雷曼的軍隊才有動作嗎？

趕在我們行動前，克雷曼先下手為強。

魔王克雷曼，比預料中還要厲害——

「你啊！冷靜成這樣，這可是大事喔！根據我收到的情報指出，卡利翁好像被蜜莉姆打倒了。還有克雷曼似乎派出旗下魔人，打算進行軍事行動。換句話說這已經不是制裁了，是戰爭才對！克雷曼想找藉口，把你們全都收拾掉！」

就是這樣，菈米莉絲難得一臉認真，滔滔不絕地說著。

她的話讓與會人員感到慌亂。

對這些大國來說，一名魔王遭人討伐就是天大的問題。

也是啦。這樣一來，魔王之間的戰力平衡可能因此崩解。

我個人早就料到了，但在各位貴賓聽來卻相當意外。看來是很嚴重的議題。

還有——

「居然說卡利翁大人背叛！真失禮——！」

「克雷曼不可原諒。想得美，我要粉碎那份野心。」

「就算卡利翁大人不在，我軍仍健在。絕不能放克雷曼的部下為所欲為！」

要說反應最激動的人是誰，莫過於三獸士。

這也難怪。因為對方擅自把他們的主子講成背叛者。

而且照菈米莉絲的話聽來，克雷曼似乎還想吞掉卡利翁的領土。

我們晚了一步。沒想到他這麼快就採取行動了……

反正他肯定沒安好心眼，要快點收拾乾淨。

「妳冷靜點，菈米莉絲。我確實自稱魔王，但沒有殺繆蘭。」

「這話是什麼意思？」

「沒什麼特別的意思，那是克雷曼亂講的。我早就料到克雷曼會說我殺了繆蘭，想找我算帳。」

此外——

「等、等等！你有證據？」

不管怎麼說——

「——不好意思，魔王菈米莉絲大人。請您准許我發言。據傳遭人殺害，克雷曼的手下魔人繆蘭就是我……」

我要毀掉克雷曼。

當初故意讓他誤判繆蘭被殺，我就料準克雷曼遲早會有動作。

上鉤的人不是我，而是克雷曼著了我的道。

與其他魔王無關。

看繆蘭出面報出名號，菈米莉絲大吃一驚，但她立刻恢復冷靜。

「啊？咦？這麼說……我懂了！犯人就是魔王克雷曼吧！」

這件事，大家都看得出來喔。

菈米莉絲得意洋洋地宣布自身看法。

然而可悲的是，她導出的答案任誰都能輕鬆思及。

「喂，我也認同妳的看法，但我有件事想問。」

感覺滿可憐的，我稍微搭腔一下好了。

而且某些點令人在意，順便問問。

「嗯，什麼事？就說給我這個名偵探菈米莉絲聽聽吧？」

糟糕，我本來想幫她圓場的，她卻得寸進尺。

名偵探是哪招？

難道說，這傢伙有稍微瞄到維爾德拉在看的漫畫？不過，現在不是追問那件事的時候。

趕快把問題問一問。

「像這種時候，其他魔王會採取什麼行動？」

不能對她抱太高的期望，但姑且問問看。

她好歹當那麼久的魔王，搞不好可以當參考。我基於上述想法才問的……

會場頓時安靜下來，靜待菈米莉絲回答。其他人似乎也對我的問題很感興趣。

但菈米莉絲卻不當一回事。

「咦？那種事我哪知道。就有人跟我說要設宴討論這件事，叫我參加啊！」

她答得很順，絲毫不以為意。

果然，對她抱持期待也是枉然。

畢竟她只是一個小孩子。光是過來打小報告就該慶幸。

換下一個問題。

「那我問妳，菈米莉絲，魔王盛宴什麼時候舉行？妳知道確切日期嗎？」

為了擬定打倒克雷曼的作戰計畫，我想先了解一下。

「嗯，我沒說喔？我想想，好像是三天後的新月之夜。」

三天後是吧。比預料中還早呢。

只花三天要打倒克雷曼滿困難的。

唔——這樣的話……

等魔王盛宴開完再一決勝負好了？

這下得找大家商量才行。

如此這般，想問菈米莉絲的事都問完了。

菈米莉絲要過來辦的事好像只有這件，大概沒辦法問出更多的情報。

這時我突然想到一件事，決定再問一個問題。

「對了，妳為什麼跑來通報？」

「嗯？沒啦，老實說，要是你被人殺掉，我的貝瑞塔不曉得會怎樣吧？所以說，我才決定幫你，特地過來一趟。就是這麼一回事，所以我要在這裡打造迷宮入口，可以吧？」

「最好是！咦，話題為什麼扯到那裡去？還弄迷宮入口，是想蓋什麼鬼東西啊？」

我很高興妳跑來通風報信，但那個跟這個是兩碼子事。

「咦咦——！又沒關係，一點小事別計較啦！」

完全沒把別人的話聽進去，菈米莉絲顧著發表意見。那態度等同在說就這麼定了。

真是的，這妖精做事真夠隨性。

「我很介意，妳也給我慎重對應啦！還有，別隨便把貝瑞塔當成私有物好嗎？」

休想擅自決定，我斬釘截鐵地拒絕。居然要創前往迷宮的入口，肯定會招來大患。還有貝瑞塔的事，不能只看我個人的意思，貝瑞塔的想法也很重要。怎麼能隨便決定。

我臨時想到隨口問問，不料對方給出不得了的提議。

雙方激烈爭執，卻沒結論。真受不了。

總而言之，我們就地解散。

我也是很忙的，沒多餘時間陪菈米莉絲瞎耗。

菈米莉絲事情也辦完了，人跑回去看漫畫。

我也跟各國賓客約好，今後得知其他情報會通知他們，他們接受了。之後，參加會議的眾人各自離去。

費茲打算在旅店住一晚再回國。

「這次貴國也被當成目標，請您做好心理準備。魔王真的是很危險的存在。雖然我知道利姆路先生很厲害……」

費茲這麼說，替我擔心。

我懂他的意思。

畢竟最壞的情況下，很可能與數名魔王為敵。

放眼十大魔王，哪些人不會成為我們的敵人？

魔王卡利翁不知去向。

菈米莉絲說好要跟我同進退，應該可以除外。

至於蜜莉姆……這傢伙最讓人擔心。她大概被人騙了，但我要先做最壞的打算。

若場面真的弄僵，可能要和八個魔王為敵。那些暫且不提，要是蜜莉姆變成敵人，我們最好使盡全力逃亡。

「沒關係，總會有辦法。」

我這麼說，試圖讓費茲放心。

艾拉多也在那耍賴，說好久沒跟愛蓮說話想找她聊聊，要住幾天才回去。

我們沒有讓他住旅店，而是領至旅館。這可是我國自豪的設施，若能獲公爵讚賞當然歡迎。

話說這個艾拉多，辨公和私底下的性格截然不同。對女兒過度糾纏，女兒反倒對他敬而遠之，我替他祈禱，希望他不會進一步惹愛蓮不快。

蓋札也決定住下來過夜，所以我們帶他到艾拉多住的旅館。從這兩人的對話尋蛛絲馬跡可以想像得到他們似乎是舊識。據說其實他們還一起奮戰過，艾拉多本人是很厲害的魔法師的樣子。

滿讓人意外的，不過他們今後會透過我國交流，能增進情誼也算美事一樁。

這麼說來，今天來這聚會的都是重要人士。

今後，那些首腦應該會在人類國家產生舉足輕重的影響。回過頭檢視，我的立場已經跟他們對等了。

最後因任性妖精參加把會場搞得雞飛狗跳，但這場會議依然帶來豐碩的成果。

就這樣，會議散場。

*

接下來，我們也想休息卻沒機會。

一方面也不希望被眾魔王盯上，必須擬定對策。

用完餐點後，我們又到會議室集合。

來人只有三獸士跟繆蘭。

尤姆、克魯西斯在為之後的行程做準備。克魯西斯原本想一起開會，卻被三獸士法比歐斥退。

這兩人肩負的任務很重要，法比歐希望他們全力以赴。

我們原本想讓繆蘭一起做準備，但熟悉克雷曼的人就只有她。所以就拜託她幫忙，出席這場會議。

奇怪的是，迪亞布羅也跑來參加。

「咯呵呵呵，我不需要做任何準備。」

既然他都斷言了，我只好接受這番說辭。讓他參加也沒什麼大礙，就隨他去吧。

還有，菈米莉絲莫名其妙加入這場會議。

「啊，是你啊！怎麼會這樣？這是怎麼一回事？」

我一進到會議室，菈米莉絲就跑過來喋喋不休。

「什麼怎麼一回事？」

我這麼一問，她這才紅著臉抱怨。

以下是她的說詞。

剛才進入休息時段，她好像被人帶到餐廳裡。

我完全遺忘她，但有人過來陪菈米莉絲。

沒錯，就是樹妖精德蕾妮小姐她們。

她們曾經服侍過還是精靈女王的菈米莉絲，似乎一眼就認出她。然後，她們就對菈米莉絲盛情款待。

「這樣很好啊。」

「超好的！棒透了！所以利姆路，我也要住在這裡！」

看樣子菈米莉絲很中意這座城鎮。她這個魔王沒部下、孤零零的，受人景仰就跟著跩起來。

總之，菈米莉絲在旁人帶領下參觀這個城鎮。

在那看到各種景象讓她相當著迷，才決定住在這裡。

「就跟妳說別擅自決定了！還有，德蕾妮小姐她們是這座朱拉大森林的管理者。住的地方跟我們不一樣，不可能一天到晚陪妳。」

樹妖精三姊妹目前也待在菈米莉絲後方，看起來很幸福，我斜眼看她們，一面開導菈米莉絲。

可是，菈米莉絲聽不進去。

「小氣鬼——！這樣很好啊，不管發生什麼事，我這個稱霸世界的最強菈米莉絲大人都會幫忙喔——！」

要是妳幫忙，大概會——不，還是別提好了。

實話實說說出來，菈米莉絲搞不好會哭。

「利姆路大人，我們會負責照顧菈米莉絲大人，請您往積極的方向考慮。」

「「「拜託您！」」」

不只菈米莉絲，連德蕾妮小姐她們都跟我拜託。

可是，不管從哪個角度看，她好像都會變成麻煩製造機。今後我們會跟人類進一步交流，若菈米莉絲跑出來閒晃，肯定很引人注目。

嗯——這個提議還是先保留吧。

「我知道了，我會納入考量啦……」

「真的嗎！不愧是利姆路，真懂事！」

菈米莉絲來這個城鎮會引發哪些狀況，以後再慢慢想吧。

眼前有問題要先解決。

菈米莉絲也安靜下來，我們要開作戰會議了。

「那麼，一直開會想必大家都很累，你們先忍耐一下。這次的議題有兩個，『與克雷曼決戰』，還有『魔王盛宴』。多虧這邊這位菈米莉絲妹妹過來通報，我才知道自己被人盯上。先來聽蒼影帶回的報告，擬定作戰計畫。蒼影，你跟大家報告克雷曼的軍情。」

「是！」

在我做完開場後，蒼影開始進行報告。

就在我們開會時，克雷曼的軍隊似乎有動靜。

他們好像在蜜莉姆的領土調養生息，編列軍團。此外——

「率領軍隊的人似乎不是克雷曼本尊。雖然帶了數名魔人，魔素量不同於一般，但還是只到三獸士等級。說他是魔王克雷曼，未免過於低劣。」

蒼影如此斷言。

不過啊，這傢伙也是個自傲之人啊……

「要說克雷曼那邊有哪些部下能與三獸士匹敵，能想到的有三人——」

有那麼多啊，果然再怎麼爛還是魔王呢。

他們是中指亞姆札、食指阿德曼、姆指九頭獸。

聽說這三個是克雷曼引以為豪的五指團成員。

順便補充一下，繆蘭好像是無名指。

另外還有小指皮羅涅，據說那傢伙負責蒐集情報，很少露面。

我比較在意中庸小丑幫，但繆蘭說這方面的事她不清楚。

「克雷曼這魔王連部屬都不信任。因此就算他配置了負責監視作戰行動的人，我也完全不意外。」

該說是好比看傀儡劇的觀眾嗎？

搞不好會像半獸人王事件那時，有人在連克雷曼的部下都不知情的狀況下展開行動。得小心防範。

「對了，繆蘭，指揮官是誰？」

蒼影看到的一名大將是身材細瘦的魔人。「思念網」真的很方便，可以跟大家共有情報。

「他是亞姆札。冰寒魔劍士亞姆札。既卑鄙又殘忍，是極其惡劣的小人，但實力堅強。光是他主動宣誓效忠克雷曼這點，就跟我處得不好呢。」

指揮官是亞姆札。

照繆蘭的話聽來，他好像是五指裡最強的魔人。

克雷曼賜他擁有冰凍之力的昂貴魔劍，稱號冰寒魔劍士，名聲響亮。

換句話說，他原本所擁有的能力是未知數。

至於克雷曼那邊的兵力，就是由亞姆札率領的三萬魔人。

每個人的能耐各不相同。

就蒼影的觀察看來，達Ｂ級的人占八成，剩下的幾乎都是Ａ－。某些高階長官達Ａ級，但據說實力跟喀爾謬德差不多。

似乎比我殲滅的法爾姆斯軍還要強大，更加棘手，不過，好像沒什麼好怕的。

指揮官亞姆札才是問題所在，不，這樣反倒令人納悶。

「會不會太弱啦？」

目前看來，來自獸王國猶拉瑟尼亞的收容人數超過兩萬。其中有能力作戰的人占一半，約一萬人。他們在一般狀態下已達Ｂ級，獸化之後少說有Ａ－，是驚人的戰鬥集團。

就連法爾姆斯王國的騎士團平均起來也只有Ｂ。還經過魔法強化，由此可知獸王國的戰士團有多麼強大。

人類與獸人，基礎能力早有落差。

光這些人就足以構成一大戰力，而且他們還保有其他戰鬥人員。從王都撤退時，他們找來鄰近聚落的成員，一些人分散於各地。獸王戰士團的高手們率領這些人，重新編制、暗中潛伏。一旦整合這些戰力，少說都在一萬以上。

相當於Ａ－的戰士共計兩萬人。不愧是雄霸一方的魔王，旗下戰力相當可觀。

「的確很怪。亞姆札這個魔人再怎麼強大，我們三獸士都不會輸給他。就算率領的兵團人數在他們之下，論品質和戰鬥能力，我們還是具備壓倒性的優勢。」

「說得對。我們對帶兵打仗很有自信喔！」

「以為卡利翁大人去世，就小看我們？不，克雷曼沒那麼笨吧……」

阿爾比思也同意我的看法。

法比歐和蘇菲亞也陸續抒發意見，認為克雷曼軍不至於構成太大的威脅。

那麼一來——

這時紅丸低喃道：

「等等？克雷曼的目標會不會不是這座城鎮？」

對喔，我們可能搞錯方向。

這座城鎮老是被人盯上，菈米莉絲也說克雷曼把我當目標，我們才會錯意，以為他相中這裡。

我原本想趁克雷曼軍通過獸王國猶拉瑟尼亞時發動夾擊，以為這樣就能打贏他……

但事情似乎沒這麼簡單。

「他想攻擊獸王國？那裡只剩避難民眾，以及戰士一萬出頭。即使質在敵軍之上，但對方用人海戰數還是打不贏啊！」

有道理。

照蒼影的話聽來，他們目前好像待在蜜莉姆的領地裡，但軍隊已經重新編制完成，不是明天就是後天，可能會出兵攻打獸王國猶拉瑟尼亞。

應該不至於在今晚採取行動，但這點也要一併考量進去。

「是說我們對克雷曼保持警戒，他們或許沒發現——」

蓋德說話時語氣冷靜，不過，我認為還是別抱太多期望。行動上必須先做最壞的打算，才能臨機應變。

「假如他真的衝著這座城鎮來，克雷曼也不會忽略後方還存在其他危險。肯定會先斬除禍根，之後才展開行動。」

繆蘭如此斷言。

真的，換作是我也會那麼做。

這麼說來，咦，斬除禍根？

「喂，妳的意思是……克雷曼打算殺掉所有的獸王國戰士嗎？」

若他只殺戰士，這還算好的——

《答。已對魔王克雷曼的行動做出推測。其目的是讓自己覺醒成「真魔王」之機率為百分之百。推想不會把這座城鎮放入計畫裡。但其手段稚拙，加上推論不正確，想必他會將獸王國猶拉瑟尼亞境內的生命之火掠奪殆盡——》

是嗎？果然，他打算殺無赦。

我說這種話只顯得偽善，不過，他不擇手段的做法令我看不順眼。

克雷曼行事謹慎，從這座城鎮延伸的街道肯定都遭人監視。這麼說，一派出援軍就會被他發現。

那些先撇開不談——

「克雷曼的情報蒐集能力很強。因此，他肯定知道三獸士和卡利翁軍本隊跑來這座城鎮避難。還有從這裡回國，再怎麼趕也要花兩天的時間……」

我們完全處於劣勢。

正如阿爾比思所說，克雷曼已經看穿一切。

平常相當於B級的戰士團不眠不休移動也來不及。

我也想讓所有的部下參戰，可是等我們抵達戰場，獸王國的人早就被殺光了吧……

要是大家被殺個片甲不留，克雷曼會覺醒嗎？

《答。雖然效率不彰，但他會獲得大量的魂魄。克雷曼的覺醒成功率為——百分之七十八。此外，要是他在這種狀態下短時間內獲得更多靈魂，成功率會隨之提昇。》

真棘手，一定要阻止他。

不是為了獸王國素昧平生的居民，而是為了我自己。

我不曾見過那些居民，但他們與我國締結友誼。

信賴比金錢更加貴重，好心會有好報。正因如此，我就不跟他們客氣，要來插一腳。

「紅丸，去阻止他們。」

我下了強人所難的命令，只見紅丸扯出一抹笑容回應。

「好，包在我身上——不對，請交給屬下去辦！」

紅丸這傢伙，性格上也很有規矩呢。

一熱血他似乎就會不小心用原本的語氣說話。

但他認為公私有別，在大家面前都很敬重我……不過這種事用不著看那麼重啦。

被人小看確實很不開心，你這麼做能針對該現象防範於未然，可是……在這麼國家裡，應該沒人小看我吧。

就那個吧，比前輩還突出，關係會鬧得很僵。

人一入社會，就要有這層覺悟。

所以我也心一橫，對紅丸高高在上地下令。

「嗯。在此，獸王國猶拉瑟尼亞防衛戰正式立案。就以紅丸為重點人物，大家說說該如何獲勝！」

「「「遵命！」」」

大夥兒不約而同低頭。

連三獸士都跟著做，看起來我很有威嚴。

是說克雷曼那傢伙，比預料中還要狡猾。

三天後的夜晚要開魔王盛宴，這也是他計畫的一部分吧。

他打算在其他魔王還未干涉前，先血洗獸王國，事後再跟他們報備。

要整合分散在各地的戰力需一段時間，這樣下去獸王國的戰士將遭人個別擊破。抵抗也沒用。

接著，不具戰鬥能力的居民將遭人虐殺……

既然決定要阻止這一切，大夥兒皆踴躍發言。

大家都想立刻整合戰力趕過去。不過，沒有人說出口。

在場人士都深知掌握情報有多麼重要。

我放話要打倒克雷曼卻沒有立刻行動，就是在等蒼影回來報備。此外，眼下城鎮的廣場正匯聚物資，士兵們正在更換裝備。

凱金、葛洛姆、多爾德善用自身技術，替他們製作全新的武器和防具。大家換穿那些裝備，為戰爭做準備。

急也沒用。

我們要知道敵人在哪兒、軍隊結構及人數，還要釐清他們的目的。

沒蒐集出這些情報胡亂出戰，不會有太大的成果。

如今，討論即將告一段落。

「戰力確認就到這邊。要是趕得上，肯定能贏。問題出在移動。我們一定來不及，必須爭取時間。」

「先讓狼鬼兵部隊和戈畢爾的部隊過去，來場聲東擊西如何？」

「不，這樣沒意義。我派人調查獸王國的地形，那裡多是平原與平緩的丘陵，不適合埋伏。從上空發動突襲很有效，但百人出擊只是杯水車薪。」

紅丸已經恢復冷靜。

若要埋伏需找大河沿岸的果樹園，但那片果園遍布排水良好的丘陵地，看起來很醒目。此地形似乎不適合部隊埋伏。

白老的提議遭他全盤否決，紅丸針對狀況做出正確的判斷。只見蘇菲亞小聲呢喃：「搞什麼，他什麼時候調查我國地形的……」其實我也很好奇。

大概是之前當使節團團長外交時，順便找人勘查吧，該說他心思縝密，還是做事可靠呢……

蘇菲亞似乎不打算追究，就當作沒聽見吧。

「特別著重速度的獸人部隊約有四百人左右。鳥獸型格外稀少，不滿百人。先派他們去只會白白犧牲。」

阿爾比思也很煩惱。

並不是說會飛就不會累，加上戈畢爾他們甚至不到兩百，先派他們去實在沒什麼幫助。地形的視野良好，派小型部隊也沒轍。

結果，作戰計畫又回到原點。

我們要盡其所能確實執行，只能這樣。

再向各地的戰士放消息，盡量把居民找來，讓他們避難。

一旦進入魔國聯邦，德蕾妮小姐她們就會出手掩護，將大幅提高生存機率。然後，特別著重速度的成員打游擊，幫助他們逃亡。

同時讓腳程慢的部隊進軍，一面收留來到我國的逃亡者，一面迎戰出兵攻打的克雷曼大軍。差不多這樣。

要跟時間賽跑，運氣占一大部分，但我們想不出更好的法子。

因此，為了防止事態惡化，我們也會出兵攻打敵軍。

眾幹部——紅丸、朱菜、蒼影、紫苑、蓋德及蘭加——他們都學會追加技「空間移動」，可以操縱用來連繫空間的「傳送門」。

迪亞布羅好像原本就會使用這招，但這次他跟尤姆等人一起行動，沒機會展現。情況不對再叫他回來，不過，連同我在內共七人，我打算靠這些人馬想辦法克服。

雖然我可以單槍匹馬對付軍隊，但逞能是大忌。

尤其朱菜不擅長上場作戰，我要派戈畢爾跟白老保護她。

「沒辦法，只能這樣了。要是我們幫忙爭取時間，應該能避免人員傷亡。如果能用傳送魔法將他們送過來該有多好——」

我喃喃自語，原本只是說好玩的。

假如有魔法將部隊瞬間傳送過來，問題就解決了，可是就連我的「空間支配」都難以移動為數萬人的部隊。

然而——

《答。傳送魔法能以較低的成本傳送物資。能透過異空間與傳送座標進行連結，此時會受大量的魔素包覆，不適合傳送有機物。不過，若以「結界」保護身體，將不受傳送過程影響。這就是轉移魔法的原理——》

呃……

原來傳送跟轉移的原理不同，關鍵出在對標的物施以保護法術，消費的魔力較多啊？

咦？這麼說……

《——換句話說，魔人或魔物對魔素有抵抗力，若能自食其力張開「結界」，傳送便沒問題。也可以採用會對標的物施以保護的完全傳送大法。》

也就是說，只要擁有沐浴在大量的魔素中也不至於喪命的強度，就能通過異空間。是說追加技「空間移動」好像就是運用這種原理的技能，這件事值得留意。

說得更白點，若術式能完全保護標的物再傳送，那傳送人也沒問題。不不不，這是轉移魔法的活用版，雖然可行，卻會大肆消耗魔素吧？再加上要將它改良，變成能對數萬大軍施展的軍團魔法，現在才改根本來不及——

《答。術式已開發完成。此外，將與追加技「空間支配」並用，成功讓消耗的魔力驟降。》

哎唷，太厲害了！

這個智慧之王大人成長那麼多是怎樣。

我還沒拜託，它就替我開發技能和魔法。

話說回來，覺醒成魔王後，技能好像跟著大幅進化，但我還沒把它們全部摸透。若沒有「智慧之王拉斐爾」，我簡直在暴殄天物。

「智慧之王拉斐爾」之所以能開發術式，恐怕是「能力改變」的效果。不管怎麼說，對我來說求之不得。它現在還準備我夢寐以求的術式，簡直無可挑剔。

「利姆路大人，用傳送魔法傳送軍隊，風險太高——」

朱菜似乎也知道傳送魔法危險性高，出面勸我。

不過，那方面的問題已經解決了。

「是啊，朱菜說得對。不過，就在剛才，我成功開發新的法術！」

我有點同情克雷曼。

要是我沒進化，贏的人或許是你。

「噢噢……！」

「什麼！」

「——剛才開發的？」

大夥兒都一臉吃驚，紛紛朝我行注目禮。

我跟著點頭回應，朝大家提問：

「再來要看你們是否有決心。發動這個術式，可以將整支軍隊一口氣送過去。不過，我第一次發動這種法術，無法保障你們的人身安全，也沒空做實驗。就算是這樣，你們也願意相信我嗎？」

我相信「智慧之王拉斐爾」。

「智慧之王拉斐爾」都說沒問題了，肯定沒問題。

就不知道大家怎麼想的？

他們願意相信這樣的我，將性命託付給我嗎？

「用不著煩惱。我宣誓對您效忠。既然是忠於利姆路大人的家臣，您要我去死，我就去死。您不會下令為難我們，我們可是明白得很。」

紅丸說話時帶著狂放的笑容。

幹部們都同意他的看法。就連新來的迪亞布羅也不例外，點頭之餘綻放妖異的笑靨。

除此之外，三獸士也跟進——

「我相信您。我們跑來找您幫忙，總不會懷疑利姆路大人——」

「是啊，我被救過一次。部下們都知道這件事，事到如今才不會抱怨。」

「哎呀，看這樣子，我不同意也不行了。我們的部隊腳程最慢，還請利姆露大人幫幫我們。」

毫不猶豫斷言的蘇菲亞。

從一開始就相信我的法比歐。

以及感到懷疑、猶豫，最後仍選擇相信我的阿爾比思。

我點點頭。

「你們的命就交給我吧！這樣就能大出克雷曼意料。接下來看你們的了，一定要贏！」

「「「是——！」」」

大家臉上都浮現勇猛的笑容。

要是我方部隊都能趕上，肯定能贏得勝利。再說不管克雷曼對城鎮盯得多緊，都不會發現我軍開始移動。

勝券在握。

大家理所當然又找回從容。

我把任務交派給紅丸，重新訂立作戰計畫。

這時，蒼影那邊回傳新的報告。

他說有百名祭祀龍的子民加入克雷曼軍。

「百名？這點人數，應該沒問題吧……」

紅丸知道祭祀龍的子民是什麼背景？

「對了蒼影，祭祀龍的子民是指哪些人？」

我不清楚，索性直接問人。

「回您的話。他們祭拜龍，也就是龍皇女蜜莉姆大人。」

原來，是蜜莉姆的部下啊。不對，蜜莉姆曾說自己沒有部下，可能是他們擅自敬拜她。

這個集團連國名都沒有，但總體人數疑似高達十萬。他們大概與自然和平共存，靜靜地過生活吧。

克雷曼軍通過他們的領域，聽說他們隨軍同行是在監視對方。

蒼影還沒蒐集更深入的情報，祭祀龍的子民暫且列入觀察對象。

我下令要蒼影繼續監視克雷曼軍，找尋最適合讓我軍布陣的地點。

就這樣，「與克雷曼對戰」的議題告終。

*

好了，來談下一個議題。

是關於菈米莉絲通報的「魔王盛宴」。

三獸士要向部屬傳達剛才的決定事項，先離開會議室。他們相信我，決定進行轉移，大概得跟底下的戰士們說明一下。

繆蘭也跟著離去。接下來是我們的問題，不須參考繆蘭的意見。

她的工作就是確實輔佐尤姆。

這下場內只剩自己人，我連帶輕鬆許多。

有鑑於此，跟剛才開會截然不同，我打算在沒有壓力的狀態下聊聊心裡話。

「如果能鎖定克雷曼的位置，就可以用『空間轉移』衝過去扁他，結束這回合。」

底下軍隊出動，根據地肯定沒那麼多兵力。用不著煩惱迎擊的事，讓我跟部下集體出動，或許能了結他。

相反的，假如我也朝某處進攻，這座城鎮的防守就不能因此鬆懈。

這方面要多花點心思。

「很抱歉。某些地點出現魔素濃度很高的霧，我們認為那裡很危險，就沒有過去。」

蒼影說著說著就跟我賠罪，這不要緊。雖然他發動「分身」，還是得慎重行事。若隨意行動讓敵人掌握我們的動向就糟了。

敵方根據地可能在霧海之後，知道這件事就夠了。

「要不要派幾個人，去兵力變薄弱的敵方根據地調查？」

「可是，克雷曼不是要參加魔王盛宴嗎？可能會跟他錯開。」

紅丸發表看法，朱菜則神態鎮定地否定。

紅丸露出了苦瓜臉。

「說得有理。還有，若小看敵方兵力，進攻反遭他們擊敗簡直自討沒趣。還望紅丸大人專心帶兵。」

白老最後補上一槍，這提議就此沒了下文。

「還有其他意見嗎？」

總之，先聽聽大家的意見吧。

有！紫苑精神抖擻地舉手，還看著我。

我則點名要她發言。

「我們直接衝進魔王盛宴會場，不只克雷曼，其他有意見的魔王也殺個片甲不留如何？」
她睜著閃亮亮的眼眸，嘴裡道出這些話。
是我不好，向笨蛋徵詢意見。
太陽穴都快浮現青筋了，但我忍住。以前好像發生過類似事件。
「紫苑，妳要怎麼殺？我說妳，給點實際的意見好嗎？」
只殺克雷曼就算了，怎麼能連其他魔王都抓過來打。
基本上要個別擊破——我嚴厲地開導紫苑。
我這麼一說，她整個人垂頭喪氣。
拿她沒辦法，稍微附和一下好了。
嘮叨一堆，其實我還是很寵紫苑。
「不過，衝進去或許是不錯的提議。」
這時紫苑抬起臉龐，表情寫滿期待。
好現實的傢伙。
「問一下，菈米莉絲。我也可以參加嗎？」
我試著問曾經有參加經驗的菈米莉絲。
「咦？你想參加嗎，利姆路？」
「不，只是問來當參考。克雷曼要參加會議，我主動出擊似乎也滿有趣的。」
反正都被人盯上了，主動出擊或許是不錯的選擇。
先發制人乃基本技巧，假如我出現在意想不到的地方，克雷曼肯定很驚訝。

在議場動刀動槍可能不是很優，但先做再說。
「唔——應該沒問題。可是呢，可以同行的最多只到兩人喔！」
帶一堆部下參加只會引發不必要的麻煩，不能帶太多。
聽說以前新進魔王為了給大家下馬威，帶百名主力部下參加。
這行為好死不死觸怒某個領國灰飛煙滅、正好在氣頭上的魔王。
對那個魔王來說，找誰洩恨都一樣吧。結果他就把那些魔人跟他的魔王主子全殺了。
此事件發生後，再也不准實力不足的魔人與會。魔王們彼此說定，同行者最多只能帶兩人。
但這就表示，以前也發生過類似糾紛。所以說，我過去找碴應該沒問題。
直闖盛宴找克雷曼興師問罪，這招或許能認真斟酌一下。
「你們怎麼看？去參加是不是也很有趣？」
「咯呵呵呵，這提議太棒了。屆時請您務必找我陪同——」
「混蛋，迪亞布羅！要陪也是我陪。才不讓給你！」
那兩人又開始吵架。
帶這兩人參加無疑是種自殺行為，我原本就不打算讓他們兩個組隊同行。
這念頭才出現——
「——既然遲早都得跟眾魔王戰鬥，就把他們殺了吧。說來，由利姆路大人當魔王就足夠了吧？」
連迪亞布羅都亂講話。
紫苑非常認同，大動作點頭。
「沒錯！還以為你是白痴，以一個新人來說算很有見地！竟然把我當下想說的話全說了！」

該說他們默契好，還是感情差。

硬要挑一人，我認為紫苑比較沒大腦，可是……兩人卻在痛扁魔王這方面意氣相投。

怎麼會這樣？

我環顧四周，只見某幾個人認同他的說法。

有些人行事謹慎，有些人幹勁十足，甚至可以說是殺氣騰騰。

不知不覺間，好戰分子變多了。

那種做法實在很亂來。我趕緊插嘴、試圖將話題扳回正軌。

「等等，稍安勿躁。又還沒定案。還有迪亞布羅，我已經派你處理法爾姆斯王國的事了，無論如何都不會帶你過去喔。」

「說、說得也是。遵命。」

看樣子迪亞布羅認為法爾姆斯王國攻略起來很簡單。他很有自信，希望他不要輕敵慘遭滑鐵盧才好。

有些遺憾，被我交派任務又顯得欣喜，迪亞布羅帶著複雜的表情應允。

「不過，果然還是很危險吧？」

朱菜的語氣透著擔憂。

對，我等的就是這種意見。

「的確。再說用不著特地與會，趁克雷曼不在攻陷根據地更有效率吧？」

似乎同意朱菜的看法，蓋德慎重地發話。

避免冒險，選擇打會贏的仗，這看法非常正確。

蓋德也很好戰，但他並不魯莽。能聽到如此謹慎的意見真教人開心。

但我會考慮參加是有原因的。

有件事令我掛心。

「不，利姆路大人在擔心的是魔王蜜莉姆大人的動向。雖然沒想到蜜莉姆大人居然背叛我們，但她很可能被克雷曼操縱。又或許有什麼想法也說不定，至少她討伐魔王卡利翁大人是事實。去魔王盛宴一探虛實或許是不錯的點子。」

「正是。魔王蜜莉姆大人連署發動盛宴令人在意。裡頭應該有什麼陰謀吧？」

令人吃驚，紅丸切中我的想法，蒼影也確實指出癥結。

不愧是紅丸還有蒼影。他們的看法似乎與我一致。

「是啊，蜜莉姆對克雷曼言聽計從，天底下不可能有這種事。因為蜜莉姆很任性！」

妳有資格說人家嗎，菈米莉絲？這個念頭不禁冒出，但我跟她的看法一樣。

「蜜莉姆大人絕對不會背叛利姆路大人。雖然是毫無根據的第六感，但我相信這看法是對的！」

紫苑如此斷言。

是喔，毫無根據啊。

其實我也覺得蜜莉姆不會背叛我們。

「智慧之王拉斐爾」的推測亦同，雖說資料不足無法斷言，可是沒有突發狀況，這種事不可能發生。

我決定相信蜜莉姆。

話雖如此，又不能放著不管。

「我也認同你們的看法，認為蜜莉姆不會背叛我。那麼，應該是發生什麼事了。剛才菈米莉絲說過，姑且不說他是犯人，但我認為克雷曼是始作俑者的推論滿有那麼一回事。所以，我想採納紅丸的意見。

參加魔王盛宴，去那邊探查一番……」

中間八成發生什麼事。

最糟的情況下，蜜莉姆可能會在魔王盛宴結束時出手攻擊。

這才是我擔心的點，認為放著不管很危險的原因就出在這兒。

只對付克雷曼沒什麼大不了的，可是，跟蜜莉姆為敵能避則避。

「對吧？我說對了吧！果然沒錯，被名偵探菈米莉絲料中。既然這樣，把克雷曼痛扁一頓就行啦！」

我還以為自己順利誘導話題，讓危險的對談結束——結果菈米莉絲又語不驚人死不休……

「是說，這算什麼？這裡怎麼到處都是強大的魔人啊？你都有這麼多厲害的手下了，貝瑞塔就來當我的僕人嘛！」

甚至說出這種話來。

菈米莉絲這傢伙，真夠囂張的。發現我的同伴實力堅強，膽子也跟著大起來。

也不打算放棄貝瑞塔。

這方面要考量貝瑞塔的意願，不是菈米莉絲想怎樣就能怎樣的。

此外，我某些部下也跟菈米莉絲一個鼻孔出氣。

「原來如此，某些點確實滿有道理的。好，那我殺殺就回——」

「咦，等一下等一下，紫苑妳冷靜點。別做行前準備啦，紅丸跟蒼影也是！」

真是的。

我只說要參加魔王盛宴，情況就變成這樣。

紅丸還得跟克雷曼軍作戰，蒼影也是。

作戰會同時進行，同行的兩名人選須慎重評估。

那麼，我要帶的人選……

背後有道目光刺來，帶來一股有形的壓力。

用關節想也知道這人是紫苑。

不帶她去她很可能會抓狂。紅丸現在變得難以壓制紫苑，只好由我來收爛攤子吧。

再說，紫苑差點被克雷曼的計謀害死——該說她真的沒命了——或許是報仇的好機會，所以我想帶她去。

就這樣，紫苑已內定。

另一人很難選，但蘭加不錯。

我本來想讓他藏在影子裡，不過，那邊如果有張類似「聖淨化結界」的特殊結界就麻煩了。

我發現蘭加滿懷期待偷聽，就選蘭加吧。

他可是相當稱職的護衛。

就這樣，我決定帶紫苑和蘭加去。兩人都有「空間移動」能力，要是有什麼萬一方便逃跑，這也是我選他們的原因之一。

只要嘗試因「聖淨化結界」獲得靈感進而製作的新型結界，就算碰到最壞的情況，光就逃跑這方面還是很有把握。

所以我們就豁出去，三人一起直奔魔王聖宴吧。

假如蜜莉姆不幸被人操縱，接下來遭人毀滅的很有可能是這座城鎮。無論如何都要阻止這件事情發生。

我不會讓這座城鎮再次遭殃。

「還是參加吧。我帶紫苑跟蘭加去。菈米莉絲，妳可以先替我轉達，說我也要參加嗎？」

「嗯，我知道了！」

菈米莉絲二話不說答應。

接著開什麼魔王專線，向全體魔王告知我將參加盛宴一事。

似乎是極其高段的術式，利用空間干涉同步通話的樣子。

我佩服地觀望一陣子，此時有人高聲大笑，一面朝我走來。

是維爾德拉。看樣子他看完漫畫，一直在聽我們談些什麼。

「嘎哈哈哈！是嗎，你要認真對應啦！你真不夠意思，利姆路，我也要一起去！有我隨行。那些魔王不足為懼啦！」

他信心十足，發下豪語。

這麼說來，我都把他給忘了，忘記他在這裡。

不過，我不打算帶維爾德拉去。

「哎呀，你稍安勿躁，維爾德拉。我希望你留在這座城鎮裡，負責防禦工作。」

「什麼！我不是說要一起過去嗎？我的話，實力可不輸那些魔王！」

我這話一出，維爾德拉便大吃一驚，大概沒料到我會這麼說。

保衛這座城鎮也是很偉大的任務。應該說是最重要的任務才對。

這次我們全軍出動，前去與克雷曼決一死戰。鎮上只會剩以使者身分出差的警備部隊，由利格魯率領、人數不多，還有紫苑的部下。

這項策略以維爾德拉留守為前提。

萬一聖教會派出討伐部隊，對維爾德拉來說應該不成問題。

「──就是這麼一回事，拜託你留守。」

「唔……」

他似乎不能接受。

沒辦法，就跟他挑明真正的理由吧──我打定主意才想開口，結束通訊的菈米莉絲就跟著嚷嚷起來。

「欸，利姆路！他們准你參加，可是你會不會太過分啦？讓師父當我的部下一起過去不就得了。那樣我也比較安全！」

這個嘛，乍聽之下滿有道理的。

可是在我看來，菈米莉絲之心路人皆知，她想帶貝瑞塔跟維爾德拉過去虛張聲勢。

維爾德拉也看出了這點了吧──

「……沒啊？我又不想以妳的護衛身分跟去。」

他斬釘截鐵拒絕。

「唔耶──！怎麼這樣……你好無情，師父！」

我說，叫他師父是哪招……

菈米莉絲跟維爾德拉好像不知不覺間因漫畫結交。

可以肯定他們兩個感情好，但從他們的實力關係看來，感覺是菈米莉絲單方面巴著維爾德拉。

沒差，都好。

魔王們准我參加盛宴才是重點。

對那些魔王來說，或許他們只是覺得去人類城鎮附近很麻煩，但這樣正合我意。

「維爾德拉，其實我們有替你放假消息。剛才開會已經談好了，你應該知道吧？」

讓他當菈米莉絲的隨從，一開始就跟著也是種辦法。只不過說真的，可以的話我希望讓魔王們降低戒心，讓他們覺得維爾德拉沒跟來。

「唔、唔嗯。當然知道。」

啊，看這樣子他不知道。

還假裝有聽進去，他肯定看漫畫看到走火入魔。

那麼，這下編故事騙他就簡單了。

「還有啊，克雷曼那傢伙肯定這麼想吧。認為魔人利姆路是靠維爾德拉虛張聲勢的小人——」

「什麼！克雷曼這混蛋，走著瞧！」

「呵，不知天高地厚的臭蟲。還是讓我出馬，把他做掉。」

「哎呀，你們幾個冷靜點。利姆路大人只是打個比方。」

我才說到一半，紫苑跟迪亞布羅就顯得義憤填膺。

你們未免太沉不住氣了吧。

紅丸剎那間也跟著怒了一下，但他們兩個先開砲，讓他得以恢復冷靜。

「別衝動，紅丸說對了，那只是比喻。所以啦，要是帶維爾德拉參加會議，他們會心生警戒，這樣沒意義吧？」

「哦，這樣啊。」

「我懂了，不愧是利姆路大人！」

「咯呵呵呵，敢侮辱利姆路大人罪不可赦。雖然想親手肅清他，但這次還是先讓紫苑學姊表現吧。」

「你想讓對手鬆懈，朝有利於我們的方向交涉吧？」

恍然大悟的維爾德拉頷首道，紫苑則很沒大腦地稱讚我。

迪亞布羅做出危險發言，不過，他似乎認為打倒克雷曼的合適人選是紫苑。

看出我的心思讓紅丸很開心。

「可是，應該要盡力避開危險吧？」

朱菜朝我提問。

好像頗有同感，蓋德跟戈畢爾紛紛點頭。

「就算被敵人列為警戒對象，您還是該重視安全較為妥當吧？」

白老對我進言，蒼影表示認同。

的確，大家擔心得其來有自。

話雖如此，這方面我審慎評估過。

「沒問題。其實我可以發動技能『暴風龍召喚』叫出維爾德拉。這樣不算隨行人士吧？所以說，要是有什麼萬一可以求救，希望你在那之前安安分分地守護這座城鎮。」

就像在說「怎樣啊？」，我一臉得意地回話。

幹部們全都露出佩服的表情。

「嘎——哈哈哈！原來，我是負責壓軸的英雄！」

維爾德拉又自我感覺良好了。

只要你沒意見，我就沒意見。
「好奸詐喔，那招……」
就菈米莉絲一人在發牢騷。
「笨蛋，菈米莉絲。要誇我聰明才對。」
菈米莉絲一臉不滿，維爾德拉則在口中低吟「原來如此」。
我趁機再補一槍。
「還有啊，這樣一來妳的隨從缺額就多出一人啦。」
聽到這裡，剩下的幹部跟菈米莉絲眼睛為之一亮。
「你真懂我，利姆路！那好，你要派誰當我的隨從？」
隨從增至兩人，菈米莉絲似乎就沒話說。是說照那個樣子看來，她真的只想向其他魔王炫耀。
也好，她能接受就好。
只剩一個名額……
我感覺到了，沒被選中的人都緊張地看我，只可惜隨從必須實力堅強。
說真的紅丸是不二人選，但打仗沒我坐鎮只能交給紅丸撐場，所以我選別人。
——也就是說——
「讓大家那麼期待真的很抱歉，我選白——」
「請等一等！」
有人打斷我唸到一半的白老二字，是待在菈米莉絲後方的女子——德蕾妮小姐。
「利姆路大人，請您務必讓我接下這個任務——！」

「德蕾妮，妳這孩子真是的！」

菈米莉絲也一臉欣喜，眼眶泛淚。

沒辦法，就決定是她了。

「好吧。那麼，就拜託德蕾妮小姐幫忙。」

這話從我口中道出，答應讓德蕾妮小姐參加。

就這樣，參加魔王盛宴的成員已定。

有我的部下紫苑和蘭加。

還有菈米莉絲的部下貝瑞塔跟德蕾妮小姐。

再來是王牌，召喚維爾德拉。

眾魔王准我參加算我運氣好。

去那兒還會遇到雷昂·克羅姆威爾，跟我有仇的魔王之一。

不過，這次先去看看他長得是圓是扁。

我身負靜小姐的遺願無法置之不理，但這次的目標是克雷曼。

豬頭帝（半獸人王）之亂仍歷歷在目。

事情還跟繆蘭有關。

最重要的是，我很擔心蜜莉姆。

一個不小心，搞不好得跟蜜莉姆交戰。我早就做好跟克雷曼決一死戰的心理準備，但對手換成蜜莉姆實在打不下去……

我一定要活用這個機會，讓克雷曼跟我決鬥。

若能藉魔王盛宴收拾他再好不過。

假如進展得不順利，到時再看著辦。

克雷曼，你把我變成敵人。

我可沒那麼好心，輕易放過被我當成敵人的傢伙。

敢做惡就要有心理準備。

敢對我的同伴出手，我就要你付出相應的代價。

啊——紫苑的單細胞好像傳染給我了。

我為此唉聲嘆氣，心裡卻浮現一絲喜悅。

這是因為——

我不再煩惱東煩惱西，能夠正視自己應盡的職責。

ROUGH SKETCH

第三章

會戰前夜

Regarding Reincarnated to Slime

克雷曼是魔王盛宴的發起人，但一下子就被眾魔王受理，實在簡單得令人吃驚。

主要是他找了冠冕堂皇的理由：「魔王卡利翁背叛」。

罪狀在於違背不可侵犯朱拉大森林的條約，魔王蜜莉姆對他進行審判——這是他對眾魔王的解釋。

一看就知道這只是藉口，但其他魔王沒有投反對票。打算全都留到魔王盛宴再談吧。

可是到那個時候，一切都塵埃已定。

克雷曼都算好了。

在魔王盛宴到來前爭取時間，克雷曼將覺醒成真魔王，獲得莫大的力量。

而且蜜莉姆在他手上。

只要當著眾魔王的面馴服蜜莉姆，他們就不敢對克雷曼說三道四。

克雷曼是這麼想的。

因此，這次的軍事作戰只許成功。

趁魔王們還沒出手干涉，他要速戰速決。

克雷曼還備妥用來以防萬一的說詞。

與這次的軍事行動主張相呼應，亦即——魔王卡利翁違反協定。

為了掌握證據，他才採取行動。

有了萬全準備，克雷曼立刻出手。

穿過魔王蜜莉姆的領土，出兵攻打獸王國猶拉瑟尼亞。
指揮大任交給真心宣誓效忠克雷曼的亞姆札。
他知道克雷曼真正的目的為何。
以在魔王盛宴到來前獵得數量破萬的魂魄為目標，亞姆札率領三萬魔人軍出征。

「喝，一群煩人的傢伙。什麼叫做『我們合作吧』，竟敢小看我們！」
憤慨地大叫的是一名禿頭壯漢。
這裡是祭祀龍的子民住的都市，建於該處的神殿，他是神官長。
名喚米德雷。
是崇拜蜜莉姆的人們的領導人。
「可是米德雷大人，眼下不聽話會吃癟的。那個叫亞姆札的指揮官不是有諭令書，來自蜜莉姆大人嗎？」
某名近侍笑嘻嘻，朝他進言。
他是赫爾梅斯。
負責輔佐神官長米德雷的近侍，神官團的一分子。
老是一副吊兒郎當的模樣，性格上很容易被歸類成輕浮。
似乎被他的態度惹毛，米雷德發出怒吼。

「給我閉嘴，赫爾梅斯。用不著你說，我清楚得很！」

看米德雷氣呼呼，剛被人臭罵的赫爾梅斯在心裡暗道無奈。

話是這麼說，其實他能體會米德雷憤怒的點。

原因就出在從昨天開始滯留境內的魔人集團。他們入侵這個地方——失落的龍之都市，把這裡當自己家。

他們好像是魔王克雷曼的部下，帶著大軍前來調查違反協定的魔王卡利翁旗下領土。

讓他們想拒絕也拒絕不了。

雖然米德雷大發雷霆，但這件事他們實在沒轍。

這是有原因的。

要說是誰滅掉魔王卡利翁統領的獸王國猶拉瑟尼亞，正是他們崇拜的魔王蜜莉姆。

既然主子與此事有關，他們自然得協助克雷曼的部下蒐集證據。應該說，若沒找出證據，蜜莉姆反而會站不住腳。

蜜莉姆本人八成不以為意，但這下害赫爾梅斯等人一個頭兩個大。

「真是的，蜜莉姆大人真是讓人困擾呢……」

她確實任性得可以，真希望蜜莉姆大人能稍微——真的只要一點點就好——為他們著想，赫爾梅斯心想。

「你這樣是大不敬，赫爾梅斯！不能對蜜莉姆大人的所作所為抱持懷疑！」

「不，雖然話是這麼說沒錯……」

都怪你把她寵上天，我才一天比一天累，赫爾梅斯在心裡暗道。但他不能說。說了只會激怒米德雷。

（話說回來，這下真的麻煩了。）

他在心裡發牢騷，回想從昨天開始受了哪些罪。

雖然他們事先知會，申請國土通行許可，但他們態度傲慢，讓人很不是滋味。

完全沒把祭祀龍的子民看在眼裡，要他們幫忙顯然只是須有其名。

他們的要求跟命令沒兩樣。

祭祀龍之子民住在失落的龍都，總人口不到十萬。

不具備國家機能，全體人民互相幫忙，一起過生活。

所以他們沒有兵力可言，靠魔王蜜莉姆庇蔭，維持生活安寧。

知道這個國家的人都那麼認為。

不過，這層認知只對一半。

他們確實不具政治機能。

細說如下，大家掙得的財富會往中央神殿集中，由神官長平均分配。

一般認為懶惰蟲增加會讓此機制出現漏洞，實則不然。勤奮之人、怠惰者都會配得基礎財富。除此之外，勤奮之人會分到更多的追加配給。

拿現在的日本打比方，就好比人稱基礎所得保障的制度。

該制度的問題出在由誰判定貢獻度，不過……這方面由蜜莉姆全權委任的米德雷一手包辦。

因他握有該權限，便掌握生殺大權。可是，米德雷沒有濫用它。

理由很簡單，輔佐米德雷的神官有權罷免米德雷。

若他專斷獨行、為所欲為，將會失去原有的地位。米德雷很清楚這點，才沒有變成暴君。

然而事實真相是，已經有真正的暴君蜜莉姆坐鎮，沒人打算學她。

基於上述原因，這些數以萬計的子民意外地團結。

此外，還有一點。

外界認為這些人民缺乏戰鬥能力……這完全是誤解。

祭祀龍之子民每個人都因某種原因具備高超的身體機能。

除了團結有紀律外，成人的強度甚至逼近C級。

他們都是和平主義者才不怎麼引人注目，事實上，他們是很棘手的武鬥派集團。

神官團更是比其他人還要強大。團員只有百人左右，這就是證據。

團員都是菁英，實力不容小覷。

每天都對著蜜莉姆祈禱——實為戰鬥訓練——戰鬥能力相當卓越。

其中的米德雷、赫爾梅斯甚至還能找蜜莉姆當練習對象，實力強勁。也因為這樣，看克雷曼的部下不把他們當一回事，他們才覺得火大。

不僅如此，他們還保有更大的祕密。

就是——

之後又過了一天。

克雷曼的部下擅自從倉庫拿走糧食。

米德雷額際浮現青筋，硬是忍了下來。

「話說回來，蜜莉姆大人為何沒有回來？」

想藉故分散怒火，米德雷問出這句話。

「天曉得，為什麼呢——？」

赫爾梅斯隨便做個回應。他們已經重複這段問答十次以上，讓赫爾梅斯愈答愈煩。

「虧我們特地準備大餐……蜜莉姆大人會不會在某個地方餓肚子啊？」

「不，不會吧。」

赫爾梅斯如此斷言。

關於這點他很有把握。因為米德雷口中的大餐是名為「大自然恩惠拼盤」的蔬菜大餐。還是生的。

之前跟蜜莉姆一起用餐時，赫爾梅斯偷偷觀察過她的表情。

她面無表情、沒有任何情緒起伏，只有嘴巴在咀嚼。

（那不是大餐吧。對她來說一點也不好吃，表情看起來似乎在拚命忍耐。）

赫爾梅斯很確定。

因為端出烤肉時，她看起來吃得更開心，肯定沒錯。

所以赫爾梅斯才向米德雷進言，「先烹調再上菜，蜜莉姆大人會很開心喔！」。

然而，對方拒絕他的提議。

他認為直接享用豐碩的大自然產物，才是最棒的款待——就這樣，沒能扭轉米德雷的信念。

（就因為你那麼做，蜜莉姆大人才很少過來這邊。）

赫爾梅斯很想說出真心話，但他處於劣勢。

他有遊歷諸國的經驗，曾經吃過美味的料理。相對的，其他神官沒有這種經驗。其他人總認為天然的最好，只要他們沒有改變看法，就會拒絕他的提議，所以赫爾梅斯放棄掙扎。

「是嗎，那就好。不過克雷曼那傢伙竟敢擺架子，逼蜜莉姆大人寫諭令書……」

字好醜──更正，諭令書的字跡別有一番趣味，肯定是蜜莉姆的筆跡。

因此他們才從命照辦，但還是有底限的。

「是啊，因為蜜莉姆大人下令才逼不得已配合……但第三座糧倉也空了。這下只剩七座，到下一次收成之前有得熬……」

「可惡！」

米德雷的禿頭如哈密瓜爆筋，一眼就能看出他的怒火有多盛。

撞見這一幕覺得很好笑的赫爾梅斯，神經也只能說實在很大條。

這時，讓他們惱怒的原因進入視線範圍內──克雷曼軍的大元帥朝這走來。

「嘖！赫爾梅斯，我們要忍耐。」

「了解。」

這句話該我說才對──赫爾梅斯邊想邊答。

可以的話，他希望對方直接跟他們擦身而過，可惜那個男人就是衝著赫爾梅斯等人來的。

他們兩個閉口不語，等那個男人──亞姆札靠近。

亞姆札是克雷曼軍的總指揮官，堪稱魔王克雷曼的心腹。

身材中等，但體態輕盈。乃重視速度的戰士類型。

不該叫他戰士，叫他劍士更貼切。身手勘比疾風，是頂尖劍士。

擁有克雷曼賜的特質級冰霜魔劍，能不經詠唱發動元素魔法「水冰大魔嵐」。

冰寒魔劍士亞姆札——能役使劍與魔法的A⁺魔人。

「哎呀，你好，米德雷閣下。感謝你發放食物支援，真是幫了大忙。畢竟要養三萬大軍，再多的食物也不夠。」

亞姆札臉上掛著親切的笑容，然而他的眼毫無笑意，正仔細觀察米德雷的反應。

他完全沒把赫爾梅斯看在眼裡，連瞥都不瞥一眼。小看人類的魔人多半是這種反應。

這樣確實讓人不舒服，不過，赫爾梅斯只能按米德雷的指示隱忍下來。跟對方吵沒意義，暫時忍耐一下。

「哈、哈、哈，能幫上忙是我們的榮幸。可惜的是，我們實在無法繼續幫這個忙。一旦人民挨餓，蜜莉姆大人會很難過的。」

「說什麼鬼話！那個魔王蜜莉姆擅自行動。我軍替她擦屁股，對我們盡地主之誼是應該的吧！」

米德雷不過回個兩句，亞姆札就大肆發飆。不，他在演戲。假裝動怒，藉此窺探米德雷的反應。

假如米德雷發怒頂撞，他就會拿這件事做文章把城市毀掉，看也知道。

「哎呀，失敬失敬。我不小心萌生自私的想法。只要我們能力所及什麼忙都幫，請您別客氣，但說無妨。」

為了平息亞姆札的怒火，米德雷對他卑躬屈膝。

目睹這一幕，赫爾梅斯佩服得五體投地。這是因為，對方都向他擺譜了，米德雷卻沒將怒意寫在臉上。

他笑眯眯地對應。

（真厲害，不愧是米德雷大人。沒有像剛才那樣頭變成哈密瓜。要是我早就發飆了。）

赫爾梅斯事不關己地想著，不過……

「是嗎，就等這句話。雖然只靠我們肅清獸王國不成問題，但我要賜你們協助我方的機會。協助搬運物資應該沒問題吧？」

亞姆札說完扯出邪惡的笑容，害赫爾梅斯不自覺回嘴。

「先、先等一下！搶別人的食物就算了，還想徵召人手——」

他不打算反抗，只是不小心說溜嘴。

緊接著，劇烈的痛楚自赫爾梅斯左手竄過。

「好痛！」

「閉嘴，人類（垃圾）！」

亞姆札無情地眯眼，第一次正眼瞧赫爾梅斯的目光透著寒意。

按住被人砍斷的手，赫爾梅斯咬牙瞪視亞姆札。

「——哦，不知天高地厚是吧？看樣子你活得不耐煩了。」

露出殘酷的笑容，亞姆札用染血的劍刺向赫爾梅斯。

（這王八蛋，竟敢得寸進尺——）

赫爾梅斯正想發出怒吼，一股衝擊力道襲來，有如遭猛獸撞擊。

那是一記腿踢。

米德雷發出強力踢擊，踢中赫爾梅斯的腹部。

「哎呀，一再冒犯真不好意思，亞姆札大人。我會好好罵罵這個笨蛋，嚴加教育，請您看在我的面子上放他一馬。」

米德雷向亞姆札低頭拜託。

「哼。部下太白痴很辛苦的。這次就不跟你們計較。我們明天早上出發，你們這些神官快點去準備！」

多虧米德雷出面圓場，亞姆札才把劍收起來。只不過，代價很重。神官為祭祀龍之子民的領導階層，對方下令要他們全數從軍。

亞姆札丟下這句話，辦完事拍拍屁股走人。

他們一開始就不打算抓子民打仗，會使用回復魔法的神官才是目標。都怪赫爾梅斯多嘴，正好稱亞姆札的意。

亞姆札離去之後，米德雷邊嘆氣邊替赫爾梅斯治療。

「你這個笨蛋。不是跟你說過嗎？」

「抱歉，我一不小心就……」

赫爾梅斯按住被切斷的手，米德雷則對它進行處置。

經神聖魔法「傷病治癒」加持，赫爾梅斯的手恢復原樣。他大量失血，感覺不太舒服，但赫爾梅斯之後會對自己施「體力回復」，這點不構成問題。

「罷了。少了神官團，人民也不會馬上陷入困境。話說回來，那個男人——」

剛才壓抑的怒火全寫在臉上，米德雷狠瞪亞姆札離去的方向。

「——竟敢傷害蜜莉姆大人的資產。」

他在說亞姆札砍赫爾梅斯的事。

米德雷對不可原諒的暴行感到憤慨，剛才踢赫爾梅斯的事卻裝傻不提。

（不對吧，那記鐵腿的殺傷力也很強呢……）

想歸想，赫爾梅斯知道米德雷沒惡意，所以他不打算發牢騷。畢竟米德雷不愧是蜜莉姆的信徒，頭腦簡單。

基本上，不只米德雷一人，這個國家的人民都是那副德性……

「呃，就是啊，可以殺他嗎？」

「笨蛋，你不是他的對手。」

這提議馬上被否決，但米德雷說得沒錯。

正如米德雷所說，赫爾梅斯沒辦法打贏亞姆札。

「也對。那把劍很棘手，那個男人好像還藏有其他祕密。」

「嗯。不愧是卑劣魔王克雷曼的心腹，不輕易展露實力。是男人就該光明正大求勝……」

不，這樣很蠢耶——赫爾梅斯在心裡暗道，可是他的想法在這個國家並非主流。

他逼不得已只能假裝認同，接著就回去忙手邊工作。臨時決定明天出發，待辦事項堆得跟山一樣高，他要把這些事辦一辦。

接著，隔天一早——

魔王盛宴兩天後舉行，克雷曼軍再次展開侵略行動。

開完會議，時間來到隔天早上。

昨天熬夜沒睡，好疲倦。

那是精神上的疲倦，其實我生龍活虎。

我不需要睡覺，這種時候就很方便。

昨天開完會，蒼影跟我聯繫。

他的本體過來跟我們開會，但「分身術」造的分身在獸王國境內奔走，替他蒐集情報。

蒼影的部下蒼華等五人眾也非常活躍，替我們蒐集更多情報。

警戒對象克雷曼軍沒有動靜。

他們趁這段時間尋找適合我軍布署的地點，在那發現某個問題。

跑去避難的獸王國居民分散於各地。若要拯救他們，不管軍隊朝哪發兵，都有可能會趕不上。

克雷曼軍走的進攻路線讓我們處於劣勢。

《有一策。將前往避難的居民傳送至特定地點，這樣更有效率。》

哦，原來如此。

哎呀，說得也是。

又不是只有軍隊才能當傳送對象。

我可以靠「空間支配」來去自如，立刻移到蒼影分身跟蒼華等人所在地點。去那再開新型「傳送術」，讓避難民眾聚到某個特定地點。

就是這麼一回事，開完會有得忙了。

先派蓋德的部隊過去，設置用來容納避難民眾的營地。

傳送目的地是獸王國首都，已經被蜜莉姆夷為平地。

那裡變成遼闊的荒地，看起來格外醒目，不過，用來容納大軍非常合適。

接著我巡視各地聚落，傳送避難民眾。

昨晚才將所有人盡數傳送完畢，難怪我整個人虛脫。

——話雖這麼說，累的只有精神層面。

幸虧有法比歐跟在我身邊，避難民眾才不至於唱反調。

所以法比歐也累個半死。

離別時還說：「這樣連續傳送，您怎麼都無所謂啊……？還連續發動那種大規模傳送魔法……太誇張了——」看我的眼神就好像在看怪物一樣，沒禮貌的傢伙。

我也很累啊，這是當然的。

如此這般，蓋德部隊建了用來打仗的行軍帳篷，疲憊的法比歐就睡在其中一座帳篷裡。

喔，對，法比歐不是重點。

我方軍隊也準備就緒，得替他們風光送行。

我前往尚未整頓完全的廣場。

這方面由利格魯德熬夜準備。

明明跟我一樣，都熬夜了，卻精神飽滿到處亂跑。

還把利格魯叫回來去幫利格魯德的忙，跟他一起奔走。

要說我手邊剩下哪些工作，就是將集結在此的人送往獸王國營地。

等這件事告一段落，我就要來細細打點，準備參加後天的魔王盛宴。

抵達廣場後，只見整齊列隊的士兵早已等在那兒。

他們是由三獸士——蘇菲亞和阿爾比思率領的一萬獸人兵。各部位裝備並沒有統一規格，但這也是沒辦法的事。因為我們修整不要的裝備，提供給他們使用。

反正有很多獸人都能「獸化」，用起來應該比全身鎧更方便。

我的部下排在他們旁邊，以援軍身分過去。

相較於暴風大妖渦一役，規模跟戰鬥力皆大幅提昇。

這時紅丸發現我到場，來我身旁站著。

接著似乎逮到機會，開始對我解說大家的進化狀況。

追隨我進化的腳步，大家也出現變化。

「世界之聲」曾說會對靈魂相繫的魔物授予祝福，被我命名的魔物似乎就屬於該類。

根據鎮民普查結果顯示，他們好像出現顯著的改變。

紅丸是這麼說的：

「問過鎮上居民得知結果如下，男性成員的體力增強，女性成員的肌膚變得更光滑，更加美麗動人。對我來說一點也不重要——不對，雖然這些話很莫名其妙，但他們的生命力好像提昇了——」

趁大家列隊，紅丸向我報告居民的情況。某些人外表還返老還童，大家都心懷感激。

他們非戰鬥人員，這次不須出征。負責看家。

那麼，就來介紹主要戰力吧。

某些戰鬥人員獲得技能，每個部隊都有特色，某些人按該部隊特色獲得共通技能，產生的變化千奇百怪。

實在很令人期待。

先來看元老級部下。

由哥布達當隊長的狼鬼兵部隊。

他們是人鬼族（滾刀哥布林），騎乘據說須一定條件才能觸發的星狼族。

他們真的是滾刀哥布林？

種族名稱確實是人鬼族（滾刀哥布林）沒錯，本質上卻不同於該族類。

這些傢伙竟然獲得稀有技能，追加技「同化」。

該技能並非所謂的人馬一體單純只是一種比喻，而是貨真價實的合體技。換句話說，一旦「同化」就能四隻腳並用進行高速移動，變成強大的戰士。

合體後的強度相當於A^{-}。

這招專門用來對付單一敵人，所以等級判定不到A級，話雖如此，戰鬥能力異常優秀。若幾組人馬同心協力，有機會打贏A級魔人。

畢竟狼鬼兵部隊好團隊合作。

互通訊息的速度可以掛保證，再加上飽經磨練。他們可是被白老操過。

該集團高達百人還集體行動，這支部隊有多可怕可想而知。

跟人類訂立的等級區分差很大，這批戰士非常值得期待。

再來是紅丸的親信們。

因為我當上朱拉森林盟主的關係，有戰鬥能力的魔物大幅增加。

特別是大鬼(食人魔)族，共有三百人。

其中戰鬥能力特別卓越的皆是年輕小夥子，出生於當初跟我求助的村莊。疑似憧憬紅丸等人，才獲得祝福進化。

著實教人吃驚。

某些人自願入隊，這些人一開始就是擁有名字的戰士。強度堪稱低階魔人，感覺相當可靠。

野生、沒有智慧的大鬼已來到B級。如今他們全副武裝，還學了技藝。

怎麼可能不強。

這些人是紅丸的直屬親衛隊，名喚「紅焰眾」。

為個體相當於A的戰鬥集團。

接著看屬於紅丸率領的主要部隊有哪些人。

約有滾刀哥布林四千人左右，不過，他們都經歷有趣的進化。
竟然獲得「操焰術」跟「熱變動抗性」，變成焰屬性。
好驚人的變化。
個體等級相當於B級，等同特別著重攻擊力的強襲特攻部隊。
其實這些滾刀哥布林因為皮膚是綠色的關係，名字也跟綠扯上關係。
不知道是誰取這種名字，希望他能放眼未來呢。

《答。取名的就是主人。》

我知道啦！
真沒想到有人會吐嘈我。這傢伙好討厭。
是說我以前沒想那麼多嘛。
魔物的進化真的很奇妙。
由於隊員名稱來自綠色，部隊名就跟著命名為綠色軍團。
作人要看開點。
因為是紅丸的部下所以本想用紅色，但這樣也滿有醍醐味的。大家役使跟膚色不搭的火焰攻擊，感覺很有意外性，這樣就好。
我要把他們的裝備染成綠色，給他們表現的機會。

繼續看下去，來看跟綠色軍團形成雙壁的蓋德部隊。

豬人族（高等半獸人）的進化也採集體形式。

全員獲得追加技「怪力」和「鐵壁」這類專門強化肉體的技能。且隊長級成員還獲得能任意操縱土壤的追加技「操土術」。

這些就是蓋德之前提到的新進技能，好像能用來興建戰壕。

且大家還具備追加技「全身鎧化」，隊伍結構上特別著重防禦力。

還繼承源自於我的大量抗性。除了「物理攻擊抗性」，還多了「痛覺、腐蝕、電流、麻痺」抗性。

我曾送給卡巴爾的盾的完成版風渦鱗盾直上特質級，附有對魔法防禦效果。

換句話說，無論物理或魔法都能防。

我非常認真想過乾脆賜他們紫苑的料理培養毒抗性好了？但這種想法還是別說比較好。

哎呀，是說能弄到一大堆暴風大妖渦的鱗片好走運。葛洛姆加工製造完成品，黑兵衛再拿來大量複製。感謝這些專業工匠。

讓他們變成個體相當於B級強力軍團。話說全員換穿特質級裝備，已超越一般軍隊的水準。

可說是相當犯規的防衛部隊。

總人數五千。

志願兵陸續過來加入，人數上修中。

平常負責各式各樣的工程，一有狀況馬上變成強力軍團。

能抵擋各種攻擊，堪稱鐵壁軍團。

——黃色軍團，該軍團的正式名稱如上。

後面還有戈畢爾率領的龍人族百名。

龍人族的種族能力原本就很高。想當然，等級相當於A⁻。

還得到我的祝福，龍之血覺醒得更加徹底。獲得固有技能「龍戰士化」。

其他則是「黑焰噴霧」、「黑雷噴霧」二選一，從此多了遠距離攻擊能力。

戈畢爾兩種都能用，果然很優秀。

目前不清楚的只剩「龍戰士化」。

《宣告。固有技「龍戰士化」是——》

啊，不用說明。

我已經知道自己不能用那招了，聽也是白聽。

若他們希望將這招運用自如，戈畢爾等人就會自行努力，把該技能弄清楚。不勞而獲得到的力量一點意義也沒有。我是這麼想的。

咦，那我呢？

我有究極技能「智慧之王拉斐爾」。遇到困難有「智慧之王拉斐爾」幫我，沒問題。

「智慧之王拉斐爾」是我的力量，從某方面來說，等同我本人發憤圖強。所以說，說我也有在努力一點都不為過。

就是這麼一回事，戈畢爾老弟跟他的夥伴們，希望他們在危機到來前可以將這招運用自如嘍！雖然很不負責任，還是希望他們努力一下。

話說這些部下配戈畢爾好浪費。

具備飛行能力，從高空射出的噴霧攻擊讓人難以招架。

種族特性讓他們生來就有各種抗性。

生著跟鋼鐵不相上下的堅固鱗片，裝備由魔鋼製成的胸甲。

無論用劍或魔法，半吊子攻擊都無法貫穿。

光是會飛就擁有壓倒性優勢，再加上那身防禦力。

速度、攻擊、防禦，他們是三合一萬能突擊隊。

正式名稱定為「飛龍眾」。

人數只到百名，卻是我國最強大的部隊。

最後列隊的是新設部隊。

該部隊負責擔任我的親衛隊。

率領他們的人是紫苑。

都是死而復生的人，結構上約百名成員。

有些人原本是小孩子，他們一口氣成長，變成青年。疑似當時無力抗戰的遺憾促使他們進化……

獲得技能如下，追加技「完全記憶」、「自動再生」。

這兩項技能相容性佳。

因為他們有「完全記憶」，就算頭被人轟掉，記憶也會留在星幽體裡。趁這時發動「自動再生」就不會喪命，有機會復活。

講白點，他們獲得豬頭魔王展現過的驚人回復力。

假如「自動再生」進化成「超速再生」，他們就如同不死之身。

這些人共計百名。實在讓人有點反感。

除此之外，獲得充滿威脅性的復原能力讓他們變得很囂張，據說接受紫苑的魔鬼特訓仍泰然自若。

順便提一下，有人說「反正又死不了！」，這句話出自不久前還是小朋友的少女……害我不知該說什麼才好。

該跟她認錯，還是要她加油才好。

目前實力只到C，總覺得以後會變成我國最強大的部隊。

部隊名就叫「紫克眾（起死回生）」。

紫色有克服死亡的含意在，這名字跟他們很搭。

差不多這樣，以上就是報告內容。

我的進化帶來影響，他們一直以來的努力又開花結果，讓他們大放異彩。

一開始只覺得這幫人戰鬥力提昇。

軍隊總人數不滿一萬，卻能痛扁那些表現普普的軍隊。

人數不及被我殲滅的法爾姆斯軍，戰鬥力卻遠在他們之上。

哎呀，剛才的報告內容真教人吃驚。

弱點在於人數不夠多，只好評估總體國力，慢慢增加。經常性戰力有一萬就行了。

此外，城鎮這邊還有負責把守的預備戰力。

該部隊由朱拉大森林居民集結編制而成。

程度落差太大，這次沒有讓他們參戰，今後多加鍛鍊應該能變成不錯的戰力。

這項課題留待日後解決。

紅丸帶來報告大致到這邊結束。

＊

話說回來，一萬名部下排開好震撼。

獸人戰士也有一萬人。

人數共計兩萬的大軍列隊，靜待出征時刻到來。

紫苑的部下「紫克眾」來我這當親衛隊，所以我要他們脫隊待機。反正他們這次負責看家，一起排太礙事。

「利姆路大人，都準備好了。」

利格魯德過來向我稟報。

他不眠不休奔波打點，這方面要跟他說聲謝謝。

利格魯德應道「您過獎了——」，露出滿足的笑容。

好了，既然準備妥當，就來「傳送」一下。

「啊，阿爾比思小姐——」

「叫我阿爾比思就行了，利姆路大人。」

聽我這麼一叫，阿爾比思做出如上回應。

本來想說這樣比較有禮貌，反倒害她不知所措。那我就乾脆點。

「知道了，阿爾比思。我們已經將你們的同伴聚在另一邊，拜託妳向他們轉達開會結果。我猜法比歐正在編制部隊，剩下的事就拜託妳了！」

「明白了。您的好意，我們沒齒難忘。」

阿爾比思朝我深深一鞠躬。再來是蘇菲亞，還有全體獸人都跟進。

散發一種像在給人下馬威的壓迫感，但我忍住了。這些都是他們的感激之情。

「利姆姆大人幫了不少忙。這下我們就能心無旁鶩，來去痛扁克雷曼的手下。克雷曼就讓給利姆路大人，請您代替我們一吐怨氣！」

蘇菲亞笑著說道。

美人就是美人，那表情好可怕。

阿爾比思似乎同意她的說詞，這個也殺氣騰騰，看起來很嚇人。彷彿在說幹勁都備足了，接下來要大鬧一場。

光他們獸人就有兩萬兵力，或許不需要援軍。不過，人數愈多愈好。

若只算他們的人馬，人數上還是輸克雷曼軍。

加上我方的援軍，克雷曼軍三萬，聯軍也來到三萬。

人數相當，我方品質占上風肯定能贏。

問題是……

「對了紅丸，作戰方面沒問題嗎？」

我昨天到處跑、把獸人全部找來，要紅丸他們再次審視作戰計畫。大方針不變，分散戰力聚集避難民眾的部分拿掉，必須做細部變更。

「嗯，沒問題。既然克雷曼的目標是獸王國居民，主動撤退想必效果顯著吧。」

臉上浮現壞心眼的笑容，紅丸如此回應。

嗯，我也認為那是不錯的辦法。沒必要跟他們硬碰硬，造成傷亡。

「是的。我有跟紅丸先生商量過，目前有餘力更換戰場，可以晚點開戰——」

阿爾比思跟進，玩弄手裡的金色錫杖，愉快地談論作戰計畫。

看樣子沒問題。

魔王盛宴到來之前無法如願以償，克雷曼肯定很火大。起碼會拿部屬開刀。要是指揮官怕克雷曼動怒，因而狗急跳牆，就算我們賺到。

「——部隊會放在朱拉大森林的入口處。那片荒蕪大地從前是我的故鄉，如今是滅亡的豬頭族（半獸人）王國奧比克舊址，他們將葬身該處。」

蓋德一番話似乎隱含某種近乎怨念的情感。

那個國家因克雷曼的陰謀毀滅，將成為決戰地點。

冥冥之中自有定數。這就是因果報應嗎？

作戰計畫很簡單。

避難民眾假裝逃進朱拉大森林，我方再出面攻擊前來追殺的敵軍戰力。

就這樣。

「智慧之王拉斐爾」助我在腦內完美模擬。輸入蒼影等人的見聞資料重現局勢，描繪跟現實沒太大出入的未來藍圖。

我透過「思念網」傳達這些東西，方便大家掌握現況。

當初原定邊保護避難民眾邊誘敵，將他們包圍後殲滅。然而這次計畫更動，腳程快的人負責當誘餌遭人個別擊破的風險降低，可想而知作戰計畫的成功率將大幅提昇。

將敵人誘入森林深處殲滅，這才是關鍵。

我不打算將他們全面撲殺，但讓他們逃走，敵人重新攻過來就麻煩了。要做就做得徹底點。

「紅丸，你知道該怎麼做吧？」

「當然。就讓他們見識活地獄，再也不敢起念頭跟我們作對。」

紅丸回答時帶著非常燦爛的笑容。

啊，這是他不打算放過對方的表情。

「把他們殺光，紅丸！」

「咯呵呵呵呵。垃圾若不盡早收拾，可是會發臭的。」

紫苑和迪亞布羅出聲激勵紅丸。

激勵——用這兩個字好像有點不對勁，算了沒關係。

他們兩個也想參加，真的很好戰。不過，那可不行。

紫苑要跟我一起留下來，為魔王盛宴做準備。

迪亞布羅之後要出發，去攻略法爾姆斯。

所以說，他們沒辦法參加這場戰役。

後續就交給紅丸，靜待佳音吧。

「好，有什麼事立刻向我報備。那我送你們過去，要贏喔！」

「「「是——！定為您贏得勝利！」」」

數道視線落在我身上。

我用金色的雙眸環視眾人，接著就展開魔法陣。

昨晚施過好幾遍，已經很熟練了。

兩萬大軍腳下出現超巨大魔法陣，由下往上層疊。

出現的正方形內側有幾何圖案堆疊，那些我都看不懂。

同時傳送兩萬人，果然需大量的集中力和魔力。魔素量逐漸減少，但試算起來好像還夠用。

說得事不關己，其實我的魔素量也增生一大堆。

約五分鐘的時間過去。

大夥兒都站直不動，等傳送魔法陣完成。

接著，當正方形越過大家的頭頂，剎那間——發出一道刺眼的閃光，軍隊就此消失。

傳送結束。好像順利把大家送走了。

順便說一下，昨晚第一次發動時，我慌到不行。

畢竟刺眼的閃光在夜裡發出，害我心慌慌，怕克雷曼軍發現。

後來同時使用煙霧彈魔法，將魔法陣的光化掉。

凡事都有失敗的可能，切忌粗心大意。

這次不需要隱藏光芒，讓我見識到相當壯麗的光景。

「利姆路大人真行。好美的術式！」

「真的。讓我看得如痴如醉！」

迪亞布羅開口誇我，紫苑輸人不輸陣，跟著拍馬屁。

迪亞布羅好像很喜歡魔法。

等這次事件塵埃落定，我們再一起討論魔法吧。他可能知道我沒聽過的魔法。

還有紫苑，得防止她對周遭人士產生嫉妒心。

她去找碴會讓事情變得很麻煩。

我邊想邊對兩人頷首，接著離開該處。

大家出發後，看起來很無聊的維爾德拉晃過來。

晃完做出白痴發言。

「利姆路，我去把他們打爆吧？」

這人果然沒把話聽進去。

「都跟你說了！魔王盛宴開始前，你的事情要保密啊！你去那邊亂鬧，不就當場穿幫嗎！」

「嘎———哈哈哈，對喔，有這回事。我一不小心就忘了。」

最好是。

這個大叔真教人頭疼。

我事先準備一堆漫畫再拿給他，這樣行得通嗎？

他好像會捅什麼簍子，讓我好擔心。

要派人盯好他。

當天中午，尤姆一行人也踏上旅途。

我要他們一路上大聊維爾德拉復活的事，還要他們去各個村莊宣傳，讓大家以訛傳訛。背後的目的用不著多說，就是要讓偷聽的克雷曼聽到。

希望消息快點傳入他耳裡，我邊許願邊送他們出去。

迪亞布羅跟我說：「我馬上回來，請您放心。」你是把法爾姆斯王國看得多扁啊？我反倒替他擔心，總之就交給他辦吧。

失敗是每個人都會遇到的事，等事情發生再做打算也不遲。

在那之後，蓋札也回到矮人王國。大臣們似乎怒不可遏，所以他慌慌張張地回國……派替身上場果然出狀況了。

想也知道。

絕對不可以踏上他的後塵。要做到天衣無縫才行。

這念頭在心裡打轉，我目送蓋札離去。

又過了一天。

據紅丸捎來的報告指出，他們順利傳送過去。

不過，這不代表一切都會順利進行。

高達三萬的大軍及難民移動起來果然處處受到限制。即使他們是不同於人類的健壯獸人，抵達目的地的時間並不會延後太多，但……

不過放心。我已經想好對策了。

「就是這樣，我已經做好收容的陣勢了，我打算將非戰鬥人員傳到魔國聯邦的城鎮裡。」

說完，我拍拍紅丸的肩膀。

「對喔……還有這招……」

紅丸臉上的表情就像在說「我怎麼沒發現」，口裡逸出呻吟。

不不不，這種傳送術式須消耗大量魔素。人數愈多愈耗魔。

昨天傳完兩萬人就沒餘力了。這招不能連著用太多次，所以並不算浪費時間。

此外，這項術式是顛覆既有常識的全新要素，想必今後會陸續生出活用該術式的戰術。話說能施展這種大規模法術的人應該不多，情勢一面倒，優勢在我方。

總之，昨天送走大家之後，利格魯德就備妥用來過夜的地方，所以我打算只傳難民過來。

就是這麼一回事，趕快把大家傳送過來。

他們適應力好像滿高的，被傳送過來的人已經習以為常。無人面露不安，真厲害。

我要利格魯德領大家過去。

接著繼續昨天的事，專心處理某項工作。

希望能盡力趕上魔王盛宴，祈禱不要有突發狀況。

＊

一路上一帆風順，時間來到魔王盛宴當天。

我在午餐前結束手邊工作，中午過後進入最終階段。

看樣子似乎趕上了，我暫時鬆了一口氣。

「利姆路，這是……」

「怎麼樣，很棒吧？」

「你簡直是天才！」

你哪位……想歸想，我沒力氣吐嘈他。

得為今夜養精蓄銳。

所以說，菈米莉絲，妳的白痴發言就當耳邊風啦。

如此這般，我用完午餐，進入最後的工作階段。

完成的作品放入「胃袋」，前往德蕾妮小姐住的樹人族聚落。

維爾德拉也想跟來，可是這次我要他先忍忍。雖然不太可能，但我留他是為了避免城鎮被攻下。

眼下，魔國聯邦城鎮由維爾德拉張的「結界」守護。結界還能防止克雷曼偷聽，要是被亂動了會很不妙。

我們約好下次再帶他去，由我、菈米莉絲、德蕾妮小姐組隊出發。

感覺滿對不起他的，不過，我拜託貝瑞塔陪維爾德拉。

他肯定會被呼來喚去，總覺得很對不起貝瑞塔。下次要慰勞他才行。

就這樣，我們開「空間支配」換場。

一來到聚落，我就看到蟲型魔獸阿畢特和賽奇翁。

當初救阿畢特時，牠的身長約三十公分，如今成長茁壯，長到五十公分左右。看牠健健康康真讓人開心。

另一隻是賽奇翁，長到七十公分左右。現在似乎變得更強，下級魔物不會再過來找碴。這附近一帶沒有魔物打得過賽奇翁，實力深不可測。我曾告誡牠別逞強，牠應該不會打沒勝算的仗。賽奇翁很有自知之明。不會像哥布達或戈畢爾那樣，容易得寸進尺，讓人非常放心。

阿畢特發現我便開開心心地靠過來，還送我蜂蜜。

謝謝，這可是良藥！有鑑於此，趕快來嚐一口。

用來消除疲勞，蜂蜜是最合適的。

不愧是藥到病除、超稀有的特效藥。

「利、利姆路你等等——不對，利姆路先生？我有件事想跟您請教一下……」

菈米莉絲開口，用焦急的語氣問話。

「什麼事？」

「那、那隻魔蟲，該不會是軍團蜂吧……？」

「不知，天曉得。」

「還天曉得。我說，你真是——！」

菈米莉絲大感震驚，但軍團蜂又怎樣？

『利姆路大人。正如那位大人所說，我是軍團蜂的最高階品種女王麗蜂。若您需要，容我召喚部下可好？』

噢噢，感覺好厲害。不過，現在沒那個必要吧。

『等這個聚落面臨危機再召喚就行了。若你想找同伴，可以去跟德蕾妮小姐她們商量再召喚。』

『不，那現在就別叫牠們了。』

話一說完阿畢特就拍拍翅膀，嗡——的一聲，開心離去。

好像光靠聲音就能砍人，聽起來既美妙又凶殘。難道說，軍團蜂是某種危險的魔獸？

——不，不會吧。阿畢特替我採集蜂蜜，怎麼可能是危險分子。

再說還有賽奇翁。

賽奇翁朝我默默一鞠躬，追隨阿畢特。

看起來很有大人物風範，感覺很像蟲王。

將來似乎會變得更強，有進化的可能性。到時就邀牠來當我的部下。

轉頭一看，只見菈米莉絲啞口無言，德蕾妮小姐正在安慰她。

「妳說對了，牠自稱軍團蜂。好像還是女王喔！」

我試著朝菈米莉絲搭話。

「我聽到了啦！是說，你這個人……唔，算了。你好像無所不能。話說回來，另一隻也……不，怎麼可能……」

諸如此類，她開始說些莫名其妙的話。

理她很麻煩，再加上沒時間，就別放在心上吧。

反正是菈米莉絲說的，應該不重要吧。

我們抵達目的地。

來到德蕾妮小姐的本體──大靈樹下。

我從「胃袋」取出剛才完成的作品。

至於這是什麼東西，其實是一顆深色寶珠。

既沒有光澤，又沒有任何光芒透出。不過，這樣東西帶有某種力量。

要說用途則是……

德蕾妮小姐──該說樹妖精才對，她們是妖精的後代，是種精神生命體，藉著跟樹木融合獲取肉體。能讓精神體隨意脫離，以魔素構築暫代的肉體。

可是再怎麼變，她們的本體依然是樹木，也就是大靈樹。

魔王盛宴的會場好像設在特殊空間裡，德蕾妮小姐或許會不得其門而入。想到這點，我決定動一場大手術，讓她的本體自由活動。

跟現實中沒有肉體的貝瑞塔不同，德蕾妮小姐有肉體。因此，為了讓她附到新的肉體上，必須將現有肉體的核心轉移到新肉體上。

新的核心，這方面已經有著落了。

具備特殊條件、備妥素材就能創造「聖魔核」。而剛才取出的寶珠就是這個「聖魔核」專用容器。

這樣東西解釋起來，其實就是從魔物核取出魔晶石再抽掉魔素。弄成無屬性很困難，我失敗好幾次才作好。製作這樣容器還需要其他素材，昨天就在花時間蒐集那些東西。

為了創造「聖魔核」，必須讓靈氣和妖氣於該容器內等量融合。

如果是貝瑞塔，只要選取同質量再逆轉屬性就行了，套到德蕾妮小姐身上卻行不通。

所以說，除了德蕾妮小姐對該容器注入靈氣，還由我注入調整成相同質量的妖氣。

來吧，「智慧之王拉斐爾」該你出場，作業開始。

一宣布展開作業，德蕾妮小姐就毫不猶豫，讓自己變成靈氣注入容器裡。我也同時注入妖氣。

這是精密作業，但我們按計畫進行。

大靈樹失去生命力，逐漸凋零。這個時候，寶珠開始忽明忽滅。

看起來好像心跳。

光與闇交織。

接著——

寶珠透出朦朧的嫩綠光芒。

點燃生命之火。

《宣告。已混入個體名：德蕾妮的屬性，「聖魔核」製作完成。》

如同預定。

「成功了。今後這顆寶珠就是德蕾妮小姐的本體。」

『謝謝您，利姆路大人！』

「謝謝你，利姆路！這樣就可以順利帶德蕾妮過去吧！」

「對，應該可以。可是，對喔……」
這下就不會跟本體中斷聯繫，帶去異空間也不會失聯。可是，總覺得還缺少什麼。
「德蕾妮小姐，這顆樹原本是妳的本體，我可以收下嗎？」
『當然可以，沒問題。請您隨意使用。』
我向她道謝，開始執行剛才想到的點子。
「你想幹嘛？」
「哎呀，妳看就對了！」
我切割木頭，對它進行加工，再削出形狀。
這是高度模擬人體的人偶部件。
「噢噢、噢噢噢噢噢！難道說，莫非你想——！」
菈米莉絲看過我製作貝瑞塔的過程，似乎知道我想幹嘛。
沒錯，我想利用受德蕾妮小姐魔力渲染的大靈樹，創造她的暫代肉體。
就這樣，三小時後。
這人偶下午才開始製作，總算完成了。
芯用「魔鋼」強化，表面是打磨到光滑的木材。手感好得驚人，這樣東西的完成度頗高。
『噢噢，這該不會是……』
連很少感到驚訝的德蕾妮小姐都很錯愕。
「如何，做得不錯吧？不嫌棄的話，就拿這樣東西當肉體吧。」
不用問也知道答案是什麼。

菈米莉絲喜出望外，甚至不用她催促德蕾妮小姐——

德蕾妮小姐也很感激，邊對我道謝邊寄宿到新的肉體上。

從這一刻開始，這具人偶就變成德蕾妮小姐的本體。

就這樣，完全獨立自主的樹妖精誕生。

堪稱魔物心臟的「聖魔核」一附到人偶上，迸發的魔力就遍及樹表各處。接著，令人驚訝的事發生了，白色木紋變淡，變得如人類肌膚般光滑細緻。

不，已經超越人體肌膚，散發不屬於人世的美。

這次跟貝瑞塔不一樣，不是從骨骼開始製作的臉。單純臨摹德蕾妮小姐的臉，用木頭雕出頭部。然而德蕾妮小姐一附到上頭，它就顯露酷似人類的柔和表情。

雖然是木雕卻會張口，還會眨眼。

原理讓人看不透。只能說因為她是魔物。

或許是因為那是原本的她的本體，兩者相容性極佳，其中一項原因可能出在這。總之，因為我靈機一閃，手術出乎意料地成功。

不知為何，連強度都提昇了。

我的妖氣封注前，「智慧之王拉斐爾」將之調整得天衣無縫，形成與德蕾妮小姐靈氣徹底同步的「聖魔核」。換句話說，她的魔素量增加至兩倍。

是說她獲得聖與魔兩大屬性，似乎因此學會新的技能。紫苑的魔素量在我家部下裡高居第一位，而她的存在感更盛。

肯定比豬頭魔王更強。

但依然不及魔王卡利翁，兩人的強各有千秋。

好像相當於S，災禍級。

她不是魔王降至災厄級，也就是特A級……

自由公會訂立那些階級制度，這類特殊魔人疑似沒對應到。我個人認為她是準魔王級，這樣想應該沒錯吧。

靈樹人型妖精──睿智的魔物，跟魔王種不相上下。這下德蕾妮小姐搖身一變，蛻變成追隨菈米莉絲的強力魔人。

「智慧之王拉斐爾」肯定嚇一跳。

《答。在預料之中。》

看吧，它很驚訝。

就那個嘛，輸不起嘍。

《……………》

「智慧之王拉斐爾」無話可說。

在精神上取得勝利後，我去跟德蕾妮小姐的姊妹道別。

德蕾妮小姐的妹妹德萊雅和德莉絲觀望整個手術過程，看起來非常羨慕。所以說，她們一直努力當朱拉大森林的管理者是該給點獎勵，替她們動手術也無妨……但目前先暫時這樣。

等我們從魔王盛宴平安歸來再說。

若她們都跑去侍奉菈米莉絲，朱拉大森林沒了管理者會很頭疼的。

心裡想著這些念頭，我回到城鎮上。

準備皆已就緒。

我不經意抬頭，天上沒有月娘的蹤影，只見繁星閃著美麗的光芒。

對喔，今晚是新月之夜。

在如此美麗的夜空下，戰鐘已敲響。

且此時此刻——

我披著星光，朝屬於我的戰場走去。

中場　魔王眾

魔王克雷曼單手拿著酒杯，靜待那一刻到來。

今晚要召開魔王盛宴。

他臉上帶著又怒又笑的表情，在腦中分析幾項情報。

先來看壞消息。

他無視好友拉普拉斯的忠告，命人進攻獸王國猶拉瑟尼亞。卻沒發現半個居民，害自軍白跑一趟。

接獲指揮官亞姆札的報告讓他大發雷霆，然而在不清楚原因的情況下，不能貿然下令。所以克雷曼暫時要軍隊集結，讓他們再次來個地毯式搜索。

結果他們發現一幫人慌忙奔逃。

接獲這項報告，克雷曼想都不想就命部屬追擊。還朝周邊一帶放出偵查兵，要他們找找看是否有其他人藏匿。

結果那一帶藏了好幾百名居民，克雷曼就令屬下將他們一網打盡並收拾乾淨。

不過，那些人選擇在第一時間逃跑。

克雷曼覺得奇怪，納悶之餘命人展開調查，這才發現聚在一起數千人的難民正朝朱拉大森林逃亡。藏身者是誘餌，用來讓主要部隊逃亡。

（耍小聰明！）

直到這個時候，克雷曼才知道獸王國的居民為什麼不見蹤影。因為他們進行大規模遷徙，去投靠利姆路。

而那些逃亡者察覺克雷曼軍有動靜，便放出誘餌助其他人逃亡——以上是克雷曼的看法。

他打算在魔王盛宴到來前狩獵魂魄，這下不得不承認計畫告吹。這件事讓克雷曼不悅。

『亞姆札，魔王盛宴就快開始了。在我回來之前，出動全軍追殺。別放過任何一人，把他們全殺了，將生還者帶到我跟前！』

『屬下必定完成這項任務！』

克雷曼雖對部屬的答覆點頭回應，來不及覺醒仍是不爭的事實。

惱火之餘，克雷曼結束魔法通訊。

另一方面，還是有好消息。

克雷曼能透過地脈——電訊和地磁——蒐集情報。無人看出他有這份能耐。因此，克雷曼才能掌握大把情報。

這就是克雷曼被人稱作「操偶傀儡師（Marionette Master）」的由來。

剛獲得這項技能時，他只能對視線範圍內的對象進行干涉。如今那股力量有所成長，這是勤奮不懈的努力成果，支撐克雷曼的王牌。

這股力量即獨有技「操演者」——將情報轉成暗號傳輸，進行大範圍監控。派出旗下部屬，透過他們的所見所聞獲取情報。

他因此得知「暴風龍」維爾德拉復活的情報。

這件事非他樂見，但疑似跟暴風龍對話卻沒丟掉小命的人類集團說了一些話，內容挺耐人尋味。

克雷曼偷聽離開魔物城鎮、打扮像冒險者的男人們談些什麼，結果聽到大出他意料的訊息。

事情是這樣的。

自稱森林盟主的利姆路並沒有殲滅法爾姆斯軍，而是因那暴風龍復活，導致整批軍隊目前行蹤不明。

且那隻暴風龍剛復活不久，據說失去大半魔素。

這段話印證朱拉大森林為何並未出現巨大的魔力反應。此外，冒險者們好運倖存，正好替實情背書。

倘若「暴風龍」維爾德拉復活，身為魔王的克雷曼不可能略過。應該是真的，照傳聞聽來，跟法爾姆斯軍對戰八成耗盡他的力量。

這兩樣情報讓克雷曼頭疼。

（趁現在討伐邪龍，不用費吹灰之力。不僅如此，也許還能為我所用——）

對，克雷曼懷有夢想。

邪龍好像把魔物蓋的城鎮當老巢，蒐集該區域的情報有難度，但……他認為此事不需操之過急。

反正邪龍不可能在兩三天內復原，魔王盛宴過後再慢慢料理就行了。

（若情況不樂觀，再派蜜莉姆去。比起那些，現在更該——）

想到這兒，克雷曼決定專心處理魔王盛宴。

也許他不該過度相信蜜莉姆的力量——

想必克雷曼也發現了。

某些點不太尋常。
目前敵兵並未出現傷亡，這點不合常理。還有，照理說應該藏身各處的居民碰頭相聚。
這些情報太過重要，讓行事謹慎的克雷曼無法忽視。
不過，目前在現場指揮的人並非克雷曼，而是亞姆札。
除此之外，克雷曼滿腦子都是即將到來的魔王盛宴。
即將到來的魔王盛宴具重大意涵。
知名的搞自閉魔王菈米莉絲突然提出要求，說要追加一個提案，讓此次議題的當事人利姆路參加。
就連克雷曼都沒料到事情會變成這樣，害他一時之間無法做出判斷。
在他心煩時，大夥兒乾脆地接受這項提議，如今已無反駁的餘地。
不過事到如今，危機反而變成轉機。
（不，這樣正好。到最後，利姆路將露出真面目。差點被他騙得團團轉，以為法爾姆斯大軍真的由他單槍匹馬料理，但紙包不住火。）
想到這兒，克雷曼露出獰笑。
既然利姆路想參加魔王盛宴，何不歡迎他加入。
能當著其他魔王的面，讓利姆路知道雙方實力差距有多懸殊。
（一隻史萊姆藉邪龍狐假虎威！你該感到光榮，將由我親手擊潰你。）
克雷曼轉動腦袋瓜，幻想他的光榮未來。
——所以，他忽略了。
忽略戰場上冒出的微小不協調感。

——克雷曼你也要小心喔！現在最好不要輕舉妄動，你可別大意。

好友的話掠過腦海。

克雷曼的心萌生些許不安念頭。

不安的感覺就像在說，他好像遺漏某個環節。

只不過，克雷曼對此一笑置之。

（別擔心，拉普拉斯。我會贏——）

接著克雷曼似要甩去不安，將紅酒一口氣飲盡。

●

芙蕾憂心忡忡，準備迎接魔王盛宴。

狀況瞬息萬變，早已脫離當初的計畫。

事情的發展完全在意料之外，不知道結果會怎樣。

但芙蕾一點也不緊張。

她很了解自己，對任何事物總是冷靜判斷。

這才是「天空女王」芙蕾應有的樣子。

結果理想固然是好事。若朝壞的方向發展……

她得做好心理準備，到時要親自出馬。

一切都從那天開始，跟人做了「某個」約定。

為了打倒暴風大妖渦，她接受克雷曼的提議。代價就是芙蕾要答應克雷曼的一個請求。

…………

…………

……

幾個月前，蜜莉姆過來拜訪芙蕾。

磅——！的一聲。

她粗魯地推開房門，進到屋子裡。

這種事經常發生，芙蕾見怪不怪。

再說若有強大、不經遮掩的強大妖氣靠近，來人除了蜜莉姆不做他想。

蜜莉姆一進來就跟她打招呼。

「嗨，芙蕾！今天天氣也很好呢！」

她笑容滿面，根本不管芙蕾是否方便接應。

還刻意在她面前用手梳理美麗的櫻金色髮絲。

手上嵌了一樣陌生的物體。

不是戒指。

少女戴了看起來很粗獷、用來保護四根手指的手指虎。

不過，感覺跟蜜莉姆很搭。

這樣極品道具刻了龍紋，蘊含濃烈的魔力。

被握在她小小的手心裡，一點也不顯得奇怪。

「嗯——好像有點熱？」

她說著就用手搧臉。

蜜莉姆一向不在意熱不熱，目的很明顯。

「哎呀，蜜莉姆。好久不見。妳今天好像心情不錯嘛。是不是發生什麼好事了？」

芙蕾順她的意問道。若她不問，好像得陪蜜莉姆演戲演到天荒地老。

「嗯嗯，看得出來？其實是這樣啦，妳看這個！」

蜜莉姆邊說邊對芙蕾展示套在雙手上的龍紋手指虎。

還呵呵呵！地自賣自誇。

芙蕾拿她沒轍，在心裡悄悄地嘆氣。

「哎呀，真是的！感覺很適合妳。怎麼有這樣東西？」

她猜蜜莉姆大概希望自己追問，就問了。

蜜莉姆則難為情地說：「妳想知道嗎？怎麼辦——是可以告訴妳啦……嗯——該怎麼辦——」在那賣關子。

好煩。這動作連長年跟她來往、已經習以為常的芙蕾都嫌煩。

「哎呀，蜜莉姆。我們不是『朋友』嗎？告訴我沒關係吧？」

聽芙蕾這麼說，蜜莉姆眼睛一亮。

「這樣啊！果然沒錯，我們是朋友！好，就告訴妳！其實——」

聽到自己想聽的話似乎很開心，蜜莉姆開開心心向芙蕾透露魔物城鎮的事。

芙蕾聽她喋喋不休炫耀，還被迫看了她好幾件衣服。

沒看過這麼雀躍的蜜莉姆，就連芙蕾都難掩困惑。

當話告一段落，芙蕾發現趁機履行跟克雷曼的約定正是時候。

「對了，蜜莉姆。我想以『朋友』身分送妳一樣東西。妳願意收嗎？」

說完，芙蕾就對侍女示意。

侍女拿了某樣東西過來。

那是綻放美麗光芒的墜鍊，就放在紫色的底巾上。

墜鍊上頭嵌著美麗的寶珠。是頂級貨色，連外行人都知道那樣東西價值不斐。

「嗯？這是墜鍊吧。我可以拿嗎？就算我拿了這樣東西，這個手指虎也不會讓給妳喔！」

芙蕾因這句話發出苦笑。

「沒問題，蜜莉姆。這樣東西代表我們的友誼。因為是送『朋友』的禮物就別跟我客氣了，妳願意戴它，我會很開心的。」

芙蕾帶著柔和的笑容催促，蜜莉姆則笑著點頭。

「看我的吧！」

此話一出，蜜莉姆便帶著滿面笑容戴上那樣東西。

《禁咒法「魔王支配」……發動成功。》

剎那間，蜜莉姆臉上的表情消失殆盡。

眼裡再也看不到任何東西，象徵意志的光芒逝去。

墜鍊蘊藏的魔力解放，禁忌咒語侵蝕蜜莉姆。

這個墜鍊就是克雷曼給芙蕾的祕寶——支配的寶珠。至於讓蜜莉姆戴上這個墜鍊，即是克雷曼跟芙蕾約好要拜託她的事。

（好了，我已經履行約定。這下義務已盡，究竟蜜莉姆會——）

芙蕾開始觀察蜜莉姆。

她就像戴了能劇面具的人偶，面無表情地站著。

就在這時，出現微弱的跡象。芙蕾彷彿看見蜜莉姆那對藍色雙眸盯著她望了一會兒。

剎那間，芙蕾覺得有點不對勁。

難道說——

（對，沒錯。是那樣吧，蜜莉姆——）

龍指虎從蜜莉姆的指節滑落。

芙蕾望著這一幕，鬆了一口氣。

「辦好了，克雷曼。這樣就行了吧？」

房間暗處什麼都沒有，芙蕾朝該處自然而然地搭話。

那裡出現一道身影，是克雷曼。

「咯咯咯。辛苦妳了，芙蕾。這樣一來，我就得到最強的玩偶！咯哈哈哈哈——！把我當菜鳥魔王看待，敢小看我的下場就是這樣。這模樣真難堪，蜜莉姆！」

克雷曼高聲大笑，出手痛毆蜜莉姆。

蜜莉姆柔嫩的臉頰逐漸紅腫，嘴唇裂開。

如今少了守護自己的多重「結界」，就連蜜莉姆都會受傷。

再加上對手是克雷曼，是魔王。

當然會掛彩。

帶著淺笑的克雷曼打算進一步施加攻擊，芙蕾則冷言以對，開口道：「我勸你還是住手比較好。」

這情景看起來不怎麼舒服，再說——

「哼！一點損傷就解除，這咒術可沒那麼簡單。它可是禁咒法，由我灌注大量的魔力。她老是耍威風，妳也很鬱悶吧？所以才會協助這項計畫，對吧？」

「不對。我只想履行跟你做過的約定。」

「少裝蒜。別客氣，現在這傢伙只是一具傀儡。特別耐操，只要在她徹底損壞前修復就行了。」

克雷曼眼神瘋狂，一腳踢飛蜜莉姆。

看克雷曼這樣，芙蕾冷眼旁觀。

（這男人真醜陋。原來你的本性是這樣——）

此刻，芙蕾已經看清這個名叫克雷曼的男人。所以她決定相信自己的直覺，並採取行動。

「我說，克雷曼。你可能不曉得，但蜜莉姆有自我防衛機制喔！我曾聽蜜莉姆說過，她說那叫『狂化暴走』，聽說會進入失控狀態。被那招幹掉是你家的事，可別把我拖下水。」

芙蕾這話一出，克雷曼才恢復冷靜。

他不悅地「嘖」了一聲。

「嘖，這魔王怎麼搞的。算了。善用這傢伙，我的發言會更有分量。芙蕾，妳是共犯。要好好為我賣命。」

「哎呀？我們倆是對等關係吧？」

「白痴！這個計畫是我定的。妳已經是我的棋子了。還是說，妳想跟蜜莉姆交手？」

「──你在威脅我？」

「咯哈哈哈哈！妳愛怎麼解釋都好。不想丟掉小命，可別惹我生氣。」

恩威並施，克雷曼傲慢的發言用這形容可謂相當貼切。

該計畫確實是克雷曼立的。還附帶不知從哪弄來的情報，說蜜莉姆對「朋友」這個詞很沒抵抗力。

芙蕾只是遵守約定罷了。

然而她之所以這麼做，都是對某事深信不疑使然──

「我知道了。」

「這樣就好。可別背叛我。若妳願意聽聽我的請求，我保證讓妳繼續當『天空霸者』。」

退路被人斷了。

這下芙蕾就變成克雷曼的助手──實為他的傀儡。

──這件事發生在毀滅之日到來的幾個星期前。

…………

……

……

從當時的回憶抽離，芙蕾悄悄地嘆了一口氣。

克雷曼任意操控蜜莉姆，有如此強大的蠻橫武力支撐，他對待芙蕾也採取高壓態度。

眼下，芙蕾奉克雷曼之命，被迫成為他的幫手。

她自嘲，認為自己自作自受。

是她蠢到相信克雷曼。

可是，一方面又這麼想。

克雷曼是陰險狡猾、不容輕忽的魔王，但他過分自信，對自己的力量太有信心。

——因此，克雷曼無法看清事物的本質。

所幸芙蕾有看清本質的洞察力。

這不是什麼技能，而是跟他人接觸自然而然學會的招數。

克雷曼只把其他人當道具看，無法察覺事實真相。

芙蕾決定相信自身直覺，做出賭注。

不管結果如何——

（克雷曼，看來你活不久了。）

芙蕾暗中確認今後的行事順序。

接著她想起那個「約定」，笑容悄悄地爬上臉龐。

這裡是受冰雪吹襲的酷寒大陸。
四周都是永久凍土形成的冰原，下探負一百二十度，沒多少生物能在這片大地上生存。
中央區塊有座城堡聳立。
是既美麗又夢幻的宮殿。
透過超乎想像的龐大魔力，於現世成形的惡魔城塞。
名喚「白冰宮」。
是魔王金．克林姆茲的居城。

某人在城堡的走廊上悠然漫步。
那人有一頭長長的金髮，配上狹長的雙眸。一對藍色眼眸於俊逸的面容間大放異彩。
加上通透的白皙肌膚。
美麗面貌雌雄莫辨，是一名美男子。
他是魔王雷昂．克羅姆威爾。
人稱「白金色惡魔」，或稱「白金劍王（Platinum Saber）」。
簡直把這座城堡當自己家，他在走廊上泰然自若地前進。
前方有扇大門，帶著美麗的雕刻。這扇門通往謁見室，城主在裡頭等待。

雷昂要找這座城的城主金・克林姆茲。

他來到門扉前站定，兩隻壯碩的惡魔過來開門。

接著——

「魔王雷昂・克羅姆威爾大人駕到！」

美麗的女性形態惡魔在門扉內側待命，為雷昂的來訪高聲稟報。

力量強大的高階惡魔分成左右兩列，於門扉內側待命。

他們都是命名惡魔，還擁有肉體。力量早已超過高階惡魔，甚至輕易凌駕高階魔人。

全數穿著魔法裝備，完成固有進化。

人數上，左右加起來超過兩百。

其中更有跟特A災厄級不相上下的傢伙。

不過，就連這些頂尖惡魔都……

謁見室深處，魔王金・克林姆茲就坐在正中央的王座上，眼下有六大惡魔待命，在他們的威嚴之下，其他惡魔相形失色。

六大惡魔是擁有名字的高階魔將。

其戰鬥能力在災厄級中技壓群雄。他們的能耐搞不好高到能跟魔王相提並論。

——不過，這六大魔將仍不許在此恣意發言。因為這裡存在無法跨越的身分隔閡——

剛才是一名綠髮惡魔告知雷昂來訪，另外還有招呼雷昂的藍髮惡魔。

容貌美麗，彷彿人類慾念的化身。
姣好的身軀裹著暗紅色女僕裝。
綠髮惡魔名喚米薩莉，藍髮惡魔叫萊茵。
她們替王發聲。
兩大惡魔是絕對支配者魔王金·克林姆茲的左右護法。
階級為「惡魔貴族」，相當於災禍級的超強人物。
她們的力量足以跟魔王匹敵。

雷昂走在中央通道上，來到王座正下方。
米薩莉和萊茵於此一鞠躬，往金的左右兩側一站。
同時，王座上的王起身。
要說這裡的誰有資格動，就只剩兩名魔王。
「好久不見，我的朋友，雷昂。過得好嗎？幸好你回應我的邀約。跟你說聲謝謝。」
那是美妙的磁性嗓音。
紅色眼眸點綴著金銀星芒，如火焰般微捲的髮呈現深紅色，比血色更加濃厚。
身高跟雷昂差不多。
相較於雷昂的陰柔之美，金的美在於其傲岸孤冷。
妖異的美貌散發霸主氣魄。
他朝雷昂發話，從放置王座的高台走下，來到雷昂跟前。接著伸手繞上雷昂的胸，將他緊緊抱住。

手往雷昂的臉摸去，動作沒有絲毫猶豫，就此吻住他。

雷昂則厭惡地皺起臉龐，將金推開，一如往常地開口抱怨：

「別這樣。我不想跟男人交往。不是跟你說過好幾次了嗎？」

他一臉困擾，用力瞪視金。

「啊哈哈哈。你這個男人還是一樣冷淡。若你有那個意願，要我當女人也行。先不管這些，我們換個地方。」

金說這話的語調聽起來很愉悅，不等雷昂回應就邁開步伐。

這一幕每次都會上演。

待在這片冰寒大地，金那身穿著特異獨行。

彷彿披在身上的服裝，多處肌膚外露。

話雖如此，身為惡魔的金不介意寒冷，在他看來不痛不癢。

似乎想起雷昂的唇嚐起來是什麼味道，金妖豔的美貌多了一抹妖異笑痕。

用酷似蛇信的舌頭舔舐鮮紅唇瓣……那副模樣很有韻味，孕育出妖嬈的魅力。

金能隨自己的意變換性別，不論男女都能挑起他的性慾。

是他——也是她——這就是魔王金．克林姆茲。

這座城堡的主人，最強、最古老的魔王——以暗黑皇帝（Lord of Darkness）之名統治這片永久凍土大陸的霸主。

金沒有招呼雷昂，擅自走在前頭。

雷昂理所當然地跟在他身後。

他們倆還沒離開謁見室之前，在場眾人都沒有半點動靜。

因為那是不被容許的行為。

大家不約而同低垂著頭，靜待他們的主子與上賓離去。

確定雷昂離去，米薩莉與萊茵起身。

之後道出一句話。

「解散。」

萊茵單方面對數名部屬下令。

接著米薩莉和萊茵就此離去，替客人備茶。

她們在這座城的眾惡魔裡地位最高，工作卻是照料她們的主子魔王金・克林姆茲，打點生活起居。

在這座城堡裡，任何事都不會比她們的工作重要。

——趁主子還沒發飆，她們兩個趕緊處理手邊工作。

…………

……

…

雷昂隨金來到最頂層的冰霜露台。

那裡雖然對外敞開，卻不許一絲一毫的冰雪進入。

徹底做過調整，形成舒適的環境。

金不受任何環境影響，這裡的空調機制專為雷昂而設。

他性格傲慢，但對於自己認可的人和友人皆悉心呵護。
金還是老樣子，雷昂邊想邊在金的邀請下就座。
那張椅子用冰製成。明明是冰卻不帶半點寒意。
雷昂並沒有感到驚奇，他出聲詢問：
「所以呢，叫我過來有什麼事？」
他的背朝椅子大力靠去，冰製的椅子溫柔地接住他。
這點也跟往昔一模一樣。
冰製桌子神不知鬼不覺出現，萊茵開始上茶。
米薩莉待在露台入口處，默默地站著。
她們不會干涉主人與賓客的言行，未經允許不得說半個字。
這裡沒所謂的對等關係。在接獲命令之前，甚至連情感都不能表露在外。
未經主子命令擅自行動，她們將當場遭賜死。
就連她們這類擁有強大力量的「惡魔貴族」也不例外，在金這樣的魔王面前不過是道具罷了。
金就是這麼強。
因此，縱使雷昂對金發動攻擊，她們也不會自主行動。
金是絕對的支配者，擔心金的生命安全是大不敬。
所以她們被人當空氣，會談繼續進行下去。
「嗯。如你所知，魔王盛宴即將展開。這次我想硬拉你過去。」
「哦？竟然強迫我，真難得。」

「是啊。就算這次欠你人情，我也要抓你參加喔！」

「──理由是什麼？」

「哈，你還是老樣子，小心翼翼。也好，就跟你說明一下──」

金露出愉悅的笑容，一面拋出這句話，開始進行說明。

「──這次的提案人是克雷曼，不值一提。不過，奇怪的是附議者名單上有蜜莉姆。蜜莉姆和我同為最古老的魔王，不會隨克雷曼那個小人起舞。也就是說──」

「卡利翁之死有疑點，是這個意思嗎？」

「什麼嘛，原來你知道啊。」

心裡想的事被說中，金的好心情大減。但雷昂絲毫不在意，繼續把話說完：

「克雷曼做得太過火。之前一直不著痕跡找我麻煩，這次不能坐視不管。撇除卡利翁的生死不談，要是蜜莉姆出動就麻煩了。」

他這麼說。

聽到這句話，金開心地頷首。

「嗯，我也這麼想。對蜜莉姆來說或許跟之前那些小遊戲沒兩樣，但魔王之間的平衡崩解可不是鬧著玩的。我的工作會加重。」

看準金又重拾好心情，雷昂拋出最關鍵的問題：

「對了，金。你想蜜莉姆是不是被克雷曼操縱？」

問是問了，金的回答卻透露他對此事漠不關心。

「去想蜜莉姆的事也是白搭。像我這樣的聰明人，不懂笨蛋在想什麼。那是我為數不多的弱點之一。」

說完他聳聳肩，扯出一抹笑容。接著話題又回到一開始的問題上。

「看你在意成那樣，雷昂，可以朝你有意參加的方向解釋吧？」

繼續試探彼此的想法毫無意義，雷昂也老實回應：

「可以，我是有那個打算。雖然討厭和他人親睦，但這次只能選擇參加吧。」

「哦？太好了。我還想在你身下共度一夜春宵呢——」

「我不想跟男人做。就算是女的，我不喜歡的對象就免了。更別說抱你對我沒什麼好處吧。」

「什麼嘛，話別說得太早。若你有那個意思，我可以變女兒身……」

說完這句話，金就過去糾纏雷昂、一副妖嬈樣，不過雷昂似乎早就料到了，來個完美迴避。

他們兩人時常上演這種攻防戰。

「對了，雷昂，菈米莉絲很少發表意見呢，你對『利姆路』這號人物了解多少？」

由於雷昂不買帳，金便切入另一個話題。

這件事跟本次議題有關，繼雷昂之後或許將有新魔王誕生，其他魔王也對這個話題很有興趣。

「照克雷曼的說詞聽來，他似乎擅自冠上魔王稱謂。我個人認為，那個叫利姆路的傢伙若實力足夠就不成問題。」

「哦。你認為利姆路有資格當魔王是吧。菈米莉絲加進來攪和，這件事更讓我在意。能挑起那傢伙的興趣，我肯定能從這人身上找到樂子。」

這次魔王盛宴的發起人是克雷曼，菈米莉絲追加提案，所以當事人利姆路也會參加。

因此可以合理推測，對於克雷曼這次的行動，菈米莉絲也有所意見。

「——菈米莉絲啊。我不擅長應付那隻妖精。每次見面都消遣我。有好幾次都想絞殺她……」

話雖如此，既然菈米莉絲都開口了，雷昂也只能點頭答應。他認為自己該對她負這些道義責任，只好勉強配合。

「啊哈哈哈。別這樣。要是你殺了菈米莉絲，我就會變成你的敵人。」

「我想也是。那只是隨便說說。再說跟你對立也沒勝算可言。」

這話不假。

雷昂只是討厭菈米莉絲過來尋自己開心，並沒有加害她的意思。

此外，雷昂說跟金對打沒勝算，這也是真的。雖然兩人同為魔王，實力卻有天壤之別。

比雷昂跟米薩莉等人的實力差距更大，金的力量簡直來自另一次元。

「嗯？哪有這回事。如果是你，殺我的機率有一百萬分之一喔。」

「不可能。我只打有把握的仗。」

「別那麼謙虛。基本上，能傷我的人不多。我可能會死在你手裡，你是強大的高手，雷昂。」

「呵，這還用得著說。是你跟蜜莉姆強過頭。對了，說到超乎常理的強——」

雷昂說到這兒突然想起某件事。

——聽說「暴風龍」維爾德拉覺醒了。

這還是第一次，雷昂讓金感到驚訝。

此時，一道酷似寒冰的冰冷嗓音響起，介入兩人的對談。

「哎呀。這件事真耐人尋味。」

與那道聲音相符，來人是名美麗的女性。
生著宛若白瓷的雪白肌膚。
還有綻放寒光的妖異深海色眼眸。
珍珠色的秀髮順著臉頰流淌，配上格外醒目的淡紅色唇瓣。
該女子未經金許可就自由走動，還開口說話。
散發勝過寶石的美麗光芒，人們稱她「冰之女帝」。
抑或──
另一個廣為人知的稱呼，「白冰龍」維爾薩澤。
她是僅存四隻的「龍種」之一，魔王金．克林姆茲的朋友──兼夥伴。
換句話說，跟雷昂一樣，和金平起平坐。
「原來是維爾薩澤。話說回來，我都忘記這裡也有『龍種』。」
雷昂故意裝傻道。
「哎呀？這人還是一樣冷淡。不過，你願意過來露臉，我很開心。」
「是嗎？我能看到妳也算一飽眼福。」
雷昂跟維爾薩澤互道一串客套話。
兩人的話都很虛偽。
「哼。你們兩個還是老樣子，水火不容。」
金說話時一臉不耐。
講是這樣講，金完全不打算當他們二人的和事佬。

換作平常，他們會一直互道酸溜溜的客套話，不過——

「——對了，剛才你說……」

這次維爾薩澤先改變話題。

「雷昂大人，你說我的『弟弟』甦醒了？」

想一窺雷昂放出的震撼彈是真是假，她問話時一雙藍眼閃著精光。

「這件事是真的嗎，雷昂？」

「他的反應約在兩年前消失，我還以為他不復存在了？」

倘若維爾德拉復活，那股巨大的妖氣肆虐，天象將為之一變，會在第一時間察覺。可是，完全不見這類跡象。

怪不得金和維爾薩澤如此驚訝。

「肯定沒錯。消息來自我派去西方諸國的間諜。」

「哦……？如果是真的，那隻邪龍怎麼如此安分？他已經弱到無法自食其力補充魔素量嗎？」

「還有，是誰解開那孩子的封印？我認為他沒辦法靠自己的力量破除——」

維爾德拉遭「勇者」封印。

在維爾薩澤看來，為了懲罰恣意胡來的弟弟，她刻意放著那個封印不管。

若他好好反省，願意當乖寶寶，維爾薩澤本想在他消滅前出手相救。

當初維爾德拉從世上消失，她就覺得納悶。因為消滅時期比維爾薩澤的預測時間點還早。

「根據間諜的報告看來，克雷曼的陰謀好像是主因。他促使西方諸國採取行動，還是大國法爾姆斯王國，找人煽動他們，想滅掉利姆路建立的朱拉森林大同盟盟主國。弄到最後，法爾姆斯大軍全滅。利姆路出來自稱魔王。」

「你好清楚，雷昂。」

「當然。跟你不一樣，我原本是人類。除此之外，不久前才判明維爾德拉就在第一線戰場沉睡。幾近消滅的維爾德拉沾染大量鮮血後甦醒，據說這才是真相。」

當時法爾姆斯軍遭牽連滅團，利姆路才從危機中脫身，雷昂做了如上說明。

「原來是這樣。那麼，封印解開只是偶然？」

「不曉得。這方面就不得而知了。」

也對，維爾薩澤點頭道。

雷昂說得沒錯，光靠間諜的報告無法判斷。

勇者的獨有技「無限牢獄」可以將標的物封進虛數空間，它可沒脆弱到容許封印對象干涉現實世界。

話雖如此，維爾德拉的存在感之大仍對現世造成影響。

「可能是勇者的封印有瑕疵吧……」

那樣事情就說得通了。

維爾薩澤如此認為，雷昂則對她做出不得了的發言。

「是有那個可能，但我做另一項假設。也許某個人創造亞空間，將他連同封印一起吸進去？」

這句話讓金有所反應。

「有趣！這樣一來，就是不明人士解開勇者的封印。那道封印與勇者的特殊性相呼應，無法靠一般的技能解除。我們出馬或許有辦法搞定，換句話說，那個謎樣人物的實力足以跟我們匹敵。」

金說起話來相當愉悅。

「但再怎麼說，也只是『有可能』。」

「你認為那個謎樣人物是『利姆路』吧，雷昂？」

「──正是。」

「原來如此。這麼說來，確實得去會會他。」

還想說雷昂老實表態想參加真是百年難得一見，原來是這麼一回事，金總算會意過來。

克雷曼胡來。

蜜莉姆行跡詭異。

利姆路妄稱魔王，維爾德拉的封印解除。

假如這一連串事件環環相扣？

這次的魔王盛宴肯定會變得很有趣。想到這兒，金臉上浮現陶醉的微笑。

此時有件事突然讓他耿耿於懷，金開始呢喃：

「話說回來，維爾德拉為何如此安分？」

維爾薩澤做出回應。

「──他好像變弱了。反應非常微弱，完全不及從前。」

維爾薩澤同為「龍種」，而維爾德拉的反應弱到沒刻意尋找就不會發現。

朝他變弱的方向解釋最合理……

「不過，他沒出來亂鬧真是讓人跌破眼鏡。以那孩子的性格看來，作亂就是他的生存意義。」

維爾薩澤也丈二金剛摸不著頭腦。

「無妨，怎樣都無所謂。因為我對維爾德拉沒興趣。你們想拉他入夥就拉吧，隨你們便。」

雷昂說得事不關己，打算從座位上起身。

跟同種的維爾薩澤、煩惱該怎麼處置維爾德拉的金不同，這件事與他無關。沒對他的領土出手，雷昂就不會主動關心維爾德拉的事。

維爾德拉這隻邪龍就是如此棘手。

「你要走了？」

「對。你找我來就為了那些事情吧？」

「哎呀，等一下，別這麼急嘛？對了，你真正的目的『特定召喚』有著落了嗎？」

為了阻止雷昂回去，金針對雷昂的實驗成果提問。

那是雷昂耗費畢生時光施行的實驗，金對實驗內容也很有興趣。

「……這個嘛，還沒。我曾改變做法隨機召喚，結果仍以失敗告終。果然還是太引人注意了。我刻意將『不完全召喚』理論化，放消息給西方諸國，自由公會卻跑來插手。從機率面審視也算效率不彰，今後似乎還會有人跑來干涉吧。到時再找別的方法。」

老實說，雷昂對魔王盛宴、新魔王漠不關心。

為了防止別人干涉研究，他想趁早拔除禍根，就只是這樣。

「你說干涉？」

「對。正在等死的孩子們似乎得救了——在我接收那些孩子之前。」

「原來如此。還沒得到結果就被人強行救走。那麼，那救助者今後肯定也會插手。」

「應該吧。那傢伙似乎對各國召喚孩童的事很厭惡，很可能對各國施加壓力。有鑑於此，我不會再做這項實驗。繼續實驗下去，我在背後動手腳的事可能會穿幫。」

「嗯。把那個礙事鬼滅掉就好啦？」

你的話應該不費吹灰之力吧？金用眼神朝雷昂示意。

不過，雷昂卻發出嘆息。

「那個礙事鬼就是剛才提到的『利姆路』。」

「什麼？這真的單純只是巧合嗎？」

「很有趣吧？所以我也想跟他見個面。」

雷昂一臉認真地點頭。

話雖這麼說，若菈米莉絲沒出面攪和，他可能仍會無視這件事……

「這樣啊，我對他愈來愈有興趣了。或許蜜莉姆的想法跟我類似。那傢伙蠢歸蠢，直覺卻很敏銳。」

「或許吧。總之，今晚的魔王盛宴也許會很熱鬧。」

「呵呵，沒錯。」

說到這邊，雷昂和金相視而笑。

維爾薩澤在一旁睜著藍色眼眸看視他們二人，眼神很溫柔。

之後他們開心地聊了一會兒，接著金改變話題：

「話說回來，有件事一直讓我很好奇，給你情報的協助人究竟是誰？」

「好像是帝國的人馬，詳細情況不清楚。他本人自稱商人。」

為了召喚「異界訪客」，需大量魔素、具備特定條件，還有儀式，其中包含各類複雜的要素。條件準備得愈齊全，能再次施行召喚的間隔就愈長。

所以雷昂才跟那名商人交易，要他代替自己進行召喚。

「那麼，那個商人是否值得信賴？」

「信賴？沒這個必要。我只是在利用他。」

「是嗎？你好就好，我沒意見。不過，別大意喔！沒經過我的同意，你可不能死。」

「呵呵呵，你在擔心我嗎？真難得，金。放心吧，我可不想目的還未實現就死去。」

「又來了……這件事有那麼重要嗎？」

「有。對我來說，比這世上任何事情都來得重要。」

「是嗎，我好嫉妒。」

「這種假話就免了。我會把你的忠告放在心上。那麼，今晚見。」

留下這句話，雷昂就此離去。

這次金沒有再攔他。

現場有光之結晶殘留，雷昂藉「空間移動」退場。

兩對眸子看著他離去。

「這傢伙真性急。罷了，雷昂就是這樣……」

金說話時面露苦笑。

「不過，雷昂一向慎重行事，這次破綻百出。似乎沒查出協助人的真實身分。我們要不要幫他找找看？」

維爾薩澤用冰冷的語氣提問。

「不用了。要是我們多管閒事，雷昂會不高興。我可不想被友人怨恨。」

金開口答道，一點也不擔心。對金而言，雷昂這個朋友值得信賴，他深知雷昂的個性才說出這種話。他比誰都清楚，知道雷昂很能幹。既然雷昂未主動查探協助人的真實身分，那就表示在他看來沒這個必要。

「等那傢伙跑來找我幫忙，到時再幫他一把。」

「我知道了。」

之後，兩人便結束這個話題。

如此這般，今晚參加魔王盛宴的人員名單已定。

有提案人克雷曼、芙蕾、蜜莉姆。

追加提案的菈米莉絲自然是其中一名與會者。

不愛出門的雷昂也會參加。

討厭露面的還有另一人。該名魔王不知身在何處，但金仍透過魔王專線硬是把那人叫來。

再來就是老朋友達格里爾，以及某人……這個人用不著操心。因為達格里爾答應帶那人過來。

最後是金本人。

除了生死不明的卡利翁，十大魔王隔了許久再度聚頭。

「這次好像很有趣。妳要不要一起來？」

「這個嘛……不，我就不去了。若弟弟跑來參加另當別論，我對魔王沒興趣。」

「是嗎？無妨。那麼，拜託妳看家。」

「好，交給我吧。那你也差不多該去準備了。」

留下這句話，維爾薩澤也離開座位。

最後只剩金，他眺望灑向酷寒大地的極光，思緒都在魔王盛宴上。

接著是新魔王的誕生。

不愛出門的友人開始有動靜，這點也令他掛懷。

雖是新進魔王，卻簡簡單單就崩毀的魔王一角。

要些小手段，在背後搞鬼的魔王。

有趣。

時隔幾百年，心情從沒這麼高漲過。

是該來場重大變革了。

反正魔王原本就不相為謀，彼此是競爭對手。

一開始魔王人數並非僅限十人，事實上，某個時代曾經同時出現十幾名魔王。

管他十人百人，都不重要。

若實力不足，就會被五百年一次的「天魔大戰」淘汰。

每逢大戰必有新人崛起爭霸，不知不覺間上限就定為十人。這件事為世人所知，他們才同列十大魔王。

這不是金認可的。

對人類而言，危險的魔王互相爭奪霸權、人數因此遞減，那樣更好吧。不知從何時開始，十大魔王變成不成文的規定。

不過，這規矩即將劃下休止符。

弱者不配稱「魔王」。

差不多該進入由正牌魔王支配的時代了。

——金如此認為。

金是第一個魔王。

他是七大始祖惡魔之一，以高階魔將的身分被人召喚至世間。

——無名的赤紅始祖在這天獲釋，來到現世。

他替沒有力量卻召喚出自己的人類實現願望，毀滅當時疑似在跟他們打仗的敵國。後來還滅掉召喚他的人類國度。

結果他獲得回報，就是這個名字。

人們發出絕望的嘆息，那聲音類似「金」，成了他的名字。

得到名字的當下，金發現自己覺醒成真魔王。雖然對於深信自己是最強的金，這股力量很多餘……

這樣的金的進化，也給予為了打雜而叫出的綠之始祖和青之始祖連帶影響。

被稱作赤紅始祖之影的兩人，當時和金同樣獲得肉體，成為「惡魔貴族」。

金一時興起，准這兩人追隨他，賜她們名字。

綠之始祖來自人類痛苦的表情，名喚「米薩莉（Misery）」。

青之始祖因血雨傾注喚作「萊茵(Rain)」。

從那天開始，他便恩准這兩人跟在身邊。

金覺醒成魔王後，過沒多久，也有人覺醒成真魔王。

那人是蜜莉姆。

四隻「龍種」的始祖來到地上界，跟人類生下後代。

不可思議的是，跟人類交媾的「龍種」被後代奪去大半力量。自此，「龍種」與人類生下子嗣的行為便成了禁忌。

失去力量的「龍種」之身四分五裂，成功在地上界取得肉體，成為龍族始祖。

這次事件讓後世改口，稱「自然界聖靈意志」為「龍種」。

如今龍族在這片土地上繁衍興盛，追根溯源皆來自這隻始祖龍。

即該「龍種」——「星王龍」維爾達納瓦。

這隻「星王龍」維爾達納瓦將自己的轉生體——一隻小龍賜給女兒當寵物。

那隻小龍被某個王國殺害。

愚蠢之人觸怒暴君蜜莉姆。

她的怒火貫穿天地，將那個國家滅掉。

後來蜜莉姆就覺醒成真魔王。

——結果失去理智的蜜莉姆大肆胡鬧，世界一度壞滅。

有人出面阻止她，是金。

他們大戰七天七夜。

打得天昏地暗，甚至讓西方那片豐饒大地淪為死亡大地。

最後，他們無法分出勝負。

由於蜜莉姆恢復理智，戰鬥才終結。

讓蜜莉姆恢復理智的人正是菈米莉絲。她當時以精靈君主之姿君臨，耗盡力量中和蜜莉姆的憤怒。

可是，代價不小。

受邪魔和邪龍的妖氣浸蝕，菈米莉絲的力量持續流失，最終墮落。演變成如今這副模樣，重複轉生的妖精。

雖然付出慘痛的代價，卻成功阻止蜜莉姆，讓她不會繼續肆虐下去。

防止世界毀滅，金和蜜莉姆接受調停。

這三人就是最初的魔王。

三人三種目標。

一人追求力量的極致。

一人想自由自在過生活。

一人期盼世界和平。

不過，這樣就夠了。

正因他們道不相同，三人才能認同彼此。

此後，守護天空門的巨人和遠古吸血鬼當上魔王，墮天之人登上第六席。

這些是第二代。

雖不及遠古魔王，但那些強者統治世界當之無愧。

巨人因身上的聖屬性作祟，遲遲沒有萌生魔王特質。然而他也很耐人尋味，同時具備異常強大的力量。

而遠古吸血鬼很狡猾，最會動歪腦筋。

如今似乎已世代更迭，不知——

而第六席就特別了。

實力毋庸置疑，但他對現世沒興趣。

所以他很怠惰。有成為王者的資質，可是到現在還是一樣生活糜爛吧。

包含金在內共六人，除了巨人和妖精，其他四人全數覺醒。

從天魔大戰中數度生還，他們的實力歷經千錘百鍊。

好比金跟蜜莉姆，像他們那樣獲得究極技能其實也沒什麼好意外的。

除了這六人，還有金的好友雷昂。

雷昂原本是人類，在當「勇者」。

因際遇特殊，最後獲得究極技能。

他是連金都認可的強者。

以上人員共計七名。

這次召開魔王盛宴，究竟有幾人能跟他們七人平起平坐。想到這兒，金愉快地笑了。

——克雷曼。

這個蠢材想支配蜜莉姆。

實在太可笑，光是要人忍住不笑就煞費苦心。

那種事根本痴人說夢。

連金都無法辦到，區區一個克雷曼更不可能。

擁有究極技能的人不受低階技能影響。

這個世界的一切法則只到「獨有技」等級，那些人可以癱瘓來自魔法的強制力。

至於針對弱點的屬性攻擊，應該多少有點效果。話說回來，精神支配就別提了。精神脆弱到能被這種法則支配，不可能獲得究極技能。

究極技能正如其名，是究極法則控制裝置。

因此，要對抗究極技能，必須用究極技能。

那是這個世界的定律。

克雷曼沒辦法動蜜莉姆。

也就是說，一切都在蜜莉姆的掌控中。

（這傢伙蠢到家——）

金臉上泛起淺笑，靜觀其變。

弱者也能當魔王的時代已經結束了。

冒牌貨將遭到淘汰，接下來將由真魔王統治。

金相信這天即將到來，綻放妖豔的笑容。

——之後，波瀾萬丈的魔王盛宴就此展開。

第四章

宿命之地

Regarding Reincarnated to Slime

準備就緒，我對維爾德拉耳提面命，等人帶我去會場。

我不清楚地點，要跟菈米莉絲一起去。

順便說一下，菈米莉絲好像也不知道地點在哪兒。

我問她為何不知道，結果她答「因為都會有人過來帶我！」，這答案挺有說服力的。

由於她老是迷路，才多了不成文規定，總是有人領路吧。

不想記路的人去再多次也記不住。

大概會派能開空間轉移技能的人過來，所以我決定等他來。

再過不久將來到晚上十一點，結果接的人沒來，倒是紅丸跟我聯繫。

『怎麼了？有什麼問題嗎？』

我趕緊做出回應，紅丸則用冷靜的語氣向我提出請求。

他是這麼說的。

我軍開始跟敵兵交戰，他們已經看清敵方實力——

紅丸因我覺醒獲得祝福，進化成妖鬼。這是跟樹妖精同等的精神生命體。

換句話說，紅丸的等級已經跟德蕾妮小姐等人並駕齊驅。

朱菜、蒼影、白老也變成妖鬼，可以說他們進化成相當高階的物種。

這點確實很棒，但眼下問題出在紅丸獲得的新能力。
獨有技「大元帥」——確實是很有具攻擊性的紅丸的風格，是專門用來控制自身力量的技能。不管他把力量開多強，都不會失控。
祕密在於「預測演算」。可以徹底讀出力量脈動，剔除偏差。
且該能力不僅用於個人戰，率兵打仗也很好用。
將軍隊動態轉換成力量脈動，以近乎預知能力的準度判斷成敗。一旦我軍處於劣勢，可以立刻對全軍做出指示，變更作戰行動。
這樣根本犯規。
戰場上最重視情報傳達的精確性，他可以用最正確的方式指揮全軍。
目前加計獸王國兵力共計三萬聯軍的指揮權都在紅丸手上。紅丸能準確指揮士兵，如同他的手腳，現在正帶領三萬精兵。動向有所差異實屬正常。
此外，獨有技「大元帥」還具備「士氣鼓舞」效果。
率領軍隊在準度上經過大幅修正，個體能力似乎都上升三成左右。軍隊的強度進而提高三成。
軍隊人數不輸敵兵，論質也是我方較優，沒道理輸。再加上還經技能效果修正，勝算更大。
——而正因紅丸有這些能耐。
似乎一開戰就看出我軍必定取得勝利。
所以才想到某個作戰計畫。
『——就是這樣，我們想殺進敵方大本營。蒼影也躍躍欲試，既然都來了，就把疑似待在霧裡的克雷曼居城拿下。』

紅丸不愧是紅丸，好大的自信。

『這樣很危險吧？戰爭才剛開始又還沒定勝負……』

『沒問題。這裡有我在。再說負責進攻的班底是蒼影跟白老他們兩個——』

『請等一下，哥哥！』

有人介入我跟紅丸的「思念網」，是剛剛替我上茶的朱菜。

是說這條專線沒對外公開耶。居然被她三兩下入侵……

『噢、噢噢。怎麼了，朱菜？』

似乎跟我一樣，都被嚇了一跳，紅丸的念話(聲音)也有些飆高。

『還敢問我怎麼了，哥哥！那個叫克雷曼的魔王不是會操縱人，具備危險的力量嗎？要是蒼影跟白老被人操縱——』

『不，他們不會有事啦——』

『不行！若你執意要派他們過去，我也要參戰！』

喂喂喂，朱菜平常是乖乖牌，竟然做這種驚爆發言？

吃驚的我被人晾在一旁，紅丸繼續跟朱菜爭辯。

哥哥永遠拗不過妹妹——前世的友人曾經這麼說過。

紅丸不再信心滿滿。辯不過朱菜，被朱菜吃得死死的。

然後——

「就是這麼一回事，利姆路大人，請恩准我出戰！」

朱菜笑容滿面地提議。

嗯——就算妳這麼說……

我不想派朱菜去危險的地方，但朱菜說得有道理。萬一蒼影等人被人操縱就麻煩了。

既然如此就別冒險行事，不過，先把城打下來免得大軍逃回去，這是最好的辦法。的確，克雷曼參加魔王盛宴不在城裡，這段時間是天賜良機。

不過呢，只要我沒讓克雷曼溜掉就行了。我並不想將克雷曼底下的魔人趕盡殺絕。

『——利姆路大人，您別擔心。我會保護朱菜大人。』

『還有老夫在，一窺敵兵大本營不成問題。卡利翁大人或許被關在那裡，還是需要調查一下。』

蒼影跟白老也加入「思念網」，試圖說服我。好像是朱菜叫他們過來幫腔。

朱菜難得這麼任性，我很想應允。此外，卡利翁被帶往克雷曼居城所在的方向，這點確實令人在意。

「利姆路大人，我也很生氣。無法原諒克雷曼，這份心情難以壓抑！」

啊……我懂妳的心情。不只是我，大家都難以釋懷。

不想待在鎮上等，朱菜這種心情我也不是不能理解。

『那就讓朱菜參戰吧。不過，蒼影跟白老要將朱菜的安全擺在第一位。還有，要是敵方根據地的戰力超乎想像，你們就要優先考量人身安全，將情報帶回來。就算發現魔王卡利翁，不確定是否安全就別出手。聽懂了吧？』

『朱菜這麼任性，您願意容忍真是幫了大忙。』

『我有傳送技，遇上突發狀況也沒問題。』

『是啊，反倒是老夫逃跑的腳程更慢。』

明明不打算逃跑，白老卻用這句話打圓場。

『我們都能抵抗精神攻擊，應該不至於著對方的道。有朱菜大人同行，這方面更無須擔憂。至於卡利翁大人，等找到他再做打算。』

蒼影也跳進來補充，想讓我放心點。

的確，有了朱菜的獨有技「解析者」，能解析對精神造成影響的攻擊。朱菜還會使「空間移動」，我用不著杞人憂天。朱菜的魔素量不多，但她的技能很優秀。

卡利翁的事就如蒼影所說。

或許他沒被關在那兒也說不定，現在操心也沒用。

『我已經應允了，但你們要睜大眼看清周遭狀況。安全起見，展開作戰的時間點定在召開魔王盛宴之後，也就是午夜十二點。』

『『『遵命！』』』

就這樣，朱菜、蒼影、白老這三人即將探索克雷曼的根據地。

＊

午夜十二點就快到來，我向維爾德拉打聽魔王的事。

「我對小人物沒興趣。」

嘴巴上這麼說，維爾德拉還是分享他的見聞。

在他遭封印後當上魔王的就只有雷昂一人。我要來蒐集其他魔王的情報。

維爾德拉在各地肆虐，某些魔王似乎跟他交手過。

將近兩千年前，他曾滅掉吸血鬼族的都市。當時被氣個半死的吸血鬼族追殺，據說非常有趣……

聽說其中一名是身材纖細的美麗女吸血鬼，力量遠在其他同胞之上。後來吸血鬼族銷聲匿跡，他好像不知道這幫人去哪裡了。

「叫什麼名字啊……好像叫露、露露絲？不，應該是米露絲吧？總而言之，雖然我沒拿出真本事，但她能陪我玩上一場算很不簡單，你要小心喔！」

維爾德拉說那傢伙沒什麼幽默感，不過，錯的人是他吧。

看自己的國家被人毀掉、變成灰燼，肯定會發飆啊。

無論是誰都會生氣。我也會暴怒。

不過那是很久以前的事了，不曉得現在怎麼樣。

「喔，那個啊，現在是名叫瓦倫泰的男人當魔王！」

在旁邊一起聽維爾德拉講古的菈米莉絲開口大喊。

似乎在約莫一千五百年前交接的。希望吸血鬼族對維爾德拉的恨意已經消弭。

而巨人族魔王達格里爾似乎是強勁的對手。

他們交手數次，一直沒分出勝負。

怪不得維爾德拉記住他的名字，聽起來是高手高手高高手。是說敢跟維爾德拉對打，就表示身上蘊含足以跟「龍種」對戰的力量。

以魔王的水準來說屬高段。

最後是惡魔族。

他好像扁過惡魔集團好幾次。就算肉體消滅，過一段時間還是會再生，似乎是很有趣的對手。

甚至愈變愈強，好像讓維爾德拉玩得很盡興。

不過，他似乎沒跟惡魔族的王對戰過。

王城聽說坐落在北方大陸的永久凍土上，那邊太冷沒人住，維爾德拉才沒過去。

維爾德拉講到這言詞含糊，他說：「總之，那種地方鳥不生蛋，沒必要去！嘎哈哈哈哈！」笑著帶過。

肯定發生什麼事了，不管我怎麼問，他就是不講。

確實不需要特地跑去那種地方，眼下就別追究了。

「對啊，因為金很強。金、蜜莉姆跟我都是遠古魔王喔！」

菈米莉絲這話一出，我就覺得他們沒什麼大不了，真是不可思議。

算了，現在先不管那些。

嗯，差不多聽了這些。

其他還剩幾個魔王？

我遇過的有——蜜莉姆、菈米莉絲、卡利翁。

剛才聽說的是瓦倫泰、達格里爾，還有金。

再來是法比歐說過的，捅卡利翁一刀的芙蕾。
雷昂先不管，敵人是克雷曼。
這樣只剩一人？
「嗯——我不清楚耶。」
還號稱博學多聞，維爾德拉真不可靠。
「啊，你說的是迪諾吧。比我更懶的魔王！」
看樣子菈米莉絲有同類。
「才不是同類！」
我無視怒吼的菈米莉絲，這樣剛好十個。
維爾德拉曾經激怒某些魔王，這部分務必小心對應。
話說回來，魔王的實力好像比想像中更強。
拿小屁孩菈米莉絲當基準，可能會吃癟。
用蜜莉姆當基準可能比較妥當。
如今我進化了，跟蜜莉姆對戰還是沒把握贏。
曾今跟她打過幾次，但當時的蜜莉姆都沒有拿出真本事。
資訊不足。
當練功對象的蜜莉姆還有機會打贏她，但蜜莉姆認真起來不知是什麼模樣，還是別得意忘形的好。
不過，蜜莉姆會贊成出兵討伐我真教人難以置信。
背後肯定有鬼……

蜜莉姆沒嫩到會任人擺布，感覺也不會跟人交涉，性格上更不會背叛人。
想得到的只剩蜜莉姆基於某些原因才這麼做了吧。
不過，現在想那些也沒用。
遇到她再做判斷吧。

我們持續閒聊，此時我突然有種空間出現歪斜的感覺。
看樣子，來接我們的人已經到了。
眼前出現一道詭異的門。
好像有人刻意搞排場，這扇門的造型非常誇張。我個人都直接扭曲空間，這招也許可以學起來。感覺只要定過一次造型，下次就能更快開門，進行「轉移」。
只見門開啟，從中走出身穿暗紅色女僕裝的綠髮美女。
接著她朝菈米莉絲一鞠躬。
「小的來接您，菈米莉絲大人。您提到的就是旁邊這位嗎？不嫌棄的話，請跟我們一起走。」
話一說完，她就站到門邊並垂下眼眸。
她徹底抹殺自我意志，感覺就像教育訓練做得很徹底的專業人士。
只不過，某件事令我在意。
這名女僕散發類似迪亞布羅的壓迫感。
她是惡魔族，還是最高階的物種。
一般的惡魔都有極限，不管活多久都只到高階魔將等級。為了爬上更高的位置，某種要素似乎不可欠缺……對迪亞布羅來說，該要素就是我替他命的「名」。

獲得名字，迪亞布羅就突破惡魔族極限。從高階魔將變成惡魔貴族。

『咯呵呵呵。我對變強這檔事沒興趣，但現在知道一山還有一山高。今後就稍微努力點吧。』

他對變強沒興趣，卻對戰鬥有興趣。

變得太強打起來就沒意思，所以我一直滿足於封頂狀態——他這麼說。

他在開玩笑？

如果是真的，這傢伙就恐怖了。

而如今待在面前的惡魔女僕跟這樣的迪亞布羅是同類——也就是惡魔貴族。

與其說是女僕，更像從冥界來的始者（註：女僕跟冥界的日文讀音一樣）。

根據我在前世學到（看過的動漫）的知識，女僕是專司戰鬥的職業。

還有，我再強調一次，她是惡魔貴族。

這女人顯然是危險的對手。

「哦，妳是米薩莉嘛。好久不見！金過得好嗎？」

對方是如此危險的女惡魔，菈米莉絲卻不以為意。

從某個角度來說，這傢伙也不簡單。

「——小人怎敢擔心主上……」

「啊，是喔。妳還是老樣子。算了。」

丟下這句話，菈米莉絲便拍動翅膀飛到門裡。

我們也跟上。要是被丟在這，就不知道會場的確切位置了。

都下定決心卻臨時感到猶豫，這樣太丟人沒臉見紅丸他們。
話說這個女僕——米薩莉，她好像是魔王金的部下。
我記得他是惡魔族的王，遠古魔王之一。
能讓惡魔貴族聽話，實力掛保證。最好不要跟他敵對。
——不過，這要看情況啦。
話說回來，強成這樣的米薩莉竟然負責帶路……
看來金是個相當傲慢的男人。
我以為該警戒的敵人只有魔王們，原來我想得太天真。
早知如此，或許該帶迪亞布羅過去。雖然這樣一來，他可能會跟紫苑一起進入失控狀態……
他們兩個半斤八兩，而且事到如今想那些也沒用。
該下定決心了。
這個世界的支配者們就等在前方。
可是，我不害怕。
那是因為——我已成為這個世界最強的巨頭之一。
我振作心情，穿過那扇門。

●

紅丸觀望眼下戰況，嘴角上揚。

一切都按計畫進行。

敵軍上鉤，被騙進蓋德設的陷阱。

這是當然的。因為敵人打仗時完全小看他們。

「不愧是利姆路大人。安排得如此天衣無縫，要打敗仗可沒那麼容易。」

紅丸自言自語道，覺得敵軍很可憐。能隨意操縱軍隊才用得上這個策略，但紅丸認為那沒什麼。

正如紅丸所說，克雷曼軍似乎深信他們人多勢眾，不僅中計還輕忽敵人。想追殺扮成難民、腳程飛快的獸人戰士，主動朝陷阱接近。

「勝負已定了呢。到這個地步，敵軍已經難挽頹勢。」

紅丸浮在半空中觀戰，阿爾比思不知何時飛到他身邊。

她靜靜地拍動背上的翅膀，還特別留意，避免妨礙紅丸思考。

「原來是阿爾比思小姐，還沒取得勝利就大言不慚，真是不好意思。」

「請您直接叫我阿爾比思就好。紅丸大人——」

聽到這句話，紅丸的赤紅眼眸看向阿爾比思。

「妳不是我的部下。」

接著冷冷地拒絕。

「對，您說得是。不過，如今我們獸人已將指揮權交到您手上。」

原來如此，紅丸點點頭。

「那好。僅限這場戰役，我任命妳當副官。」

「下官領命，紅丸大人。」

聯軍指揮權名義上歸屬紅丸。然而就在這一刻，負責率領獸王國猶拉瑟尼亞軍的阿爾比思宣示追隨紅丸，故這支聯軍的大將軍就是紅丸。

大將軍說的話不容質疑。

追隨強者，這是魔物的規矩。

「──我任命妳當副官，但現在幾乎沒工作好做喔。我不會掉以輕心，不過，這些都只是確定邁向勝利的作業階段罷了。」

「是，屬下也這麼認為。可是，現場似乎還剩下幾名強者。」

「嗯。等大勢已定，我就派蓋德他們過去。」

紅丸毫不猶豫地應答。

「請等一下。關於這項任務，我們也想幫忙！」

「是啊。希望你們別搶功勞，大將軍。這裡是我們獸人的國度，全由你們包辦，卡利翁大人會罵我們的。」

「沒錯！都讓你們確認卡利翁大人的安危了，希望這場仗可以讓給我們打。」

蘇菲亞和法比歐插話，愈說愈激動。阿爾比思見狀露出苦笑，跟著開口：

「紅丸大人。軍隊的指揮工作就交給您，請您命我等三人討伐敵軍將領！」

話說到這兒，三獸士一同低頭拜託。

「嘖」的一聲，紅丸咂嘴。

「你們為了這個，才讓我當大將軍吧！」

「哎呀，您指的是哪件事？」

看紅丸發火，阿爾比思顧左右而言他。

最後紅丸妥協。

「好吧。反正我本來就打算讓你們一起參戰，沒問題。不過，覺得沒勝算要立刻撤退。敵軍裡頭好像混了不容小看的傢伙。」

他開口道，算是默許阿爾比思等人的行動。

事實上，有數名敵軍的戰鬥能力還是未知數。不知道誰會對上誰，也許免不了一場苦戰。

不過——

（沒關係，反正有我在。只要能察覺到有人陷入苦戰，就不會輸。）

紅丸無所畏懼地笑了。

三獸士也開始分頭物色他們的獵物。憑藉自豪的野獸本能，為了除去不知死活的外來物，正磨利他們的爪牙。

還剩幾分鐘，陷阱就會發動。

阿爾比思靜待那一刻到來，這時她突然想到一個問題，出聲提問：

「——屬下還有一事請教。中陷阱的人會有什麼下場？」

「不留活口，雖然我很想這麼說——」

話說到這裡頓住，紅丸想了一下。

「我打算把生殺大權交到你們獸人手上。」

「言下之意是？」

「不打算違抗的人就抓來當俘虜。別看利姆路大人那樣，其實他心地善良，不喜歡將人殘殺殆盡。話雖這麼說，要是我方出現傷亡，他肯定會把敵軍全殺個精光。」

「……原來如此。那麼俘虜的處置容後再議。」

「好，這樣很好。如果是利姆路大人，他可能會讓這些人服勞役。」

「——咦？」

「你們不是要重建獸人都市嗎？人手愈多愈好。」

「竟然想那麼遠——！」

紅丸一句無心言論讓阿爾比思大感震驚。

不只阿爾比思，法比歐和蘇菲亞也不遑多讓。

他認為利姆路軍勝利是理所當然的事，但甚至連後續處置都設想周到，令他們感到驚訝。

（他好有自信！對手明明是心機魔王克雷曼的心腹……）

更讓他們吃驚的是，他的作戰計畫以俘虜敵軍為前提。

放眼這個世界的戰爭，與其獵捕敵人，還不如殺了更省事。用大範圍魔法將敵人一掃而空，這時指揮官才不管是否有人願意投降。

抓他們當俘虜並非這些人碰巧生還，而是反過來，為了讓他們貢獻勞力才抓，這種想法從未見過。

然而紅丸等人認為這麼做稀鬆平常，還付諸實行。

這件事讓三獸士恐懼不已。

那就代表——利姆路底下的魔人完全不認為自軍會吃敗仗。

他們相信自軍必定得勝，帶著那份自信面對這場戰役。

「不過，前提是一切都按作戰計畫進行。」

紅丸笑著說道，三獸士對他又敬又怕。

緊接著，戰火開始點燃。

『蒼華，照計畫進行。』

『收到，紅丸大人。』

一串簡短的對話後，克雷曼軍出現第一名陣亡者。

似乎是率領近百名魔人的命名魔人，被突然現身的蒼華刺穿魔核，當場殞命。

蒼華的四名部下也不例外，陸續取下克雷曼軍的隊長首級。他們只狙殺有十足把握戰勝的對象，這都是紅丸下的指示。

他們遵照紅丸的指示行動，準確度百分百。

結果克雷曼軍的指揮系統遭人破壞，變得七零八落。上級長官的命令無法傳給底下士兵。

因此——

「這是陷阱！我們被獸人包圍了！」

「不可能，怎麼會——」

「撤退！我們暫時撤退，重整軍勢！」

他們發現得太晚。

有別於人類軍隊，魔物大軍有仰賴個人表現的傾向，所以隊長不可或缺。如今少了隊長，克雷曼軍必定陷入混亂。

『蓋德，開始吧。』

『遵命！』

接獲紅丸的命令，蓋德開始發號施令。

「作戰開始！」

「「「是！」」」

下一刻，地面大幅凹陷，克雷曼軍都掉到裡頭。這是因為有操土能力的人解除技能。看起來很自然的平地其實是靠技能創設，藏了許多陷阱，是暫時性的地面。

成功脫逃的只有飛空魔物。然而那些有飛行能力的人也難逃一劫，遭鳥獸型獸人部隊、戈畢爾率領的「飛龍眾」陸續擊落。

來看看遭暗算的人。

利姆路軍事先準備巨大的洞穴，底部為液化土。即使沒有殺傷力，但腰部以下陷進去便無法動彈。

講是這樣講，他們可是魔物大軍。有些人運用魔法及特殊能力，想辦法逃離。

強者們爭先恐後踢開弱者、讓他們摔下去，目標都放在洞穴邊緣。

不過，這部分就是該作戰計畫的重點。

利姆路軍故意留這些人殺雞儆猴。

軍隊裡的強者遭人殺害，毫無招架之力，這事實擺在眼前。讓弱小的魔人目睹這一切，他們將喪失鬥志。倖存者將會明白敵我實力相差懸殊，最後連抵抗的力氣都沒有。

這些陷阱其實形同用來捕捉順從俘虜的舞台裝置。

開打後十幾分鐘過去，戰況一面倒，敵軍難挽頹勢。

「竟、竟能做到這種地步……」

眼下的景象為超過萬人的克雷曼軍，部隊肝腸寸斷，遭數道陷阱算計。蓋德率領的黃色軍團負責鞏固洞穴邊緣。各團員於所有的陷阱邊等間隔圍繞，收拾向上爬的魔人。

寡不敵眾。些許實力差距可以靠人數與裝備彌補。

蘊含力量的魔人們遭數名獸人戰士和「紅焰眾」個別擊破。

更由於此處不幸是一片遼闊的平野，多數克雷曼軍都進攻這裡。殘存的數千人部隊於後方待命，但光靠那些戰力不足以顛覆戰局。

「我們贏定了。」

「真是厲害……」

紅丸說得理所當然，阿爾比思則發自內心讚道。

「呵，我們當然會贏。所以更不能掉以輕心。我要去結束手邊工作。阿爾比思還有三獸士，我准你們自由行動。去討伐敵軍將領！」

「就等這句話，大將！那我們走了！」

「終於可以大鬧一場。以前某人曾經暗算過我，我聞到他的味道了，我去追他。」

「那麼，我也出發吧。接下來的事就拜託你了，紅丸大人。」

紅丸連看都沒看一眼，直接對三獸士頷首回應。

「去吧！」

「「「是！」」」

就這樣，三獸士開始行動。

蘇菲亞迅速掠過天際，速度之快早已超越飛行。

這項技藝「飛梭」僅部分獸魔有能耐役使，身為獸人的蘇菲亞卻運用自如。

她相中敵軍的最後方，跟此戰場毫不搭軋的非武裝集團就在那兒。

他們是祭祀龍之子民──由神官長米德雷率領的神官戰士團。

蘇菲亞沒看出他們的真實面貌，但她的野性直覺告訴自己，這幫人在殘存兵力中堪稱最強。

此時率領飛空集團之人朝蘇菲亞搭話。

是戈畢爾。

率領「飛龍眾」百名，戈畢爾決定追隨蘇菲亞。

「嘎哈哈哈！我來替妳助陣，蘇菲亞小姐！」

「噢，原來是戈畢爾先生。抱歉，我可能抽到下下籤了？」

豪爽的笑容為那張美麗面容增色，蘇菲亞朝他應聲。

「哇哈哈，無所謂。空中的敵人幾乎被我們滅了，有些獸人具備飛行能力，繼續搶他們的工作很沒禮貌。再說，看我們即將贏得勝利，敵人肯定跑光了吧？」

「哈！我軍確實勝券在握，但不怕一萬只怕萬一，為了避免戰況逆轉，應該要壓制後方人馬才對。」

「原來如此，了解！你們幾個，都給我注意點！」

「知道啦，老大！」

「老大才是，可別臨陣退縮。」

看部下回應時嘻皮笑臉，戈畢爾朝他們發出怒吼。這景象經常上演。

蘇菲亞見狀露出笑容，面對前方的敵人，她的鬥志越發高昂。

米德雷在後方的安全地帶布軍。

說布軍不夠貼切，他們變成後方補給隊的一分子，擔任醫療小隊跟戰場隔離，這麼說更貼切。

他們並非自願上戰場，但一想到我方人馬被人小看成這樣，他就沒臉見蜜莉姆。

（這樣一來，蜜莉姆大人會連帶遭人輕視。）

米德雷為此感到焦急，說他們也想到前線去。但亞姆札拒絕他的提議。

看也知道他不希望別人搶功勞，並非為米德雷等人著想。

然而這次的征戰想必會勝利。

敵方主力軍只有我方三分之一的兵力，還是一支鬆散的軍隊。邊保護難民邊撤退，不可能採取像樣的反擊。

（找這樣的對手進攻，感覺更不名譽……）

米德雷改變想法，度過了這幾天。

不過，戰況卻出現意想不到的變化。

「米德雷大人，大事不好啦……這樣打下去，我們毫無勝算吧？」

「唔……嗯。好弱，太弱了。原來魔王克雷曼的部下這麼弱……」

「不不不，不是那樣！是敵人的策略比我們高招！」

「什麼！笨蛋，敵人採取姑息的戰法，我們拿出實力打倒他們不就得了！說這麼軟弱的話表示你太嫩，赫爾梅斯！」

「都說了！如果是單挑或決鬥另當別論，這種集團戰靠帶領軍隊的手法決定勝敗！還有如何算計對手、大出對手意料。這次敵人贏了，他們在關鍵時刻到來前一直隱藏實力，還準備陷阱。」

「哼，這種事哪需要你說，任誰看了都知道！」

米德雷嗤之以鼻並道出這段話。

他不擅長動腦。而赫爾梅斯有點小聰明，會對他講些艱澀言論。米德雷對此感到很不是滋味。

不過，事到如今——

他沒有反駁的餘地，連米德雷都知道赫爾梅斯說得對。

因為眼前這番光景就是最好的證據。

「還有更重要的事，米德雷大人——」

「我知道。那幫人朝我們靠近，他們很強。雖然不願意，但如今我們也待在戰場上。既然敵人殺過來，我們就奉陪吧！」

「果然變成這樣。了解……」

斜眼看著赫爾梅斯心不甘情不願地接受，米德雷開始燃起鬥志。

就這樣——

於戰場一角，克雷曼軍最後方。

整場戰役最激烈的戰事就此開打。

●

法比歐落往地面，靜悄悄地疾馳。接著他發現離戰場有段距離的地方藏了一幫人，便跳到他們面前。

是戴著憤怒小丑面具的男人，還有淚眼小丑面具少女。

這詭異二人組正是——「憤怒小丑（Angry Pierrot）」福特曼、「淚眼小丑（Teardrop）」蒂亞。

他們是中庸小丑幫的成員，這次也按克雷曼的委託監視戰場。

「嗨，之前受你們照顧了。」

法比歐壓抑怒火，靜靜地開口道。

「哎呀呀？這不是法比歐大人嗎！」

隔著憤怒的小丑面具，後方有對邪惡雙眸閃動。

「沒當成魔王的法比歐大人。輸給魔王蜜莉姆的法比歐大人！感謝你當時幫我們的忙！」

戴著淚眼小丑面具的少女調侃法比歐，把他看得很扁，邊轉圈邊以歌唱形式對他打招呼。

「嘿，你們還記得我真是太好了。畢竟不知道自己為什麼會死在我手裡的話就太可憐了！」

「咦咦咦？你在生什麼氣？」

「好奇怪喔。這個笨蛋在氣什麼？那股憤怒情感非常美味，但不構成非得殺我們的理由啊。」

「就是嘛，就是！」

「少囉嗦！被人拐騙的我或許是白痴一個，笨蛋有笨蛋的做法，找人報仇不需要理由啦！」

這是面子問題，法比歐伸出銳利的爪子。

那爪子黑得發亮，有如狼牙一般，尖銳凶猛。

然而看到牠的爪子，蒂亞跟福特曼也完全無動於衷。

「哦～你想跟我們打？你那麼弱，別逞強比較好！」

「呵——呵呵呵。不行啦，蒂亞。法比歐大人特地跑來鬧笑話，想逗我們開心呢。」

兩人你一言我一語，但沒有讓法比歐失去冷靜。

他過去心浮氣躁才導致失敗，對此法比歐比誰都要來得懊惱並自我反省。

所以他一口氣展開行動，就像在說問候時間已經結束。

他高速踏步，瞬間逼近敵人。

「——唔！」

「嘖！」

知道無法用話語干擾他的心，福特曼等人一改前貌。

此外——還出現插曲。

空間霎時歪斜，從中出現頭形像豬的男人。

「好久不見，福特曼。還記得我嗎？」

「哦？哎呀？原來是豬頭將軍大駕光臨。哎呀，您變得一表人才呢！」

福特曼出言譏諷，臉上神情卻不若話語來得悠哉。

跟外表相反，福特曼工於心計。

而蓋德已經看出他的真實性格。

當初部隊毀了紅丸等人的故鄉——大鬼族（食人魔）聚落時，同行者就是福特曼，蓋德相當清楚，他的實力不容小覷。

福特曼跟一般的魔人不同，蓋德如此認為。

再加上蒂亞也在場。

她跟福特曼不相上下。實力是未知數，但這個對手絕對不容輕忽。

就算獸王戰士團的三獸士——「黑豹牙」法比歐實力堅強，單獨對付福特曼跟蒂亞還是很吃力。

（呵呵，真不愧是紅丸先生。這些傢伙配當我的獵物！）

想到這兒，蓋德已經迫不及待。

紅丸從上方俯瞰戰況，命他協助法比歐。要他放棄戰場指揮權的命令一出便讓蓋德皺眉，現在總算知道紅丸料事如神。

戰場上勝負已定，光靠蓋德的副手也能充分應付。不過，要對付中庸小丑幫二人組，只有利姆路底下的幹部級魔人能擔此重任。

「我來助你一臂之力，法比歐閣下。」

「噢噢，蓋德先生。多謝相助！」

法比歐與這兩人對峙亦冷靜判斷敵我的戰力差距，也許是因為這樣，他才沒有拒絕蓋德的提議。他知道自己有多少能耐，沒有把面子看得太重，選擇最容易打贏對手的方法。

如此這般，於戰場不遠處的低矮丘陵暗處，兩組人馬展開對決——

接獲戰場回傳的報告，亞姆札陣腳大亂。戰場上自軍所占有的絕對優勢，原來都是敵人刻意設下陷阱所致。

自軍戰敗，亞姆札連想都不敢想。

克雷曼肯定會大發雷霆，必須想辦法扭轉戰局、贏得勝利。

可是，按此處目前的殘存兵力看來，根本是痴人說夢。

亞姆札還沒失去理智，至少能看清這些。

他開始思考，看是否有其他戰力能為自己所用。

魔王克雷曼的心腹「五指」，中指亞姆札是五指第一人，亦為克雷曼軍最強的魔人。要說哪些人能之匹敵，就只有食指阿德曼、姆指九頭獸。

阿德曼依令擔任國土防衛軍，原本是朱拉大森林的死靈。

生前似乎是有名的神職人員，但死後那些都不重要。經克雷曼的咒法洗禮，變成魔物後力量大幅上升，成為統領眾多不死系魔物的死靈之王。

生前擁有神聖力量，那股力量變成詛咒生者的汙穢魔力……

然而阿德曼有弱點，身負龐大的力量卻不具高度智慧。只會依克雷曼的命令行事——抹殺入侵者。

沒讓他參戰的理由就出在這兒。

另一名九頭獸，她是極其稀有的頂級魔物「妖狐」。年僅三百歲，還很年輕，只長出三根尾巴。但她的魔素量遠在亞姆札之上，甚至跟克雷曼有得拚。

目前擔任克雷曼的護衛，與他一同參加魔王盛宴，無法找她助陣。

（——果然，只能拜託阿德曼了。）

問題來了，該怎麼叫阿德曼過來。

不，不對。現在沒辦法立刻叫他過來。既然這樣，就率領殘兵，暫時逃回魔王蜜莉姆的領地。去那再把阿德曼叫來，跟他會合，一鼓作氣殺回去——這是最好的辦法，亞姆札心想。

魔王盛宴有時會開到一個月，時間漫長，若他處理得當，在克雷曼回國前了結掉並非不可能。令阿德曼行動雖然不是件容易的事，但萬事起頭難只怕有心人。

無論如何，放任戰況發展吞下敗果，亞姆札肯定會遭肅清。

（克雷曼大人很可怕，就算是我也會輕易割捨……即使運氣好活下來，我可不希望精神遭破壞，被當傀儡操縱。）

（雖然很不情願，但這場仗是我輸了。不過，最後贏得勝利的人將會是我！）

打定主意，亞姆札朝戰場望去。

結果他於該處撞見令人驚訝的景象。

走在最前面的是一名美女，髮色黑金相間，容貌妖豔。手握金色錫杖，如入無人之境，朝此處悠然靠近。

獸王國的頂尖戰士守在她身邊。

他們是獸王戰士團——團員只有幾十人，但該戰鬥集團的實力可是掛有保證。他們都是一騎當千的武者。

包括象型獸人札爾、熊型獸人塔洛斯。實力不及三獸士，然而他們都是猛將，擔任霸者獸王的部下當之無愧。

除了這些獸人，後方還跟了紅衣集團。他們發動殺傷力強大的火焰法術，將待在後方待機的預備戰力燒個精光。

這些人對亞姆札而言不值一提，但他們肯定比自己的部下——比那些魔人還要優秀。

這下大事不妙。

「不可能……三獸士怎麼在這兒？難道那些傢伙丟下大軍不管，單槍匹馬趕來救援？可是，即使是這樣好了……」

讓人難以置信的人物登場，亞姆札更顯慌亂。

「敵軍竟然派最強戰力殺入我方大本營——？負責哨戒的人搞什麼鬼——！」

此時幾名心腹的怒吼聲傳入亞姆札耳裡。

感到不知所措的人並非只有亞姆札一個，在場的高階魔人也陸續感到慌亂。

「恕小的直言！無法聯繫哨兵，疑似遭人殺害！」

「你說什麼——！」

亞姆札的心腹高聲叫喊，亞姆札則啞口無言。

敵軍的動作過於迅速，根本來不及對應。當發現狀況不對早已落後一大截，差距之大足以致命。

察覺事實真相，亞姆札血色盡失。別說是重整旗鼓了，這樣下去連逃亡都困難重重。

（不妙、不妙不妙大事不妙——！照這樣下去，就連活著逃出這裡都不容易啊！）

亞姆札開始著急。

一對一另當別論，亞姆札可沒自戀到跟那樣的戰鬥集團對戰，還自認能打倒他們。

「快爭取時間！我先回本國，把阿德曼帶來。有他在肯定能召喚死靈，助我軍重整旗鼓。」

這都是藉口。亞姆札知道自己會輸，早就打定主意，決定使盡吃奶力氣逃亡。幸好亞姆札主動效忠克雷曼，並沒有步上其他五指成員的後塵，被人用制約框死。

繼續追隨克雷曼跟自殺沒兩樣。所以亞姆札當機立斷，決定劃清界線。

「是！」

「我們會努力支撐三小時的！」

心腹們陸續表態，臉上寫滿覺悟，可是亞姆札並沒有為此改變心意。

他只有一個想法——這些人都是笨蛋。

亞姆札直接發動傳送魔法——正要觸發魔法，這才發現事情不對勁。

「——無法發動？這是……『空間封鎖』？」

沒錯。一切為時已晚。

亞姆札他們看到阿爾比思，阿爾比思也在同一時間看到亞姆札等人。

透過阿爾比思的技能——「天蛇眼」。

雖是追加技但能對敵人賦予各種異常狀態——麻痺、毒、發狂等等——且攻擊範圍廣得可怕，被她看到就會受影響。要想逃過一劫，除非成功抵抗或苦撐，是性能卓越的技能。

且阿爾比思還有另一大王牌。

就是獨有技「制壓者」。

這是空間系技能，效果為「思考加速」、「空間操縱」、「空間移動」。能對敵人的行動構成妨礙，讓情況有利於己方。

被阿爾比思一看，亞姆札底下那些雜兵全都遭到癱瘓。

心靈脆弱的人瞬間發狂。

有點實力的人也難逃此劫，不是被麻痺身體動彈不得就是被毒死。

甚至有人石化。

逃過一劫的不滿百人。都還沒開打就成這副德性，不夠格的人連面對阿爾比思都沒機會。

亞姆札的魔法遭阿爾比思用「空間操縱」抵銷。並非對己發動的魔法造成妨礙，而是讓周圍的空間座標固定，防止魔法對空間進行干涉。

因此，在該領域中無法靠魔法逃亡。所謂「該領域」是指阿爾比思的視線範圍。周邊戰場都受阿爾比思控制。

這就是三獸士——「黃蛇角」阿爾比思的能耐。

無法逃亡，有所領悟的亞姆札咬緊牙關。

其實他還留了一手。

只不過，那是禁忌招數，可以的話亞姆札不願使用。

也就是說，要活下去只能打倒敵人。

「——沒辦法。我就拿出真本事對付妳吧。」

「噢噢，亞姆札大人！」

「亞姆札大人認真起來，連三獸士都不是對手！」

「我們奉陪到底！就讓我等大顯身手，讓克雷曼大人滿意！」

部下們又找回活力。

一群蠢材，亞姆札在心裡暗道。

魔王克雷曼只想獲得勝利，獲取利益。

若蒙受多餘的損失還打敗仗，他肯定不會放過亞姆札等人。

（那位大人只相信力量……）

無論亞姆札對他多麼忠心，克雷曼都不會認可他。

只把他當成可以利用的棋子、能幹的部下寵幸。

就連送亞姆札當獎勵的特質級冰霜魔劍也不例外，目的是讓亞姆札變得更強。

換句話說，一切都為了克雷曼自己。

即使如此，亞姆札依然敬愛克雷曼，他將手中財富賜予亞姆札，對亞姆札也有好處。雙方利害關係一致。

不過，亞姆札可不想為克雷曼奉獻生命。

（……時候到了。我要活下去，東山再起！）

這次慘遭滑鐵盧，他會暫時躲一陣子。

話雖如此，若是擁有特A級實力的高階魔人的自己，其他魔王肯定願意收留——亞姆札如此認為。

『有趣。阿爾比思，為獸王效命的魔人，勇猛的三獸士，要不要跟我單挑？』

他朝阿爾比思釋放強烈的念力。

亞姆札做出賭注。

他要在此打倒最強的阿爾比思，挫挫敵軍的銳氣。搞不好這麼做還能扭轉戰局。就算進展得不順利，他也能製造機會逃跑。

『好啊，沒問題。魔王克雷曼部下「五指」首席戰士亞姆札閣下。就讓你見識我倆的實力差距吧！』

還能證明克雷曼跟卡利翁大人孰優孰劣——阿爾比思回應他的邀約，其中更包含這層用意。

她利用「空間移動」朝亞姆札下方逼近。倖存的克雷曼兵同時朝阿爾比思撲去。

這招連計策都稱不上。

獸人很單純，有人挑釁必定奉陪。亞姆札利用那種習性，端出卑鄙至極的招數。

只要他們盡量消耗阿爾比思的體力，亞姆札就會贏得更輕鬆。部下們基於上述想法發動自殺攻擊。

「愚蠢，這種下流招數對我沒用！」

阿爾比思先是大喊一聲，接著就進一步發動「天蛇眼」。

不過，這對亞姆札來說已十分足夠。

阿爾比思發動力量的剎那，正好是亞姆札等待的勝機。

「——去死吧！」

他瞬間逼至敵人身邊，朝阿爾比思疏於防範的背部揮劍劈砍。

眼看那把劍就要劈開阿爾比思的背——

「想得美！竟然用這麼卑鄙的招數，你不配當男人！」

某人邊叫邊從阿爾比思的影子竄出，擋下亞姆札的劍。

「嘖，什麼人？」

「我是哥布達！為了以防萬一，一直躲在裡面。」

在哥布達解釋的這段期間，一些人陸續從影子跳出。

用不著多說，他們就是「同化」後得以靠四隻手腳前進的狼鬼兵部隊。徹底發揮高超的機動能力，朝還有餘力行動的數名魔人撲去。

「哎呀，連我都被蒙在鼓裡？怪不得，一直覺得哪不對勁。」

阿爾比思嘴巴上這麼說，其實早就注意到了。她知道有人跟著，才那麼放心，獨自一人衝鋒陷陣。

「嘿嘿，是紅丸大人命我們過來的。」

哥布達吊兒郎當地應聲，偷偷對準亞姆札發動鞘型電磁砲。剛才擋下亞姆札的劍時，他已經看出雙方實力差距懸殊，自己不是他的對手。所以，他判斷亞姆札對小太刀保持警戒之時正是良機，發動攻擊。

哥布達的字典裡有堂堂正正這個字眼，但意思跳脫正常認知。那是用來要求對手的，他不用遵守。

哥布達出招偷襲，卻被亞姆札用劍擋掉。

「雜碎！少礙事！」

他的劍尖就這麼直指哥布達，發動魔法。

亞姆札朝哥布達射出水冰大魔槍，哥布達也用小太刀發射水冰大魔槍。

不是用來迎擊，發動這個魔法原本就是用來追擊對手的。這招救了哥布達的命，兩道魔法在空中相撞，歸於虛無。

「——唔，威力竟然跟這把魔劍相當？還不需經過詠唱？區區一個雜碎竟敢如此囂張……」

從這一刻起，亞姆札將哥布達視為敵人。

可是哥布達已經無計可施。

（糟糕。剛才他的反應快到完全看不見，碰巧對方發動魔法才得救，要是被劍刺中肯定沒命。我差不多該逃跑了吧？）

以上是他的真心話。

幸好狼鬼兵部隊已經做出一些成果，在這撤兵也不會被人唸到臭頭。

哥布達決定撤退。

「那我們就撤——」

才要頒布命令，亞姆札的劍就從哥布達鼻尖掃過。

「呀！」

幸運之神再次眷顧他，這是因為哥布達姿勢不穩才保住小命。

不過，亞姆札對此心生警惕。

（竟然躲過我的攻擊三次？）

連續三次就不是偶然了，亞姆札如此斷言。畢竟剛才的超音速攻擊已經顯示某種跡象——眼前這隻滾刀哥布林並非泛泛之輩。

「呵呵呵，跟人單挑居然偷偷派兵助陣，看樣子三獸士也墮落了。」

亞姆札如此大聲咆哮，雙眼充血。

這也是他的計謀之一。除了三獸士，半路還殺出不明人士，他認為同時對付這兩人很危險。

哥布達對這種狀況求之不得。

（太棒啦！這樣一來，我就不用跟那個危險的魔人對戰！）

他按捺心中那份喜悅，動作很快。

「那我就擔任這場單挑對決的裁判！」

哥布達如此宣示。

他只是裁判。

總比無計可施在那礙事好。

因為利姆路准許他們失敗，卻不許他們戰死。哥布達可沒那麼笨，笨到去當這種不名譽戰死者第一人。

「哎呀，讓給你打沒關係喔！」

阿爾比思壞心地故意這麼說，但哥布達輕輕帶過。

「居然把獵物讓給別人，有損獸人威名喔！我就不跟妳搶了，請妳盡情發揮！不好意思打擾了。」

今天最幸運的事莫過於此，哥布達那番莫名其妙的說詞奏效。

亞姆札順利避開未知的危險。

阿爾比思本來就沒有讓出獵物的打算。

至於哥布達——

（啊——太好了。這下我的任務就完成了！）

他逃過一劫，不用跟超級高手交戰，打沒有勝算的仗。

場景來到敵軍最後方，位於尾端的戰場。

神官長米德雷率領神官戰士團，跟戈畢爾率領的「飛龍眾」激烈衝突。

講是這樣講，如今還站在戰場上的只剩幾個人。

雙方人馬加起來將近兩百人倒地。

其中米德雷毫髮無傷。

白色神官服不帶半點髒汙，依然穿得整整齊齊，對外昭告他還生龍活虎。

「哇——哈哈哈！你們有兩把刷子。不愧是龍的子民！」

米德雷笑得一臉愉悅。

無視立於前方外加氣喘吁吁的蘇菲亞，說話時目光落在倒地的人們身上。

「別把我當空氣！」

蘇菲亞「變身」，進入半人半獸狀態，靠大幅上升的肉體機能逼近米德雷。不過，似乎被米德雷看穿，他朝一旁側身，跟她拉開距離。

蘇菲亞錯過必殺的時機，渾身破綻，當米德雷的目標正合適。

「看招！」

他抓住朝自己伸來、上頭生著銳利爪子的手，拐她的腳，輕鬆揹起蘇菲亞——動作快狠準，將她摔往地面。

那招很像過肩摔，是祭祀龍之子民代代相傳的獨門拋投技。

「我沒有把妳當空氣啊。畢竟對魔物沒什麼機會用這招，我也很樂在其中。好久沒遇到像妳這麼有摔的價值的對手了。」

米德雷說得很開心，但被人拋摔的蘇菲亞可嚥不下這口氣。

「唔，可惡！竟敢、竟敢這樣對我……」

對方根本把她當玩耍對象看待，蘇菲亞的臉因屈辱漲紅。

可是，她不得不承認。

站在自己眼前，這個名叫米德雷的男人很強，強到超乎想像。

而當事人米德雷再次無視蘇菲亞，轉頭環顧四周。他在等蘇菲亞起身。

（可惡，完全沒把我看在眼裡！還有我的「自動再生」，竟然沒發揮效用……）

沒錯。蘇菲亞的身體並未出現損傷，用來療傷的技能沒有發動。她之所以感到疲憊，單純只是消耗體力的關係。

被人拋到地上，衝擊力道讓肉體越發疲勞。不會造成外傷，而是在身體內部留下傷害。

但蘇菲亞還是站了起來。

她是三獸士——「白虎爪」蘇菲亞，不能繼續被敵人壓著打。

「像你這樣的傢伙，居然是克雷曼的部下。我還以為亞姆札是最強的，看來我的直覺很準。」

「亞姆札……妳說亞姆札閣下是吧。那位大人身手了得，但當我的遊玩對象卻不夠格。別看我這樣，我可是蜜莉姆大人的練習對手。」

「蜜莉姆……魔王蜜莉姆嗎？這麼說來，你們是祭祀龍之子民！」

難怪這麼強，蘇菲亞心想。

若說他們是魔王克雷曼的部下，這幫人未免過於突兀。

作戰讓他們樂在其中，出手殺敵沒有一絲一毫猶豫。最重要的是，他們的實力遠在其他魔人之上。

「哦？那隻龍人打倒赫爾梅斯了！哇哈哈哈哈，真有一套！」

米德雷笑得很是開心。

赫爾梅斯的對手是戈畢爾，而就在剛才，戈畢爾的槍將赫爾梅斯打得落花流水。

「欸，米德雷大人。你還笑，快來幫我啦！」

「笨蛋，輸的人是你。你待在那好好反省一下。」

赫爾梅斯仰躺在地，還向米德雷求救，米德雷卻一笑置之。

他八成看出赫爾梅斯還有餘力，以及戈畢爾不打算置赫爾梅斯於死地。

「好了，這樣剩下的人連同我在內共三名。竟然跟我的部下打成平手，你們率領的戰士也很優秀。證明他們不仰賴技能，徹底鍛鍊肉體和精神。」

「被你稱讚，我該感到高興才對。我是戈畢爾。你是蜜莉姆大人的……？」

「嗯！祭祀龍之子民的米德雷就是我。」

「我是蘇菲亞。三獸士蘇菲亞！用不著對克雷曼的部下報上名號，但蜜莉姆大人的部下另當別論。」

「嗯。蘇菲亞小姐是吧，我記住了。接下來，該怎麼辦呢？同時對付你們兩個好了？」

說到這兒，米德雷悠哉地盤起雙手。

此舉代表他信心十足，同時對付他們兩人也不會落敗。

「開戰前，我可以問一個問題嗎？」

「唔，什麼問題？」

「沒什麼。區區一個人類為何如此強勁？應該說，祭祀龍之子民不是人類吧？總覺得哪裡怪怪的。」

被蘇菲亞這麼一問，米德雷耐人尋味地頷首以對。

接著他做出回應：

「妳所謂的人類是指什麼——關鍵就在這兒。若是針對種族提問，答案很簡單。我們和那位戈畢爾先生一樣，都是龍人族。」

米德雷若無其事地如此宣告。

「什麼！跟我們一樣？」

「嗯，正是。不同點在於我們並非從蜥蜴人族進化而成，是龍族『人化』與人類交媾誕下的後代，大概就這點不同吧。」

不過，本質是一樣的——米德雷說完露出一抹笑容。

「原來如此……這麼說來，我的妹妹蒼華也變得人模人樣。」

「怪不得。以人類的標準看來，你們實在太強……」

「話是這麼說，能變回原始樣貌的人已經不多了。那邊那些倒地的部下都沒有獲得某些技能，像是『龍體變化』、『龍戰士化』。時至今日，我們已經跟人類差不多了。」

說到這兒，米德雷看向蘇菲亞。

「可是，那股力量流傳下來。我們祭祀龍，提醒自己絕不要忘記身體裡流的血脈。妳想問的只有這個吧，蘇菲亞小姐？」

「是啊。是人或魔物都無所謂。我只想知道你們那份強勁，是不是弱小的人類飽經鍛鍊得來的，就只有這件事。你說跟人類沒什麼兩樣，那我就該對你們的努力表示敬佩。」

「哇哈哈哈，我也有同樣的想法。所謂的強，分成先天與後天。魔人之所以弱，全因他們過度仰賴與生俱來的力量。所以才按魔素量高低或其他特質決定強弱。真正的強，肉眼無法看見。技量（等級差），這才是唯一的明確指標。」

原來如此，蘇菲亞頗有同感。

蘇菲亞一生下來就很強。就算不努力，戰鬥能力也凌駕多數魔物。

看到她身上龐大的魔素量、散發的妖氣，就連魔人都退避三舍。

她的戰鬥敏銳度將這股力量發揮得淋漓盡致，光憑本能就爬上今日的地位。

如今米德雷一席話讓她有所體認，知道自己一直以來沒有鍛鍊身手。

「也就是說，我還能變得更強。」

「哇哈哈哈，正是。最棒的莫過於實戰經驗。我當妳的對手，放馬過來。」

米德雷泰然自若地站著，盤著手說道。

「我跟蘇菲亞小姐一起上嗎？你是不是有點自戀啊？」

戈畢爾問出這句話，米德雷則扯出一抹笑容，繼續開口道：

「哼！小夥子，那我就收起這雙手，陪你們玩玩吧？」

對方話都說到這個份上，戈畢爾可不會保持沉默。

「蘇菲亞小姐——」

「好，我們一起上。我承認，這傢伙很強！」

就這樣，戈畢爾和蘇菲亞一同挑戰米德雷。

阿爾比思和亞姆札打得愈來愈激烈，決定勝負的時刻終於到來。

雙方僵持不下，此時亞姆札拿出王牌。

「哈哈哈，不愧是三獸士！能跟我打成平手真不簡單。不過，有這個我就贏定了！」

「你說什麼？」

「呵，妳以為我的殺手鐧只有這把魔劍？妳確實厲害。跟我不相上下，我承認。不過！若出現兩個我，結果會怎樣？」

喊完這段話，亞姆札解放左手手環之魔力。

這個手環是「分身手環」。裡頭蘊含魔力，能生出跟裝備者一模一樣的分身，是人稱至寶的魔寶道具。

包含裝備在內，生出的分身與本尊完全相同。換句話說，阿爾比思必須同時對付兩個亞姆札。

既然分身與本尊實力不相上下，情勢將對阿爾比思極度不利。然而——

「如何？若妳願意投降，我可以考慮饒妳一命——」

「所以呢？」

「——什麼？」

「要這種小手段，你以為這樣就能打贏我？侍奉克雷曼的魔人果然只有這點程度，好粗糙的殺手鐗。」

阿爾比思不為所動。甚至出言譏諷亞姆札。

「那妳就受死吧！」

亞姆札的激吼聲未落，阿爾比思就隨之秀出王牌。

上半身是美麗的女性，下半身是巨大的漆黑蛇身。這才是阿爾比思本來的面貌。「獸化」成原始面貌的阿爾比思發揮十足威力。

有別於擅長近距離格鬥的法比歐和蘇菲亞，她是擅長從遠方施放魔法攻擊的遠距離魔法型戰士，人們多半這麼認為。不過實則不然。與獸王部下之身分相稱，她最擅長近身戰，是天生的戰士。

話雖如此，她的戰鬥方式跟另外兩人很不一樣。

阿爾比思將金色錫杖舉至額際。剎那間錫杖消失，阿爾比思的額頭出現黃金角。

完美壓抑的妖氣迸射，可知阿爾比思的力量大幅增加。

雙階段「變身」——這就是阿爾比思的王牌。

全身由龍鱗鎧守護，阿爾比思就站在亞姆札面前。

這一帶的空間完全被阿爾比思支配，滿溢的妖氣開始發出紫色電光。

「咦！」

哥布達嚇得大叫。

現在的阿爾比思感覺會不分敵我，讓他覺得自己有生命危險。

「你叫哥布達吧，我就許可吧，你快點離開。」

「不用妳說我也會跑啦！」

全員撤退！哥布達朝大家下令，狼鬼兵部隊立刻從該處逃離。

「愚蠢，竟想獨自一人對付我們？」

「她小看我們。」

倖存的高階魔人接二連三嚷嚷，將阿爾比思團團包圍。

但秀出真面目的阿爾比思不以為意。

「啊哈哈哈哈哈！受死吧，一群愚蠢的傢伙！」

當亞姆札回過神，一切都太遲了。

一些魔人吐血倒地。

一些魔人全身石化，破裂粉碎。

其他魔人的肉體腐敗，當場化為塵土。

實力差距過甚，部下們都被某種異常狀態侵蝕，相繼死去。亞姆札無力阻止這一切。

「混、混帳——！」

用特殊手段打近身戰，這就是阿爾比思最拿手的戰鬥方式。

「黃蛇角」——阿爾比思那黃金角，象徵死亡，特定空間裡的生命體將無一倖免。

此時亞姆札才知道他已經一敗塗地。

「投降吧。投降就讓你當俘虜，保你不死。」

阿爾比思出聲提議，唯有接受她開的條件才能活下去。這是因為，一被阿爾比思的「天蛇眼」瞪視，「分身手環」就碎了。

看樣子還具備破壞裝備的效果，亞姆札的分身還未開打就消失殆盡。

（──我的手腳也開始發麻了。照這樣下去，連繼續跟人對打都有困難……三獸士怎麼強成這樣？）

亞姆札運氣不好，因為阿爾比思是三獸士裡最強的一個。

他挑錯對手。但亞姆札沒概念。

阿爾比思多半受命擔任指揮官，很少發揮實力。因此，在外界看來她雖然是三獸士的頭，實力卻被人低估。

亞姆札就是其中一人，打心底看不起阿爾比思。

勝負已定。只不過，這還沒完。

克雷曼是陰險狡詐的魔王，絕不允許部下背叛……

我要接受她的提議。亞姆札才剛下定決心──

──我怎麼可能答應你呢？

克雷曼的聲音在亞姆札心中響起。

「咦？」

亞姆札不自覺發出驚呼。

他的身體脫離掌控，開始擅自行動。

「住、住手！求您高抬貴手，克雷曼大人！」

亞姆札從懷裡取出不祥的暗紫色寶珠，將它放到嘴邊。

「唔咕！」

他死命咬牙，試圖拉開那樣東西，不過……這些都是無謂的抵抗。

克雷曼事先植入技能「操偶術」，亞姆札的身體因此不聽使喚。

「──你在幹嘛？」

阿爾比思正感到納悶，亞姆札就被迫吞下那樣東西。

吞下暗紫色寶珠──暴風大妖渦的碎片。

「哈？哈噗、唔咕咕……咕呃嘎啊啊啊──！」

「到底發生什麼事了？」

困惑的阿爾比思繃緊神經。

當著她的面，亞姆札他──伸出觸手抓取倒臥在四周的屍體，身體逐漸膨脹，模樣醜陋。

受阿爾比思支配的空間灌滿魔素，那些魔素正在膨脹。

那是颳著冰雪的暴風。

持續進食、膨脹，最後爆裂開來。

它少了魔物特有的「核心」，會在肆虐後消失，是有時效限制的消極型魔物。

雖然只能維持一下下，那股力量依然跟本尊有得拚。最棘手的莫過於該特性。食慾旺盛貪得無厭，跟本尊一模一樣。

這才是亞姆札不敢隨便亂用的禁忌手段，克雷曼設的巧妙圈套。

＊

暴風大妖渦於這片土地重生。

阿爾比思神情緊繃，使盡全力攻擊暴風大妖渦。

卻傷不了它。暴風大妖渦持續膨脹，半吊子攻擊甚至無法在它身上留下皮肉傷。

最棘手的莫過於「超速再生」。它吸收周圍的屍體，迅速造出暫代肉體。

「唔，你這個怪物！」

阿爾比思恨恨地吶喊，但自豪的「天蛇眼」起不了作用，紫電的效果又很薄弱。

說來，這隻怪物原本屬於災禍級，是等級高出好幾倍的魔物。儘管阿爾比思是最強的三獸士，她仍舊無法憑一己之力對付它。

幸好這裡離戰場有段距離，阿爾比思可以爭取時間，讓它不至於立刻影響同伴。

可是，頂多在暴風大妖渦完成肉體前。

絕望化作駭人的暴戾聚集體，在這片大地盡情肆虐。

麻煩的是這隻怪物為了替身體尋找「核心」，光吃亞姆札還不夠，連冰霜魔劍都吞進肚子裡。因此周圍的熱量都被它吸收，附近一帶的氣溫開始下降。

怪物將妖氣轉換成水冰大魔嵐，在那胡作非為。

冰風暴荼毒周圍的人事物，確實教人望之生畏。

然而更嚴重的是，它吸取的熱量對外釋放的瞬間最讓阿爾比思擔憂。

（能靠傳送技能逃跑的人或許無所謂，但沒這類技能的人……）

大家都會死。

「可惡！克雷曼那個混帳——！」

阿爾比思本性畢露，她大聲喊叫，朝敵人全力進攻，攻擊不曾間斷。

連喘息的空檔都沒有，不停發動攻擊。

可是——

這些努力全都白費了。

暴風大妖渦的表皮受了一點皮肉傷，本體的損傷程度卻微乎其微。

不，是它回復得太快。

「該死！只好讓來得及逃跑的人先逃——」

絕望之餘，阿爾比思打算盡其所能做最完善的處置。意即向紅丸請命，要他頒布全速撤離戰場的命令。

就結果而言，這項命令並沒有發布。

那是因為——沒這個必要。

「妳抗命了呢，阿爾比思。我不是跟妳說過，打不贏就撤退嗎？」

帶著這句話，大將軍紅丸突然出現在阿爾比思眼前。

「——紅丸大人！」

「哦，暴風大妖渦啊。上次我也傷不了它，不曉得這次如何？」

紅丸露出傲然的笑容。

「紅丸大人，那隻怪物太——」

「我知道。它夠厲害，正好可以用來測試現在的我有多強。」

此話一出，紅丸便向前伸出右手。

接著，他掌握一切。

釐清暴風大妖渦和自己的能耐。

這場戰事眨眼間終結。

紅丸站穩腳步，拿出覆了漆黑火焰的太刀，砍傷暴風大妖渦。不過，那力道不至於砍斷暴風大妖渦構築到一半的巨大身軀。

但有一點和以前大不相同。

也跟阿爾比思的攻擊很不一樣，關鍵在於傷口沒有再生。

暴風大妖渦受的刀傷燃起「黑焰」，似要將它燒成灰燼。

「嘖，果然還不夠純熟。現在沒空陪你玩，沒辦法，就送你上西天吧。」

紅丸說著說著又來到阿爾比思面前。

肩上扛著太刀，完全不把暴風大妖渦當一回事。

「抱歉，本來想等你變完全體再玩……」

它還沒飛上空中，巨大身軀就快超過四十公尺。可是如今那顆龐然大物全被黑色半球蓋住。

「消失吧。」

紅丸輕聲呢喃。

霎時間——轟！的一聲，一記聲響籠罩四周。

是大範圍燒殺攻擊——「黑焰獄」——

威力跟以前不可同日而語。

有紅丸的「焰熱支配」加持，魔素脈動完全在掌控之中。甚至突破暴風大妖渦的固有技能「魔力妨礙」，將它的身體燒成灰燼。

由此可知紅丸的魔素操控技巧讓暴風大妖渦望塵莫及。

「這不是真的吧！」

阿爾比思會那麼驚訝情有可原。

紅丸的攻擊傷到暴風大妖渦，這表示紅丸的魔力在它之上。

也就是說——

紅丸已經跟阿爾比思等人的主子魔王卡利翁旗鼓相當，來到災禍級。

「阿爾比思，我有事要辦。現在，我命妳以副官身分指揮全軍。」

「——遵命，紅丸大人。」

阿爾比思解除「變身」，跪著領命。

她有很多事情想問，但現在時機不對。她藏起心裡的動搖，樂於接受命令。

這塊土地出現曠世災禍（暴風大妖渦）——但在它還沒大肆搞破壞就被人迅速處理掉。

「呵、呵呵呵……真教人吃驚，早就知道亞姆札會叛變，但沒料到暴風大妖渦三兩下被人……」

「對啊。雖說一物剋一物，但就連我們都殺不了它。」

「克雷曼軍潰散。作戰失敗。這次損失慘重，果然該聽那位大人的話，乖乖待命。」

「對啊。拉普拉斯也勸過他，這次都怪克雷曼不好。」

福特曼跟蒂亞互使眼色，在那你來我往。

滿目瘡痍的法比歐就待在他們兩個面前，還有出面袒護法比歐的蓋德。

「我們得去跟那位大人報備，遊戲就玩到這兒。」

福特曼毫髮無傷。蒂亞受了一些傷，但不妨礙戰鬥。

按傷勢判斷，蓋德他們屈居下風。

「別想逃。我知道你們很行。只要絆住你們，就等阿爾比思跟蘇菲亞趕來。還有紅丸先生在，你們死定了。」

法比歐搖搖晃晃地起身，對他們放話。剛才還渾身是傷，如今傷口已癒合。

復原能力非比尋常。

連獸人特有的「自動再生」都望塵莫及，來到「超速再生」等級。法比歐曾經被暴風大妖渦吃掉，繼承它的少部分能力。

「你很煩耶，黑豹（小黑貓）！」

蒂亞大喊，將法比歐打飛。但這擊也沒有致命，法比歐立刻再生，重新站起。

論速度是蒂亞占上風，可是她沒辦法給法比歐致命一擊。反之法比歐反覆受傷，雖然都是些小傷。

這場對決乍看之下好像是法比歐輸，然而隨時間一分一秒過去，或許會出現不一樣的結果。

至於福特曼和蓋德。

福特曼縮成一顆肉丸，藉超高速旋轉碾殺蓋德。而蓋德以大盾抵擋，拿剁肉菜刀（Meat Crasher）展開猛烈反擊。但這些攻擊被福特曼的肉身鎧甲擋下，不至於造成致命傷。

雙方兵來將擋，勢均力敵。兩人的決鬥情形正是如此。

不過，那是因為福特曼沒有認真應對。

剛才暴風大妖渦被人打倒，福特曼因此失去興致。

「唔！」

發現他開始認真，蓋德趕緊擋在法比歐身前。

「蓋德先生，怎麼了？」

還來不及回答法比歐的問題，福特曼就朝蓋德等人出手。

那是超大魔力彈。

這一擊相當紮實，沒有太多變化，威力卻足以讓周遭地形變貌。

蓋德的大盾遭魔彈破壞，不僅如此，連全身的防具都被打個粉碎。

受蓋德庇護的法比歐也連帶掛彩。他勉強保住一命，肯定是「超速再生」的功勞。

『呵——呵呵呵。收拾你們不在這次的委託範圍內。就放你們一馬。』

『要心懷感激喔！要是我們認真起來，你們現在早就死翹翹了！』

蓋德跟法比歐身受重傷，連站都站不起來，這些話灌入他們耳裡。

等爆開的粉塵散去，福特曼跟蒂亞已經不見蹤影。

「——輸得好慘。我也獲得新的力量，但一山還有一山高。」

「不，要是蓋德先生沒來，我早就死了。抱歉，都怪我扯你後腿……」

「沒那回事。我們確實是輸了，但還活著。下次打贏就好。」

蓋德用這句話安慰法比歐。

「說得也是，你說得對！」

法比歐不是三腳貓。

是福特曼和蒂亞太強。有那等實力，被人稱作魔王也不奇怪。

單看魔素量也許是蓋德高人一等。可是對手老奸巨猾，這之間的等級差異掩蓋實力。

蓋德跟福特曼對打時，一直採取防禦態勢。話雖如此，他知道自己拿出所有的本事也贏不了。

不過，這次的結果正合他意。

『紅丸先生，小丑逃走了。』

蓋德用「思念網」對紅丸報備。

『嗯，我看到了。他們還以為這樣是放我們一馬，天真。』

從紅丸那接到的指示，是要蓋德探對手的底細。

還要他保護法比歐。

（只是來看看情況——雖然我沒辦法說得那麼輕鬆。不過，他們沒殺了我算是一大敗筆。跟我對戰的紀錄，紅丸大人那邊也會留下。換句話說，可以給利姆路大人解析，他們的力量有哪些祕密都會攤在陽光下。）

因此，這次的敗仗並沒有白打。

目的已經達成。現在沒辦法獲勝不要緊，今後好好磨練身手，雙方差距將會縮小吧。很想跟利用自己的人在這宿命之地一決勝負，只可惜蓋德實力不足。

（可是，下次一定要贏！）

他暗自下定決心。

『那麼，我回去指揮軍隊。』

『去吧。還剩下一個難纏的傢伙，我去陪那傢伙。』

大將軍也不好當呢，結束匯報後，蓋德心想。

這個戰場上藏了幾個難纏的對手。

他們無法同時跟這些人對戰，只好走苦肉計改變策略，分散戰力對付這些人。

視情況而定，紅丸會排先後順序前往救助，但判斷錯誤將有來不及救人的風險。

講是這樣講，紅丸似乎完美履行他的職責。

他原本想直接衝去殺福特曼，但紅丸將個人恩怨擺後面，以全軍勝利為優先考量。

（這名大將似乎不會魯莽行事。跟我們當初對戰時相比，他成長許多……）

蓋德感到敬佩，對紅丸更加信賴。

●

——時間往回推一點點，來到戰場最後方。

兩派人馬開打，幾分鐘過去。

這幾分鐘對戈畢爾和蘇菲亞來說，彷彿永無止境。

不過，這段時間突然迎向終點。

「嗯？」

「這是——！」

「呼——呼——發、發生，什麼事了——？」

蘇菲亞被拋出到第二、第三次就學會擺緩衝姿勢，身體的疲勞也舒緩了。

相反的，戈畢爾不習慣這種攻擊，他被耍得團團轉，亂揮長槍，累個半死。

米德雷一直充當他們兩人的對手，人看起來一點都不累，精神好得很。比起陪蜜莉姆練習，跟他們交手簡直是小事一樁。

而米德雷也是率先察覺此事的人。

「各位，我准你們用回復魔法！起來！快起來，把這裡的人全都叫起來！」

他的神情不再從容，嘴裡發出怒吼。

「糟了，米德雷大人！照反應看來是個不得了的傢伙。」

「我知道！這是蜜莉姆大人前陣子打倒的暴風大妖渦吧。不，應該是它的殘渣？」

「好像喔……感覺不怎麼穩定，放著不管，不到一天就會消失吧……」

「不，這裡是戰場。一個不小心可能會有出乎意料的成長。像那樣的怪物，最好不要給它餌食吃。」

米德雷和神不知鬼不覺復原的赫爾梅斯進入兩人世界，在那交頭接耳。

此時，倒地的神官紛紛發動回復魔法，除了自己人，還幫忙治療戈畢爾的部下「飛龍眾」。

「你說暴風大妖渦？附身笨蛋法比歐復活的怪物嗎！魔王蜜莉姆不是已經把它給滅了？」

「的確，暴風大妖渦已經被蜜莉姆大人……」

蘇菲亞和戈畢爾也加進來一起談論。他們認為現在不是執著於勝負的時候。

「大家冷靜。那不是本尊，比較像它的力量殘骸。好像把亞姆札當成『核心』替代品……」

米德雷發動「龍眼」，邊釐清事物的本質邊跟大家解說。性能不及蜜莉姆的「龍眼」，但該技能還是有很棒的「視野」和「解析」功能。

赫爾梅斯也沒閒著，負責警戒四周，以防萬一。

「應該是那樣沒錯。我本來想做掉亞姆札那個王八蛋，但他的靈魂已經被吃乾抹淨。事情演變成這樣，我們只能想辦法降低傷亡人數，等它自動消滅。」

他冷靜地道出結論。

「都聽到了吧？我准大家武裝備戰。別太貪心啊。只是爭取時間，我們應該有辦法應付。」

「我們也來幫忙吧。高速飛行已經比上次更熟練，小心鱗片攻擊就不會受傷。」

米德雷和戈畢爾有如老朋友一般，兩人敲定合作事宜，默契十足。張狂的暴風大妖渦有個習性，喜歡追會動的東西。他們會飛，最適合當誘餌。

蘇菲亞也不遑多讓，比起平常腦筋轉得更快。她打算在能力範圍內盡自己所能，決定立刻採取行動。

「好。為了不讓它吃掉地面上的人員，我現在就協助大家撤退——」

然而話還沒說完，事態又急轉直下。

這時紅丸正好燒死暴風大妖渦。

「什……麼……！那傢伙面不改色，做出讓人難以置信的事啊！」

「──那什麼鬼？是魔王嗎？蜜莉姆大人另當別論，區區一個魔人有這種能耐？簡直是怪物……」

看到第一手畫面的只有那兩人，米德雷跟赫爾梅斯。

蘇菲亞、戈畢爾也在這時發現狀況有異，但他們不清楚實情。只知道暴風大妖渦的邪惡氣息瞬間消失殆盡。

「喂，發生什麼事了？也跟我說一下嘛！」

「嗯。我們也想拜託二位，替我們解說一下。」

「這個嘛，我也很想這麼做啦……」

「但好像沒那個必要。」

赫爾梅斯跟米德雷還未出面解說，蘇菲亞等人前方的空間就出現歪斜現象，頂著酷似熊熊火焰的紅髮，一名魔人現身。

是肩上扛著太刀的紅丸。

為了對付戰場上最後一個危險人物──米德雷，紅丸才跑來這邊。

「嗨，我們的人好像受你們照顧啦？」

紅丸一登場就狠瞪米德雷，這才發現事情不大對勁。現場留有打鬥痕跡，卻沒出現任何傷者，剛才那劍拔弩張的氛圍已不復存在。

「請等一下，紅丸大人！這些人是蜜莉姆大人的部下。祭祀龍之子民的神官戰士團。」

「什麼，蜜莉姆大人的部下？這麼說──」

「我們的傷也是這些人用回復魔法治癒的！」

「……原來如此。看來我想太多。你是這片戰場上最難纏的對手，害我不小心提高警覺。」

「哇哈哈哈哈，你並沒有想歪。我軍確實跟你們交手過。替你們治療傷口也是事實，但那是為了迎戰更大的麻煩。現在已經沒那個必要了。」

「——原來如此。那要怎麼處理？要跟我們對打嗎？」

「這個嘛，該怎麼辦才好……」

「我們也並不是很想跟蜜莉姆大人的手下對打啦。」

「嗯，也是。我很想跟你們打看看，但不是要跟你們開戰的意思。而是比實力，看誰比較厲害。」

「這樣啊，我懂你的心情。」

米德雷與紅丸，兩人說完朝彼此扯嘴一笑。

「欸，等等——！這樣不好啦！」

「對啊，紅丸大人！要是讓蜜莉姆大人的手下受傷，到時不曉得要降下多大的災厄啊！」

「就是說啊，米德雷大人！利姆路大人是蜜莉姆大人的朋友，肯定會引發空前災難！」

赫爾梅斯和戈畢爾趕緊出面制止，一直想藉機插話的蘇菲亞錯過說話時機，只好閉嘴。

「我知道啦。再說，如果真的打起來得拿出幹勁才行，否則輸的人八成是我。」

紅丸選擇讓步，還補一句「我這個人不打沒勝算的仗」。

「哇哈哈哈，說得對。能殺掉那隻暴風大妖渦，像我這麼強壯也不一定能抵擋你的攻擊！」

米德雷跟著哈哈大笑，說出這些話，但他似乎很有自信，有把握防止紅丸用那招取得勝利。可是那樣一來就會變成生死格鬥，肯定不是輕鬆愉快的切磋。

在這座戰場上切磋過於突兀，另一方面，跟對方比劃的動機早就沒了。

此外，雙方人馬都沒有出手的意思。

如此這般，在這個地方——前豬頭族（半獸人）王國奧比克發起的戰事告終，聯軍獲得壓倒性勝利。

除此之外還有另一座戰場，那邊也——

●

時間一來到午夜十二點，朱菜、蒼影、白老三人組便展開行動。

穿過濃霧密布的濕地，克雷曼的根據地就在前方。他們打算去那，悄悄入侵濕地。

濕地那邊有許多可疑的沼澤，沼氣伴隨啵啵聲湧出。這些沼氣似乎就是形成霧氣的主因，替現場增添詭異氛圍。

一入侵濕地，眼前馬上變得霧濛濛。

「不妙。老夫的『魔力感知』被這些霧阻擾。」

「說得是。我放棄調查就因這個。視線在這大幅受限，只能靠五官蒐集情報，參考那些資訊。相對的，敵人似乎利用這些霧氣蒐集情報。」

「原來是這樣。也就是說，情況對我們相當不利。」

「是。白老大人沒問題，我也可以靠『匿蹤』技能隱匿。但朱菜大人就——」

正如蒼影所說，白老可藉隱形法的奧義「朧」徹底隱藏氣息。蒼影也是，能完美匿蹤，就算站在身邊也無從察覺。

「我也沒問題。」

朱菜問題最大，但蒼影的擔心似乎是多餘的。朱菜也跟著隱匿蹤跡，藏得天衣無縫。

「哦，原理類似老夫的『朧』，好像是『幻覺魔法』跟『妖術』的組合技。真不愧是朱菜大人。」

白老說得沒錯，那是朱菜發明的獨門手法。

雖不及利姆路，朱菜仍透過獨有技「創作者」創造獨門法術。

「看來問題都解決了。但有件事必須留意，就是待在這片霧海中，『思念網』也無法使用。視線不佳，聯繫困難，請你們務必小心，步步為營切忌掉以輕心。另外還有這樣東西。」

在這片霧海裡，就算有蒼影的「分身」牽線，也無法透過「思念網」通訊。所以蒼影要白老、朱菜握住「黏鋼絲」，當作緊急聯絡手段。

透過絲線傳遞念力，能勉強做些溝通。只不過，絲線斷裂將失去聯絡手段，使用上須謹慎小心。

朱菜和白老點點頭，將絲慎重地繞到手腕上。

準備工作到這兒。

「那我們走吧。」

朱菜先起頭，三人開始前進。

＊

「——糟糕。我們好像中計了。」

走了幾分鐘，朱菜停下腳步開口道。

「中計？」

「我也有種知覺錯亂的感覺，四周好像有敵人的氣息——什麼！」

蒼影還沒說完，至今未曾感知的數道氣息突然滿布四周。

「真沒想到……但他們人數眾多，老夫都沒察覺，是藏到哪去了？」

「不，白老！敵人沒有藏身，而是我們被誘到這邊來了！」

「是嗎，是這霧在作怪啊。這些霧不僅讓我們迷失方向，還隱藏敵人的氣息，將我們誘到包圍網正中央……」

「原來是這麼一回事，老天從開才開始就一直覺得不對勁，真相在此啊。」

「沒錯，蒼影、白老。這些霧會引發『空間干涉』，無論入侵者打哪來，都會將他們引至某個地點——」

朱菜才解說到一半，來人就搶先出現。

蒼影和白老對潛伏於四周的魔物保持警戒，同時對突然出現的傢伙擺出備戰姿勢。

朱菜也閉口不語，開始注視那個人。

披著白色聖職者衣物的骸骨——

那便是於朱菜等人眼前現身之人。

「好強大的魔力……」

朱菜發出輕喃，身上帶著冷汗。

她還以為是克雷曼本人，瞬間慌了一下，接著立刻將上述想法否決掉。

已經過午夜十二點，克雷曼早就出發，前去參加魔王盛宴。如此一來，那合理推論就是克雷曼的心腹，「五指」的其中一名成員。

可是眼前這號人物不僅跟三獸士平起平坐，甚至有直逼魔王等級的架勢。該魔人擁有強大的力量，甚至讓人感到不可思議，納悶這樣的人怎麼願意在他人底下做事。

此時朱菜想起一件事，繆蘭曾經跟她說過。克雷曼旗下的「五指」之一只負責捍衛堡壘。他是——

「——我懂了，你就是阿德曼吧。這塊土地的支配者——率領眾多不死系魔物的死靈之王……」

白老也憑藉「天空眼」導出結論，內容正如朱菜所述。

他身上蘊含龐大、不祥的力量，遠勝繆蘭給的資訊。跟魔王實力相當的死靈之王，他就是這塊土地的守護者。

朱菜和白老的說詞讓蒼影不疑有他，將該結論照單全收。靜靜地凝聚殺意。

無論敵人是何方神聖，一律殺無赦——蒼影的行動理念如上。

就在那瞬間，蒼影正準備付諸實行。

「正是，余乃阿德曼。侍奉偉大的魔王克雷曼大人，命余守護這塊土地。低賤的入侵者啊，乖乖受死吧。若你們照辦，會讓你們死得舒服點。」

死靈之王——阿德曼如此宣告。

那是王的命令，會說這種話，表示他沒有用對等的角度看待朱菜這些敵人。阿德曼的魔素量相當駭人，令人不禁覺得這理所當然。

似乎受看似無窮盡的魔素吸引，為數破萬的不死系魔物從四周竄出。

喀噠喀噠喀噠、嘰哩嘰哩嘰哩，他們發出刺耳的聲響，包圍朱菜等人。

「果然沒錯，我們被敵人徹底包圍。這些霧跟『方位結界』綁在一起，無法靠『空間轉移』逃脫。所有的通訊手段都遭到干擾，要突破重圍只能打倒阿德曼。」

朱菜毫不猶豫地告知。

基本上，白老跟蒼影不可能乖乖接受阿德曼的提議。剛聽完朱菜的說明，兩人就不約而同出手。

「那事不宜遲，這就去把敵軍將領拿下。」

「我同意。被我的招式命中，連死者都難逃一死。」

他們二人做出回應，朝阿德曼逼去。

眼看兩人即將殺來，阿德曼露出不屑的笑容。

「呵呵呵，一群不知天高地厚的傢伙。枉費余心胸寬大慈悲為懷，真是愚蠢。對余的提議竟然不領情，就讓你們嘗嘗後果，去那悔不當初吧。」

阿德曼游刃有餘，大手一揮。

緊接著，令人驚訝的事發生。瞬間逼近敵人的白老的刀，被阿德曼前方的騎士擋下。

白老深信這一擊能取敵人性命，吃驚之餘向後退了一步。

那個騎士是A⁻魔物，死靈騎士。

不過，這一刀讓白老發現事有蹊蹺。雖是強力魔物，但區區一個死靈騎士不可能擋下白老的刀。

「你似乎來頭不小。也好，老夫就拿出真本事陪你過招。」

白老料得沒錯。

他看出那個死靈騎士的厲害之處。

那身本事並非來自魔物的肉體強度，而是歷經千錘百鍊的人類身手。

那麼，那就並非「天空眼」能看穿的類型。所以白老單憑自身身手與死靈騎士對決。

「…………」

死靈騎士默默無語。這具暫代肉體用亡骸製成，沒辦法說話。

不過，凹陷的眼窩可見藍白色火光搖晃。

那是如假包換的意志之光。表示他接受白老下的戰帖，象徵人類的榮耀。

他再也不是人類，但那名死靈騎士仍是心懷榮耀的騎士。

雙方的魔素量相去無幾，肉體強度也不相上下。

久經磨練的技藝敲出火花，一場高手之戰就此展開。

此外，蒼影也遇上敵手。

他悄悄靠近阿德曼，眼前突然湧現巨大的黑影，擋下他的攻擊。

「嘖！」

蒼影嘖了聲，瞪視那道巨大身影。

「莫非是腐肉龍——？」

「不，蒼影！敵人沒那麼簡單！光看魔素量已經在你之上，那是最強的死靈魔物——死靈龍！」

霧氣阻擾視線，朱菜仍準確判讀，看出敵人的真面目。

聽到這句話，蒼影的臉色變得很難看。只有他一人還能想辦法應付，但作戰之餘還要保護朱菜，情勢相當不利。

可靠的白老目前也專心在跟死靈騎士對戰。

蒼影必須盡快打倒死靈龍。否則來自四面八方、總數破萬的不死系魔物將吞噬他們，連朱菜都難逃一死。

在蒼影看來，眼下這種情況不需保留實力。

「納命來！操絲萬妖斬！」

他當機立斷，使盡渾身解數發動攻勢。

獨有技「密探」賦予的「一擊必殺」效果，數以萬計的「黏鋼絲」將敵人切成碎片——好像在看萬花筒，綻放美麗的鮮血之花，是蒼影的必殺技。

就算對手是死靈這種半精神生命體也無妨，這招可以砍殺精神體，他們必死無疑，照理說應該是這樣才對。

「怎麼可能，居然再生了！」

蒼影初次感到焦急。

高達二十公尺的巨軀被人砍成好幾段，照理說勝負已定。可是，死靈龍卻若無其事復活，讓肉體恢復。

連「超速再生」都沒這麼快，堪稱「不死」之力。

「既然這樣，我就連你的靈魂一起毀掉——」

蒼影下定決心動手，這時朱菜冷靜的嗓音響起。

「蒼影，你冷靜點。能冷靜地分析戰力的你，應該知道自己打不過死靈龍吧？」

「可是——」

「話說那隻龍的靈魂，好像在那個魔人阿德曼體內。所以你別管我了，只要專心絆住那隻龍就好。我去打倒阿德曼。」

朱菜朝蒼影靜靜地發話。

「這樣很危險！」

「不，蒼影。我現在很生氣。」

朱菜臉上掛著冷笑，對蒼影的關心不屑一顧。

那雙眼越發光亮，表現出她那激昂的性情。看到這一幕，蒼影頓失言語。

朱菜曾是整頓大鬼族各部族的姬巫女，她的話語蘊含某種力量，能讓其他人對自己言聽計從。如今，那股力量已高過「異界訪客」水谷希星的獨有技「狂言師」。

再說朱菜不是那種需要靠人保護的類型。

蒼影清楚得很。

所以答案只有一個。

「遵命。祝您武運昌隆，朱菜大人。」

「你也是，蒼影。那隻龍就交給你了。」

朱菜說到這兒微微一笑。

蒼影朝她頷首，將注意力放到死靈龍身上。既然都接下這個任務，他就不再迷惘。蒼影對朱菜有信心，投身屬於他的戰場。

＊

朱菜孤身一人，但她不慌不忙，跟阿德曼正面對峙。

阿德曼看不起她。

「哦？妳想幹嘛，這位小姐。沒護衛撐腰，妳能做什麼？還有，妳要怎麼對付萬人兵團？」

阿德曼的聲音不可思議地透著些許愉悅。

事實上，阿德曼樂在其中。

魔王克雷曼的命令不容違背，但阿德曼的意志尚存。只不過，他的行動完全受限。

滅掉入侵者——阿德曼只能做這件事。

力量強大但腦袋空空——克雷曼的部下都用這句話譏諷他。那是因為阿德曼被這塊土地綁住，無法自由行動。

克雷曼甚至不給他辯駁的機會，難怪大家不知情。

說阿德曼是魔人不夠貼切，他更像兵器。

被這塊土地束縛的護城機關。

靈魂沒有受限，但他的行動將遵從事先安排好的命令，自動執行。

他口口聲聲說自己效忠克雷曼，這些都是演技。這具機關早就被做過設定，會對其主人形式上表示尊敬。而其實阿德曼渴望擺脫這個束縛。

因此能跟朱菜對談，阿德曼樂在其中。

他會自動執行護城任務，無法針對狀況拿捏。可是跟入侵者對話不受任何人左右，是阿德曼唯一的樂趣。

算是製作這具機關的人物——魔王卡札利姆的慈悲。

或許真相並非如此，不過，阿德曼決定朝這個方向解釋。畢竟拜這點仁慈所賜，阿德曼才沒有發瘋，得以度過漫長的千年歲月。

（就算是為了延長機關使用年限才那麼做，余還是很感謝他。）

阿德曼打心底這麼想。

正因如此，他在不受自身意志左右的情況下，使出渾身解數擊潰入侵者。

一想到破萬的不死系魔物將襲擊朱菜，他就暗自祈禱，希望對方不會死得太痛苦——

「這你就別擔心了。『對魔屬性結界』！」

朱菜凜然的聲音響起。

剎那間，以朱菜為中心，半徑一百公尺範圍內搖身一變，變成防止邪魔入侵的聖地。

那是一種結界，會對魔素這種物質起反應。她「解析鑑定」「魔法無效領域」和「聖淨化結界」，將兩者「融合」。活用之前的經驗，是朱菜自行開發的原創魔法。

這次她隔離所有的魔素，但那種防禦魔法非常厲害，還能針對火風這類四大屬性發動，取其一隔離。

「這樣就不會有人從中介入。只要我打倒你，就能破壞拿你當核心的防禦機關。」

「——哦，厲害。還看出余的祕密。小女孩，妳叫什麼名字？」

沒錯，正如朱菜所說。

一旦阿德曼消滅，這座要塞防禦機關就會隨之毀壞。將阿德曼的靈魂跟此處地脈綁在一起，讓龐大的魔素能量循環，便是這個機關的重點所在。

當然，仰慕阿德曼的死靈龍、他的心腹兼好友死靈騎士也能因此擺脫這個咒縛。

朱菜一眼看穿真相，阿德曼打心底感到敬佩，還抱持一絲希望，或許對方能助他們脫離苦海。

「我叫朱菜。」

「朱菜，朱菜小姐是吧。那我們就來一決勝負。若妳打敗余，余將尊重妳的意願。」

「你做此提議真是禮遇小女。不過，我們只想滅掉魔王克雷曼。若你不來礙事就饒你不死，可以繼續待在這裡喔！」

「呵呵呵，妳應該知道這種事情不可能發生吧？」

「這樣啊。如果是你，應該能戰勝那個咒縛，看來是我想錯了。沒辦法。只好照預定計畫行事，將你打倒。」

朱菜說得斬釘截鐵。

（若余能戰勝這個咒縛，早就做了。魔王卡札利姆是可怕的男人，一般人無法對付他。人稱「咒術王」並非浪得虛名。瞧妳說得那麼簡單……）

這是阿德曼的看法，但不知為何，他的心情並沒有因此變差。

「談話到此結束。那麼，妳就盡全力對抗吧！」

戰火就此點燃。

………………

…………

……

阿德曼原本是王子。

他的國家隸屬神聖法皇國魯貝利歐斯，是為數眾多的小國之一。

這些國家沒有配置軍隊，中央的聖教會神殿會派出神殿騎士團，由他們保家衛國。

代價是全國上下信奉魯米納斯教，將之視為國教，為騎士團奉送優秀人才，提供資金援助。

當時西方聖教會的權力並沒有大到現在這種地步，聖騎士團尚未成立。夠優秀就會獲封聖堂騎士，這是不能傳子的榮譽騎士封號。

當時的情況就是那樣，阿德曼則是出類拔萃的優秀之人。

他的祖國由王兄繼任當王，還生下繼承人。在那種狀況下，阿德曼更加勤奮，努力推廣魯米納斯教。加入用來宣揚魯米納斯教的組織西方聖教會，開始嶄露頭角。

阿德曼被神蹟迷住。一心信奉魯米納斯。

魯米納斯是偉大的神，他不曾對神存疑。

因此，他還學會大主教級的「神蹟」，成為當代首屈一指的「神聖魔法」高手。

最後爬上西方聖教會最高的位置，當上樞機，但他在神聖法皇國魯貝利歐斯並沒有那麼高的地位。

阿德曼發憤圖強。

為了爬上更高的位子，不拘泥於「神聖魔法」，甚至開始學習其他法術。曾跟當時的好友蓋多拉一同暢談魔法、互相切磋，希望讓自己變得更強。

努力有了回報，阿德曼跳脫人類框架，成為「仙人」。

仙人是指以人類之軀化身逼近高階精靈的精神生命體。力量遠勝人類，人們將他們看作人類守護者。

有這股力量支撐，阿德曼一躍而上，進入權力中樞。

之後時光飛逝。

阿德曼進一步鑽研，只差臨門一腳，即將爬上人類巔峰，成為「聖人」。

此時阿德曼碰上天大的喜事。終於有人找他去靈峰山頂的「內殿」。

他很開心。

（這下我終於可以跟魯米納斯大人見面！）

沒錯，阿德曼相信魯米納斯神真的存在。他會這麼想情有可原，畢竟這層幻想就是他信仰來源……

這件事成為悲劇的開端，毫不知情的阿德曼喜出望外，立刻趕赴聖地。

不料，他那份心意遭人背叛——

…………

…………

……

激烈的魔法戰鬥持續不下。

「融化一切，將它們侵蝕殆盡——侵蝕魔酸彈！」

阿德曼詠唱元素魔法「侵蝕魔酸彈」。

許多水球浮在半空中，朝前方灑出能融蝕入骨的魔力散彈。這些水球朝朱菜噴發魔酸彈，有如傾盆大雨。

但朱菜不慌不忙。

「幻焰障壁。」

幻焰障壁將魔酸彈悉數擋下，讓它們蒸發。

思考速度加速至一千倍，還有高度「解析能力」，靠「詠唱排除」和「法則操作」改變現象。朱菜的獨有技「解析者」專門用來打魔法戰。因此，早在阿德曼施法時，她就找出對應方法。

「那好，這招如何！怨靈啊，賜你們活祭品——咒怨束縛！」

死靈魔法——精靈魔法的衍生，利用惡魔和亡靈這類負面怨念發動魔法。其中咒怨束縛最為邪惡，這種魔法會召喚亡者，人類也好、魔人也罷，活物都會被纏上，吸取精氣。

不過，這招也沒用。

「神聖福音。」

朱菜恬淡的聲音傳入阿德曼耳裡，緊接著，往昔常聽到的神聖鐘聲響起。

光是如此就讓充滿怨念的死者成佛。

「——怎麼可能！這是為什麼，為什麼魔物能使用『神聖魔法』？」

目睹眼前這片神蹟，阿德曼瞪大眼睛。她施法的模樣很美，讓阿德曼想起曾是青年、勤奮向學的自己。

此外，還有那些神聖魔法，居然來自一名魔物少女。令人難以置信的現實就擺在眼前，讓他不禁發出吶喊。

朱菜則笑著回應。明明沒有回答的義務，她卻針對阿德曼的疑問細細解說。

「很奇怪嗎？你的想法太死板。『神聖魔法』並非人類專屬的魔法，只要相信奇蹟一心祈求，強烈的信念就會成真喔！」

普羅大眾認為行使「神聖魔法」須和聖靈締結契約。

從某種意義來說這想法是對的，但換個角度講，並非如此。

某些魔人也會使用回復魔法——意思就是，除了跟聖靈締結契約，還能透過其他管道使用「神聖魔法」。

人和魔物大多不知道這點。

信仰之力——其實就是相信奇蹟的心，那才是學會「神聖魔法」的要件。

不分善惡，堅定的信念將轉換成力量。

這才是隱藏在該魔法背後的真相。

順帶一提，祭祀龍之子民信奉蜜莉姆，他們能使用「神聖魔法」的原因就出在這兒。

朱菜淡淡地說著，將所知毫無保留地道出。

聽完這些，阿德曼不禁踉蹌。

（余——難道我錯了嗎？遭人背叛，不再信奉魯米納斯神。所以再也無法使用「神聖魔法」……）

阿德曼遭魯米納斯背叛。說得更精確點，他被魯米納斯教的高層算計。

理由是什麼，他到現在還不明白。或許是怕阿德曼爬得太高才下手行凶，或是基於其他理由。

但可以確定的是，魯米納斯神沒有對他伸出援手。

（想來真是可笑。我被「七曜大師」騙了，為了人民，前去鎮壓大規模的死靈災害……沒想到那是陷阱。我曾接受蓋多拉的魔法實驗，才以扭曲的姿態復活……）

不知道對方是為了將他推入死亡深淵，他大搖大擺來到朱拉大森林盡頭，也就是現在待的地方。大批不死系魔物、統領它們的腐肉龍在那等著阿德曼。

阿德曼與心腹兼友人——聖堂騎士艾伯特一同奮戰，另外還有四名騎士以及仰慕阿德曼的遠征軍。但他們最後筋疲力竭，死在這塊土地上。

阿德曼曾經死過一次。但當時另一名友人蓋多拉替他施的神祕奧義「輪迴轉生」發動，讓他順利復活。然而這塊土地的瘴氣侵蝕他，還遭死者怨念囚縛，重生的阿德曼沒有變回人類，而是變成外表像骸骨的死靈。

魔王卡札利姆相中死靈阿德曼，他才落到今日這般田地……

「因此我深信，若你再也無法使用『神聖魔法』，就不是我的對手。」

朱菜以言語進逼，阿德曼這才想起他還在跟人戰鬥。

「為、為什麼？妳怎麼知道我會用『神聖魔法』？」

阿德曼不禁回問朱菜。

但朱菜反應冷淡。

「因為你的打扮。你穿著白色聖袍，位階在高階神父以上的人才能穿。你是有資格穿它的高階術師，卻無法戰勝這種程度的咒縛，在那自怨自艾，是個軟弱之人。留戀『神聖魔法』才穿那身衣服，這種對手沒有防範的必要。」

語氣裡盡是輕蔑，彷彿在說「事到如今還端什麼架子」。

「──唔……看我不出聲，妳就在那胡言亂語！」

阿德曼勃然大怒。

不過，他氣的不是朱菜，阿德曼在氣自己。被人一說才發現自己的真實想法為何，如此沒用的自己令人錯愕，同時也令人相當惱怒。

另一方面，千年來陰鬱的心總算撥雲見日，讓他通體舒暢、爽快至極。

「我向神祈禱。願祢賜我聖靈之力。聆聽我的願望──」

受澎湃的情感牽引，阿德曼開始詠唱魔法。

（沒錯。是我的決心不夠徹底。仰慕我的同伴變成不死系魔物，讓我無法拋下他們辭世……是我不夠成熟。「死靈魔法」和「元素魔法」無法淨化不死系魔物。其實我一再祈禱，希望自己能發動「神聖魔法」，那樣一來……）

要說阿德曼為何被這塊土地束縛住，理由就是他的同伴。

他們死在這裡，卻變成受到詛咒的亡者，阿德曼無法丟下他們不管。就是這個念頭，讓他們跟這塊土地綁在一起。

如今阿德曼總算明白，這麼想是錯的。

他抬起只剩骨頭的雙手結出複雜術印，對神朗誦禱告文。

那是咒文。其證據便是阿德曼前方浮現複雜的幾何圖形。

（妳叫朱菜吧，我不恨妳。不僅如此，妳讓我清醒過來，我甚至心懷感激。不過，我不能自殺。抱歉，只好讓妳陪葬──）

阿德曼在心裡向朱菜道歉。

來自魔王卡札利姆的強制力涵蓋許多層面，將阿德曼束縛住。因此，連自殺都不被允許。話雖如此，對敵人施放攻擊慘遭余波殺害就另當別論。

他打算帶朱菜上路，同時自取滅亡。這樣一來，被自己連累的同伴就能解脫……

如今，層層疊疊的魔法陣繞著朱菜和阿德曼，逐步展開。

「──萬物終告滅亡！『靈子壞滅（Disintegration）』！」

「就等這招！『靈子暴走（Overdrive）』！」

阿德曼即將施法完成，朱菜則用獨有技「解析者」進行「法則操作」。

結果聚集的靈子再也不受阿德曼掌控，開始失控。

「什、什麼？妳的魔素量不到我的十分之一，居然改寫我的魔法──！」

魔素和靈子操縱皆透過魔法進行。改寫魔法代表朱菜的魔力在阿德曼之上，沒有第二種解釋。

在阿德曼看來，朱菜根本不是像樣的對手。但現在他總算知道，自己再度誤判。

「真有一套。為了獎勵你，我就讓你再也不受這塊土地束縛！」

沒有把朱菜的話聽到最後，滿溢的光芒吞噬阿德曼。

朱菜利用阿德曼的魔法。

若是比自己還要在行的神聖魔法能手阿德曼，聚集的能量足以淨化這塊土地。雖朱菜沒料到對方竟然放出最強的神聖魔法，但幸好她知道那種魔法是什麼來頭。所以不費吹灰之力改寫。

在這片土地上，那道光無所不在，包含阿德曼在內，將所有不死系魔物吞噬殆盡，淨化掉——

*

白老與蒼影來到朱菜跟前。

「哎呀，老夫本想早點分出勝負，但那個死靈騎士的身手意外了得。是朱菜大人救了老夫。」

阿德曼落敗，這塊土地被淨化，死靈騎士退化成骸骨劍士，一動也不動。由於死靈騎士聽命於阿德曼，似乎不想再繼續作戰。

看他那個樣子，白老知道這場對決已經劃下休止符。

許久不曾遇到能拿出真本事對戰的敵手，不能跟他分個高下令人遺憾，但眼下保護朱菜才是最要緊的事。白老知道事有輕重緩急，立刻趕到朱菜跟前。

「不，幸好有白老在。如果是我，肯定無法對付死靈騎士。還有，蒼影也是。對手是死靈龍，你竟然有辦法爭取時間。若那隻龍大肆胡鬧，我們就無法打贏這場仗。」

「不，沒打倒它，屬下深感羞愧。」

正如蒼影所述，死靈龍是強敵。傷口不夠深就會立刻復原，碰到其身上的妖氣，精神將遭受汙染。

蒼影能操縱數名「分身」，才全身而退。反而該誇他拿死靈龍沒轍、無招可用，居然有辦法跟對方纏鬥。

這隻死靈龍也因阿德曼的落敗消滅。它靠阿德曼的魔素能量顯形，所以無法繼續維持形體吧。

蒼影個人無法接受這個結果，但活著也算是種勝利。

話雖如此……

三人面面相覷，同時嘆了一口氣。

「話說回來，要是那個阿德曼一開始就認真跟我們打，我們早就沒命了吧。我太生氣，有點做過頭了。」

事實上，阿德曼並沒有放水，但他也沒有耍小手段。若他真的想殺朱菜等人，應該有別的手段可用。

朱菜看出這點，在那自我反省。

「說得是。我們變強了，似乎有點得意忘形。」

「的確。利姆路大人擔心得有理，如他所說戰場瞬息萬變。我應該多蒐集情報才對。」

三人開口道，為他們的傲慢自省。

無論如何，最後總算是贏了。

克雷曼的根據地失去固守要員。

不過，事情還沒完。朱菜他們還有工作要做。

必須攻下克雷曼的城堡，徹底癱瘓。

留在城裡的人大多非戰鬥人員，無人效忠克雷曼。懂得察言觀色、用金錢聘來的人紛紛投降，不打算反抗。

其餘多是基於某種理由遭克雷曼綁死，朱菜除了規勸還用魔法替他們解咒，要不了多久，他們就攻下這座城堡。

城內的魔人已不構成威脅，朱菜等人開始進行探索。

他們已經做過確認，知道魔王卡利翁沒被人關在這裡，不過，一行人還是想找出證據，藉此掌握克雷曼的弱點。

找到一半——

朱菜等人四處打轉，有人接近他們，朝他們搭話。

「——請留步。」

「嗯？還活著是嗎？要不要了結他？」

「等等，白老。這個人已經不打算跟我們戰鬥了。」

過來搭話的人正是阿德曼。

不敢大意的白老打算拔刀，朱菜則平心靜氣地阻止他。

「朱菜大人——請容我們如此稱呼您。多虧您的魔法，我們才脫離這塊土地。接受淨化卻仍倖存下來，我想這是種緣分，我們有一事相求。」

帶著一名骸骨劍士，失去大半力量、變成死靈的阿德曼跪在地上發話。

「——什麼事？」

朱菜狐疑地反問。好像又遇上麻煩事了。

「是，多謝。其實我想見見朱菜大人信奉的對象。我失去信仰，這樣下去力量無法回到全盛時期的水準。我不再信奉魯米納斯神。因此，我想找別的神信奉。」

「「「……………」」」

朱菜等人傻眼，一整個啞口無言。

「該、該說是神嗎，我尊敬利姆路大人，但還不到信奉的地步喔！」

朱菜勉強做出回應，但阿德曼不介意。那對他來說不成問題，更進一步毛遂自薦。

「他叫利姆路大人吧。這名字很棒，當我的新神正合適。我們雖然是脆弱的不死系魔物，但私以為仍有派上用場的機會。朱菜大人，可否將我們引薦給利姆路大人？」

無條件、不疑有他的信奉，和尊敬對方但在有錯時提點，兩者大不相同——朱菜原本想朝這個方向解釋，但解釋起來似乎很麻煩，就打消念頭。

（沒關係。若他看到利姆路大人真實的一面，或許會知難而退。）

邊回想利姆路平常的軟Q樣，朱菜做出結論，決定順其自然。

阿德曼好像很容易固執己見。要說服這樣的他似乎得花點時間，就隨他去吧，這樣比較好。

如此這般，阿德曼和幾千名倖存者，也就是當他部下的不死系魔物——要說的話，是已經死了——全聽朱菜指揮。克雷曼城攻略戰到此結束。

第五章

魔王盛宴

那裡有一扇豪華的門。

穿過門直達會場。

那裡放了大圓桌，還放置十二張等間隔排開的椅子。

共十名魔王，目前卡利翁行蹤不明。也就是說，被我坐走還是多兩張椅子。

我在米薩莉的帶領下就座。

看起來似乎按照當上魔王的順序決定圓桌位子。我坐最邊邊，應該是末座吧。

但我沒意見，開始觀察四周。機會難得，我想趁機觀察各路魔王。

話說目前在場的只有兩人。

第一個是菈米莉絲。

那傢伙好歹是老資歷，坐在最裡面的上座。

腳晃啊晃一副快樂樣。

跟小孩子沒兩樣，別管那傢伙了。

從我這邊看過去，菈米莉絲右邊，也就是我的正對面有個妖豔紅髮男——他確實是男兒身沒錯，看起來卻莫名嫵媚，這名美男子悠哉地坐在那兒。

一雙眼閉著，但他應該沒睡。

看一眼就知道，這傢伙不簡單。

我發動「解析鑑定」，就資料面看來不怎樣。但直覺告訴我，這人不對勁。

魔素量跟卡利翁差不多，波長則帶點異樣。

換句話說，乍看之下會以為他還是生手，魔素量夠高卻不懂得控制妖氣。

不過，他騙不過我的眼睛。

我猜，若是「大賢者」的解析能力大概會被騙得團團轉吧。他就是如此巧妙地將資訊偽裝。

讓對手看假消息，誤判他的實力。還沒開打就已開始較勁。

這時我想起讀心技能，就像矮人王蓋札那樣。

我的「大賢者」大概也跟那些技能一樣，沒主動攤牌、告知身上有此技能，別人就不知道自己有這種能耐。假如對方有「讀心」能力，可以讀取別人的深層意識就另當別論，八成被人陰完才知道對方有這招。除非抵抗失敗，否則都不受影響才對。

所以說，隱藏技能非常重要。

讓對方知道自己有這類技能的時候，就能虛張聲勢吧。

身上真的有，卻刻意將技能粉飾掉，光這麼做也會讓人疑神疑鬼。

這名美男子在做的正是如此。

騙過對方的「解析鑑定」，讓人疑神疑鬼。

我個人認為必須隱藏實力。也就是說，徹底壓抑妖氣，不對敵人透露一絲一毫的情報，這樣才有意義。

相對的，這傢伙選擇那種做法，還可以反過來利用資訊讀取者的能力。

先過濾對手。

看對方是否有情報讀取能力。沒這種能耐的人姑且不談，碰到讀取者再注意對方有何反應。就是這樣。

若是連假象都怕，他就不用把對手當一回事。

碰到發現他造假的人，可以讓對方明白自己的實力深不可測，讓人不敢跟他作對。

是說先暫停一下。

他光是裝弱放假消息，魔素量就跟卡利翁差不多。

真正的實力完全無法預測。雖然知道他在玩哪招，要我不去怕他還是很難。

明顯跟我是不同層次的人──這傢伙是「金」。

金的觀察告一段落，此時一名壯漢進入會場。

沒帶同行者，就他一個人。

存在感震撼全場，這個男人應該是巨人族魔王達格里爾吧。

他毫不猶豫直接略過金右邊的位子，高高在上地入座。

也就是說，那個空位是蜜莉姆的位子嗎？這麼看來，這個圓桌以金為頂點，分成左右兩排。

我朝達格里爾張望。

金身材高挑，他比金更加巨大，沒想到那張豪華座椅自動調整成合適大小，將達格里爾接住。似乎連這種事務用品都是極盡奢華的魔法裝置。

這個魔王曾是維爾德拉的勁敵。

一副威風凜凜的樣子，讓人不禁點頭，承認他夠格跟「龍種」對幹。

話說這個叫達格里爾的魔王，魔素量亂高得亂七八糟。
不知道跟維爾德拉相比，誰比較高？
我知道他的魔素量深不見底，但他沒有卯起來作戰，難以測出正確數值。
不過，質比量更重要。
他只不過魔素量多那麼一點罷了，沒必要怕成那樣。
該怎麼用最有效率的方式發揮力量，這才是重點。技量優劣，這點在戰鬥中更為重要。
這個名叫達格里爾的魔王應該身手了得，總之必須對他保持警戒……

觀察完達格里爾，又有一名魔王現身。
穿著豪華服飾，是身材健美的美男子。
雖不及達格里爾，仍然是高個子，五官深邃。
微捲的短金髮狂放不羈，可見此人血氣方剛。
用更容易理解的方式比喻，這個外表亮眼的男人好像電影明星。
總覺得，他對於該怎麼迷倒別人很有一套。
兩根從嘴唇探出的犬齒格外引人注目。
他是吸血鬼族——也就是說，這個男人是魔王瓦倫泰。
瓦倫泰坐到菈米莉絲左邊。
按席次推測，這魔王大概跟達格里爾同資歷，都是古代魔王。聽說吸血鬼族魔王曾經換人，也許直接繼承上一代的位子也說不定。

算了，一直關心席次又怎樣。
比起那個，有件事更讓我在意。
就是瓦倫泰的隨從。
第一名是看起來像管家的年老男性。
他肯定是高人，跟雕像一樣，完全沒有任何動靜。
想法似乎跟我類似，壓抑所有的妖氣，以免讓人看出實力。
第二名更有料。
非常引人注目，她是生了一頭亮麗銀髮的美少女。
肌膚晶瑩剔透，金銀妖瞳綻放藍與紅的妖異光芒。彷彿停留在少女即將長大成人的那一刻，有著妖豔的美貌。
這名美少女穿著類似女僕裝的洋服。女僕都是負責戰鬥的——按這個法則推論，那名少女很強是理所當然的事……
這種高手是人家的部下，所以我才感到驚訝。
值得一提的是，那名美少女的妖氣大到快要滿出來，她還放任妖氣外洩。
嗯，等等？
剛才跟那名少女四目相對，總覺得哪裡怪怪的，卻說不上來。
也許是我多心，從她身上外漏的妖氣一直隨機改變性質。
《答。「解析鑑定」結果如下，標的的魔素量似乎比魔王瓦倫泰更多。》

啊，果然。

我沒辦法看出這名少女的魔素總量，只知道比她的主子魔王瓦倫泰還高。

隱藏手法極其巧妙，跟我不同、沒有究極技能的人無法看穿。

話雖如此，她也無意隱瞞吧。跟金一樣，想看看大家會不會察覺。

——這麼說來，那名少女才是魔王本尊？

搞不好是引退的前任魔王。

或許連維爾德拉都認可的女吸血鬼「米露絲」才是她的真實面貌。

據說交接已經是一千五百年前的事了，知道具體過程的魔王少之又少。他們是默許呢，還是真的沒注意到呢？

也有可能是——單純只是沒興趣罷了。

總而言之，要小心這個人。

現任魔王瓦倫泰並非弱者。至少他的霸氣比卡利翁變身前更強，實力毋庸置疑。

旁邊還跟了一個妖豔美少女。

如果她就是王國被人燒成灰燼的魔王，恨維爾德拉情有可原。

你誰不好惹偏去惹這種人幹嘛！好想大叫，但我忍住了。

這就是傳說中的「頭好痛，痛上加痛」嗎？

要說救贖的話，是不是該想成「惹毛這種美少女被她宰掉死也甘願」？

——不，果然不算救贖呢。

希望維爾德拉跟我的關係不會穿幫。

萬一不小心穿幫，希望我不用替他擦屁股。

我暗中祈禱。

接下來，維持那種狀態又過了一會兒，第五個人來了。

他獨自一人，帶著惺忪的睡眼走著。

腰上插了兩把劍，裝備只有這些。好輕便。

他的眼睛微微露出一瞬間，是美麗的淡藍色。深紫色髮絲乍看之下很像黑的，裡頭混了銀髮。

外表還很年輕，感覺跟高中生差不多大。樣貌端正，但愛睏的睡眼、懶散的動作替臉蛋扣分。

那傢伙來到菈米莉絲身旁站定，稍微舉個手，跟她打招呼。

「早安──妳還是一樣迷你。」

「你想找人打架是吧？三腳貓迪諾竟然這麼囂張？」

第五人是迪諾。我記得是那個跟菈米莉絲是同類的人物。

他們沒有真的吵架，比較像是例行性拌嘴。

「笨蛋，明知贏的人是我，幹嘛找妳打架啊。」

「哦──看樣子你活得不耐煩了。今天我狀態絕佳喔。」

「哪有。妳好像縮水了，比之前見面時更小吧？」

「我也沒辦法啊！因為我最近才剛轉生嘛！」

菈米莉絲說過，直到她長大還要耗費百年。我詳細追問，得知她大約五十年前重新轉生。

聽她這麼說，迪諾似乎會意過來。

「哦，所以才變成這樣啊。聽起來好不方便。不過，記憶會繼承吧？」

「記憶會啦。可是，精神受身體影響退化啦。不過呢，反正我是最強的啦，需要像這樣放水一下！」

「金，菈米莉絲好像說了什麼喔。」

「笨蛋！你白痴喔！我會看人講話好嗎！什麼一拳打倒金啦，那種事連想都沒想過！」

看迪諾想找紅髮男搭話，菈米莉絲趕緊制止他。接著壓低音量碎碎唸，在那找藉口。

她只會耍嘴皮，見風轉舵的速度飛快。

還有那個紅髮男，照這樣聽來他果然是金。

看那個菈米莉絲慌成那樣，他肯定很危險。

我偷偷在心中筆記，寫下「金是危險人物」。我曾經靠這種不起眼的勤奮小努力避開危險，不能小看。

為了避免刺激到金，菈米莉絲等人小聲地交頭接耳。

內容跟菈米莉絲帶的隨從——貝瑞塔和德蕾妮小姐有關。

菈米莉絲大肆炫耀。

「咦？妳不都孤單一人，怎麼帶隨從來？這樣我一個人來不就很遜嗎！」

「哼哼，對啊。這樣就可以給那些笑我小不點、孤單沒人愛的魔王好看了。尤其是你！在這兩人面前去知道自己有多沒用吧！」

「那好，跟我打打看？弄壞沒關係吧？」

「啊？最好是！要是你把他們弄壞，我就去跟金告狀，要他用鐵拳制裁你！」

好像有句話叫狐假虎威。

菈米莉絲臉不紅氣不喘找他人助陣。

「——是說這兩人，認真打起來應該很強吧？仔細看看真的很強耶！」

迪諾這話一出，貝瑞塔跟德蕾妮小姐就默默地點頭致意。

哎呀，這些隨從給菈米莉絲帶真的好浪費。

「對吧？對吧！也是啦，這樣我說話的分量就增加嘍。」

迪諾的話讓她心情大好，菈米莉絲挺起平胸示威。

替他們兩人加工的是我耶。算了沒差。

貝瑞塔和德蕾妮小姐仍舊默默無語。

這兩個隨從真的很稱職。

一樣默默無語，紫苑在我後方站著睡覺，真希望她學學他們兩個。

迪諾打完招呼便走向自己的座位，一臉散漫。他的座位在瓦倫泰隔壁，看樣子果然是古代魔王。

他無視瓦倫泰就座，令人吃驚的是，他居然直接趴到桌上睡覺。

瓦倫泰搞不好覺得他很失禮，不過，彼此打招呼的魔王或許才是例外。雖然迪諾耍嘴皮戲弄菈米莉絲，但他對菈米莉絲打招呼也許真的是特例。

迪諾好沒幹勁。

有參加就好，就是那種感覺。

完全不管會場氣氛怎樣，一副貪睡樣，從某方面來說也算唯我獨尊。

他天不怕地不怕，反過來說就是實力夠強。

……就當是這樣好了。

這傢伙好像也有妨礙他人偵測，實力不明。

我想解析卻被當事人微睜著眼瞪，他果然有小心防範。

剛才跟菈米莉絲一來一往可以看出他的性格輕浮，總之這傢伙肯定不容輕忽。

不過呢，迪諾那個樣子還是有好好對待菈米莉絲，可以的話，我不想跟他敵對。

接著入室的人是有翼族女帝。

以前蜜莉姆跟我提過，她就是魔王芙蕾吧。

妖氣（性感指數）滿溢啊。

那對胸部的空氣阻力好像很高，飛的時候不會卡卡嗎？

哎呀，我不小心想歪。因為她的登場方式太有震撼力，我情不自禁。

話說這個芙蕾，她朝蜜莉姆的空位看了一眼，接著視線落到我身上。

她這樣斜眼看人也好性感。

哎呀呀，這真是……

擦身而過飄出香氣，聞起來好芬芳。

這些念頭在腦內打轉，結果我背後傳來危險的氣息。顯然是紫苑在不爽。

她發現我快被色誘啦，不愧是紫苑。

要是讓紫苑更生氣會很恐怖，我趕快切回正常觀察模式。

魔素量沒什麼特別之處。硬要說的話，甚至比紫苑和紅丸少。

淺。

是說紫苑的魔素量都快追上瓦倫泰了，所以她的魔素量不算少。品質才是重點，光憑量判斷過於膚淺。

光比胸部，兩者難分優劣——咦，這好像不重要？

我猜，她應該有很多隱藏技能吧？因為她身上有種危險氣息，讓人這麼想。

關於芙蕾的資訊差不多就這樣，但有一點值得提出。

就是跟在她身邊的隨從。

其中一人是跟芙蕾有得拚的巨乳美少女。

感覺仍有些稚氣，但身材一級棒。

另一人是魔素量跟芙蕾不相上下的壯漢。背上長著大鷲翅膀，應該是公的有翼人。

跟達格里爾比算小號，不過，身材和瓦倫泰一樣健美。

他的臉被獅子面具遮住，無法判讀，但……

獅子？

《答。根據「解析鑑定」推斷——》

怎麼可能。

跟卡利翁的波長不同，判若兩人。肯定不是他。

就算「智慧之王拉斐爾」不告訴我，這點小事我還是看得出來。

《…………》

如果是行蹤不明的卡利翁，不可能以這種破綻百出的方式參加魔王盛宴。行動上應該會更小心、更謹慎。

有人說跟自己相像的人，在世界上共有三個，芙蕾的隨從就是像到別人吧。

當我觀察完芙蕾等人，突然有種冷風吹進室內的錯覺。

我朝該方向看去，只見一名金髮美女入內。

那是集神寵愛於一身的美貌。

這名貌美之人朝我筆直走來。

「——你是利姆路嗎？」

「是沒錯——」

是沒錯，但你哪位——我本來想用這句話回問。

我不認識這種大美人，想到這兒，我突然猜到他的真實身分。

還有四名魔王。其中一人是不知去向的卡利翁，再來是克雷曼跟蜜莉姆。

還有雷昂。

我記得雷昂是金髮——人稱「白金色惡魔」，美麗的金髮魔王……

「——原來，你就是雷昂嗎？來找我搭話，有何貴幹？」

「對，我是雷昂。並非有事才來找你，而是看到你的樣子，突然有種懷念的感覺。」

他果然是雷昂。

好美麗的男人，讓人誤以為是美女。

如果是以前的我，肯定會在心裡大喊「去爆炸啦！」。

他以前是人類，卻給人威風凜凜的感覺。

很有魔王架式。

話說回來，這樣的雷昂說感到懷念？

我長得跟靜小姐小時候一模一樣。也就是說，雷昂他——

「雷昂，靜小姐已經死了。」

他不是有事才跑來找我，只是想起靜小姐。

「我知道。她當然會死。因為她拒絕接受焰之巨人，不想成為魔人。」

雷昂說得雲淡風輕，理所當然。

「她曾經拜託過我，要我打你一拳，讓我打吧。」

未經細想，這句話從我的嘴脫口而出。我不想惹麻煩，但雷昂的態度令人火大。

我說得直截了當，不過，雷昂不為所動。

「我拒絕。我曾經給靜機會，要她選擇自己的人生。她不想當魔人，想以人類身分活下去。我還拿焰之巨人當餞別禮送她，沒道理被打。」

真是出乎意料。

我以為他會爆怒，罵我無禮，結果他冷靜地回我。

此外——

「——不過，我也對你稍微有點興趣。就讓我招待你，你想抱怨大可過來。要是你認為這是陷阱想拒絕，那也無所謂。」

他自顧自地道出這段話。

感覺好像在說怕就別來，只能接受。

「好吧。我接受，記得送邀請函過來。」

回完這句，我跟著沉默不語。

雷昂輕輕頷首，看起來一臉覺得麻煩。

「好，就這麼辦。不過，前提是你活著回去。」

他冷淡地說完，立刻坐到我左邊的位子上。

他不想繼續搭理我，大概是這個意思吧。

目前有這樣的進展就夠了。

我已經把靜小姐的話帶到，還知道一件事，至少目前雷昂不打算與我為敵。要是他把我當成敵人，怎麼會答應發邀請函。

問題搞不好在後頭，總之，現在先對付克雷曼這個敵人。

＊

從午夜進會場起算時間已經過去一小時。

就這樣，時光流逝。

他們領人進會場好像先從老資歷的魔王開始，我是客人，碰巧跟菈米莉絲同行才優先進場。
不過呢，也有像雷昂那樣，憑一己之力進場的傢伙，感覺不是既定規矩。
現在只剩魔王克雷曼和蜜莉姆。
盛宴差不多要開始了，這念頭剛閃過腦海——
『利姆路大人，方便借點時間向您稟報嗎？』
是紅丸，他透過「思念網」發訊。
會場好像在異界，「思念網」是怎麼連的——
《答。你已經透過「靈魂迴廊」跟旗下魔物相繫。可以用它進行通訊。》
看樣子給予祝福時，「靈魂迴廊」順勢接通。感覺比我跟維爾德拉的聯繫還要微弱，但通個訊息好像沒問題。
——原來是這樣喔。
我開始聽紅丸報備。
距離開戰還不到一小時，戰爭就結束了。聽起來完全照我方的計畫走。
我軍多人受傷，死者掛零。至於克雷曼軍，光已知的死亡人數就達千名。傷患還超過三千人。
死者出乎意料地少，但在這個世界裡，人還活著就有機會復原，人數不多合情合理。
總而言之，我們大獲全勝。
還抓到俘虜，萬歲。

敵軍指揮官亞姆札似乎不知為何變成暴風大妖渦，好像被紅丸燒掉。

他在講什麼我有點狀況外。

既然聽不懂，跳過就好。

雖然跳過是最好的選擇，但……暴風大妖渦有「魔力妨礙」，他是怎麼殺的？

《答。他以獨有技「大元帥」整合多項技術及技能，完美控制「黑焰獄」。》

原來如此。

總歸一句話，就是他的操縱技巧高過「魔力妨礙」，直接貫注龐大的熱量。說起來容易，其實那需要相當程度的技量。

紅丸那傢伙，好像變得比預料中還強。真是了得。

我們沒算到的只有一個，就是祭祀龍之子民。

他們不愧是蜜莉姆的信奉者，似乎是異常強大的戰鬥集團。這次他們沒有認真跟我方對戰，我方人員才不至於出現犧牲者。

該反省的人是我才對。

原本想說他們只有百來人應該沒問題，結果我想錯了。

明知這個世界的戰爭首重個人力量，並非集團實力，留在腦內的常識卻讓我不小心遺忘這點。

這次沒有輸得一塌糊塗，真是萬幸。

下次開始要更加小心。

照紅丸的報告內容聽來，我大概知道克雷曼會主張什麼。

話說亞姆札率領的克雷曼軍還有米德雷他們，出兵的名目似乎是調查卡利翁背叛事件。

為了蒐集他背叛眾魔王、殺了克雷曼的部下、跟我串通的證據。

不，不對。

不是蒐集，而是捏造。

這次我們贏得勝利，他的計謀被我們打亂。

之後不知道會找什麼藉口，但我想其他魔王不會贊成。

沒差，反正我們最後都要打倒克雷曼，若有魔王跑來礙事，我們只好將他一起排除掉。為了避免這種事情發生，我們要努力創造可以讓我方輕鬆獲勝的情境。

智慧之王大人，期待你的表現！

《……………》

「智慧之王拉斐爾」也很有幹勁。

這下我暫時可以放心了。

喔，蒼影也有事報備。
他好像拿下克雷曼的根據地了。
蒼影真的好狠。聽說背後還有白老撐場。
不過最活躍的莫過於朱菜。
似乎發生一些插曲，不知為何，她收服不死系魔物當夥伴。
我有點摸不著頭緒，但蒼影說「詳細情形之後再由朱菜大人向您報備——」，話說得莫名含糊。
重點是魔王卡利翁沒有被關在克雷曼的城堡裡。
還有一件事。
『——我們發現藏寶庫。已經叫蓋德過來進行搬運作業。裡頭還有克雷曼跟中庸小丑幫串通的證據，請您盡情利用。』
真的好狠。他們好像連克雷曼蒐集的金銀財寶都一併搶走。
這樣算竊盜行為嗎？
不，我還是不要在意的好。克雷曼給我們帶來麻煩，那是在拿慰撫金，就心懷感激地收下吧。
他好像藏了不少寶貝，我們的財政收入將一口氣衝高。
比起那個，目前更重要的是證據已備妥。
紅丸有跟我提起這件事，剛才蒼影跟我匯報也說發現證據。
這些東西都透過蓋德送進我的「胃袋」。有了它們，將能徹底推翻克雷曼的說詞及根據。
護住表面形象很重要。

就這樣，我們將克雷曼的勢力毀得體無完膚，速度比預料中快上許多。再來就看對手如何出招，我們要活用手邊情報，讓情況有利於我方。

接著——

我聽完匯報，克雷曼一行人終於出現在我面前。

＊

他出乎意料是個大帥哥，看起來很神經質——這個男人就是克雷曼。

身穿高級服飾，感覺很時尚。

這個魔王果真不簡單，身上各處配有特質級裝飾品。光這些似乎就足以構成龐大的戰力。

但最讓人在意的是被他抱在手上的狐狸。妖力好強大，還有那驚人的魔素量。他的力量搞不好有魔王等級。

這是隨從之一——更正，是一隻。看來好歹是魔王，部下實力也很不賴。

還有……

我「解析鑑定」克雷曼，某個點令人有些在意。雖然打下根據地卻不能小看他，「收尾」要慎重行事。

他後方跟著蜜莉姆，這下魔王全都到齊了。

每個人都是不容小覷的怪物。

我也試著對雷昂進行「解析鑑定」，卻無法剖析他的實力。

真有趣。「智慧之王拉斐爾」說它無法分析。

也就是說，他的技能跟我同格——擁有究極技能。

此外，我在這瞬間察覺某件事。

金放假情報給人讀取——是否為了對付究極技能？

無法用究極技能分析，這表示對手也具備究極技能。

所以他才隨便放些假資訊，或許有這個可能性。

我這邊是因為「智慧之王拉斐爾」太優秀，才發現那是假情報。要是它沒發現，我可能會被騙倒。

按邏輯推論，金自然也具備究極技能。

米露絲？也很可疑，雷昂肯定有古怪。

究極技能的性能非獨有技可比擬，想得到它必須具備幾大要素，本人的資質、運氣、巧合。聽說這種稀有能力就算當上真魔王也無法百分之百獲取，這股力量形同殺手鐧。

所以說，我今後在行事上要更加慎重。

此外，我必須假設金已經知道我是究極技能持有者。

嚴重失算。

會失足全因我的經驗值不足。對手是老奸巨猾的魔王眾，我應該更進一步小心防範才對。

覆水難收。反正那不是重大失誤，今後該怎麼對應更重要。

正如矮人王蓋札，讀心系能力很難看出我的能力的真實面貌。也就代表，對方並沒有看出我的力量屬於哪種系統，應該不需要耿耿於懷。

我反倒可以利用這點誤導他，假裝自己很膚淺。

具體而言，我一定要把「智慧之王拉斐爾」藏好，選其他被人看見也無傷大雅的究極技能展現，當成我的王牌。

如果我這麼做，不就握有永遠不會被人發現的王牌？

擁有四種究極技能的我才有這種本錢，可以說是很大膽的隱蔽手法。

之後跟克雷曼對戰將能大肆揮灑，到時要展示——

《有一提案。「暴食之王別西卜」較難隱藏。》

對喔，確實是那樣沒錯。

可以吃掉放射系攻擊讓它消散，算是攻防兼備的技能。我的戰鬥方式多以「捕食」為基礎，公開「暴食之王」好像不錯。

今後戰鬥以「暴食之王」為主，隱藏其他技能，就採取這種戰術好了。

我及早發現須擬定對策，碰上今天這種事該感到高興才對。

要是我捨不得出招最後死翹翹就沒意義了，若能平安離開這裡，到時再來思考新的戰術吧。

我才剛自我反省完畢，立刻撞見令人吃驚的景象。

「快走，低能兒！」

這句話來自克雷曼，他突然出手毆打蜜莉姆。

打那個蜜莉姆——

「動作慢死了，快點到座位上坐好。」

打完還擺高姿態，對蜜莉姆下達該指令。

好想發飆，但我忍住了。

還沒到，再忍一下下。

在他按規章走大剌剌發表看法之前，我都要按捺這股怒火……

話說回來，蜜莉姆究竟怎麼了？

暴虐的蜜莉姆。

要是兩人調換、換克雷曼被打，就變成稀鬆平常的景象。

啊，這傢伙好可憐。到這就沒了。

然而……

他明明毆打蜜莉姆，對她暴力相向，卻沒遭受處罰。

蜜莉姆沒有抵抗，毫無怨言。

她很聽話，乖乖坐到自己的位子上。

好奇怪。

蜜莉姆真的被克雷曼操縱了？

看樣子，我必須做最壞的打算。

再說感到驚訝的似乎不只我一個，其他魔王像是達格里爾或迪諾也露出困惑的表情。

金臉上的神情沒有任何變化，不知道在想什麼。

克雷曼則一臉優越，看起來得意洋洋。

看到那張臉，我的怒火再度點燃。

——別以為你能死得痛快，克雷曼。敢打我的朋友蜜莉姆，一定要你付出代價。

我在心裡悄悄發誓。

克雷曼「死」定了。

不管有什麼樣的理由，我都不會放過他。

可是，不能急於一時一刻。

宴會還沒開始。

參加這場宴會的人如下所示。

十大魔王扣除卡利翁，共九名魔王。

惡魔族——「暗黑皇帝（Lord of Darkness）」金・克林姆茲。

龍人族——「破壞的暴君（Destroy）」蜜莉姆・拿渥。

妖精族——「迷宮妖精（Labyrinth）」菈米莉絲。

巨人族——「大地之怒（Earthquake）」達格里爾。

吸血鬼——「鮮血的霸王（Bloody Lord）」羅伊・瓦倫泰。

墮天族——「幽眠支配者（Sleeping Ruler）」迪諾。

有翼族——「天空女王（Sky Queen）」芙蕾。

妖死族——「操偶傀儡師（Marionette Master）」克雷曼。

前人類——「白金劍王（Platinum Saber）」雷昂・克羅姆威爾。

還有一個人。

這場宴會的話題主角，妄稱新魔王的人——也就是我。

金旗下有個叫萊茵的女僕，她用冷淡的語氣一一介紹。

我最在意雷昂。

以前費茲跟我說魔王雷昂的外號叫「白金色惡魔」，但現在換成很帥的稱呼，叫「白金劍王」。

外表看起來確實給人這種感覺，但這些綽號都是誰想的啊？

該不會是他本人——不……不能說。我沒資格說人家，還是避開這個話題吧。

差不多這樣，介紹到此結束，這時克雷曼起身。

「那麼，今日承蒙大家應邀與會，感激不盡。那我們開始吧，來舉辦我們的盛宴！我在此宣布，魔王盛宴正式揭幕！」

他基於主辦人的權利，宣布會議開始。

就這樣，伴隨風雨欲來的預感，魔王盛宴正式展開。

*

克雷曼從座位上起身，現場彷彿變成他的專屬舞台，他開始發表演說。

放眼環視包含我在內的眾魔王，一臉滿足樣。

他的視線好像頓了一下，魔王瓦倫泰就在前方。這件事跟我無關，大概是我想太多吧。

雷昂坐在我左邊的位子上，右邊是空的。

再過去是克雷曼的位子，他右邊還有一個位子，屬於目前人不知去向的卡利翁。

克雷曼開始說明事情原委，表情很得意。

那堆話又臭又長，但我還是認真聽聽看。

以下是他的說詞。

其一，魔王卡利翁教唆我，要我自稱魔王。證據就是卡利翁軍待在我們的城鎮裡。

其二，煽動法爾姆斯王國，要他們進攻朱拉大森林。還協助出面迎擊的我們，拿這個當藉口，對人類出手。

第三，我打贏法爾姆斯王國還妄稱魔王，而卡利翁在背後替我撐腰。

他認為卡利翁擅自行動，這些都有違魔王之間的協定。

克雷曼這番說詞完全無視時間上的先後順序，都是藉口，但舉證困難。他的言論比預料中更加縝密。

且一連串行動都跟魔王們訂立的朱拉大森林不可侵條約撤回時期重疊，罪證確鑿。

你說的那些干我屁事啊。

克雷曼還多做補充。

「——透過這種方式，我掌握證詞。不過，向我稟報這些事的我的部下繆蘭，她卻被那個名叫利姆

路的蠢驢殺害。所以我才決定替她報仇。」

好會演！克雷曼的演技超好，好到這句話差點脫口而出。

連我都感動到哭——怎麼可能。因為繆蘭還活著。

「那個利姆路跟卡利翁攜手謀劃，想把我殺掉。繆蘭擠出最後一絲力量，透過『魔法通訊』告知這件事。」

話說到這兒，克雷曼表現出感動萬分的樣子。因為是帥哥看起來就像一幅畫，但他這麼愛演看了就火。

克雷曼說我想殺了他，奪取魔王寶座是吧？

整件事的策畫人還是卡利翁，虧他想得出這種故事。卡利翁很有武士風範，認識他的人聽完肯定失笑，這些根本是詭辯……

接著，克雷曼繼續把話說下去。

他拉拉雜雜說了一堆，重點就是卡利翁背叛。對此大發雷霆的蜜莉姆滅掉獸王國猶拉瑟尼亞，卡利翁命喪黃泉——以上是他的說詞。

卡利翁命喪黃泉？他沒說卡利翁是失蹤令人起疑。事情果然不對勁，總之先聽聽克雷曼怎麼說。

蜜莉姆這麼做都是為克雷曼著想，但克雷曼斥責她，說沒有證據就做那種事很不妥當。還說那次事件過後，蜜莉姆就很仰慕克雷曼，會來找他幫忙……

為了掌握我跟卡利翁串通的證據，部下遭人殺害後，克雷曼決定出兵，事情經過如上。

還有，說我打算殺了他再自稱魔王，他看不下去，才提議透過盛宴處決我。

讓人不禁感到佩服，居然能掰出對他這麼有利的故事。

不過話又說回來，克雷曼的話實在太過冗長。
我打算先聽克雷曼的說詞，再立一套看法並做出反駁，證明自己是無辜的，站在理字上擊潰克雷曼。
我乖乖聽他說話的理由就是這個，但我就快忍無可忍。
差不多可以出招了吧？
聽完克雷曼剛才那番說詞，我發現克雷曼的話有個致命缺陷。
就是證據。
除了證詞，克雷曼的說法沒有其他證據佐證。再來看那些證詞，大多來自克雷曼口中的忠心部屬——無名指繆蘭。
真好笑。
他說的繆蘭還活著，那些證詞根本沒什麼可信度。
看來他來不及捏造證據，這下就可以證明我的清白。
我們已經備妥關鍵證據。
「——以上，我說完了。這樣大家就知道來龍去脈，那個利姆路是卑猥的魔人，妄稱魔王的蠢蛋。最好將他肅清——」
克雷曼話說到這裡，高高在上地為他的說明做結。
魔王們願意聽他講這種又臭又長的故事，也真有耐性。雖然當中有人睡著就是了，但他沒礙事似乎可以通融。
直到發起人結束說明，大夥兒都得悶不吭聲地傾聽，規矩好像是這樣。

原本在這個時候，魔王們好像可以自由表述意見。但這次有客人，還是當事人我。

萊茵似乎受命擔任司儀，這名女僕朝我一望。

「那麼接下來，請來賓說明。」

終於輪到我了。

我忍到現在，不用再陪小丑起舞。

「你叫克雷曼吧？我說你，根本是大騙子。」

「什麼？」

「老實跟你說，能不能當魔王對我來說一點也不重要。說卡利翁先生教唆我根本是鬼扯，法爾姆斯王國利益薰心才攻過來。兩件事毫無關聯。」

我這麼一說，克雷曼朝我不耐煩地狠瞪。

「哈！拿這些話當藉口，誰會相信。我的手下還被人殺死呢！」

瞪完還補上這句話，正合我意。

「她叫繆蘭吧？我沒有殺她，她還活著喔。」

「哈！還以為你要說什——」

「總之你聽好。你的說詞幾乎都只是證詞，還有你個人的推測。拿去說給火候不夠的人聽或許管用，但我可不會買單。你說的證人繆蘭現在受我保護。我不許你對她出手，你說的證詞可信度等於零。」

話說到這兒，就連克雷曼都臉色大變。不過，他好像只是不能認同我的說詞罷了。

「呵呵，居然做出如此卑鄙的行為。你對繆蘭的屍體動手腳，讓惡靈附身是吧。」

他馬上打擊我的說法。

這個世界存在魔法，連生死都可以蒙混。真的棘手到不行。

所以說，證詞不能代表什麼。

「看樣子，你打算否認到底。所以我才跟你明講，但我改變主意了。這場盛宴開辦前，我的同伴替我蒐集證據。」

我開口道，不屑地看著克雷曼，嘴邊泛起笑容。

克雷曼見狀勃然大怒。這傢伙比想像中還要來得單純。

「你這話什麼意思？活得不耐煩就直說——」

「所以說別著急，克雷曼。我都說手上有證據啦。」

我打斷克雷曼的話並做出回應，從懷裡取出幾顆水晶球。

再將那些水晶球傳送至圓桌中央，陸續發動魔法效果。

每顆水晶球都記錄一段影像。

有我家部下跟豬頭將軍對戰的畫面，還有喀爾謬德看到的景象。這些都是朱菜在克雷曼根據地——那座古城發現的。

另一方面，有些水晶球還記錄不久前的戰爭過程。

出自紅丸，他將戰場情況盡收眼底，再節錄記憶。

裡頭還映出有趣的景象。

『住、住手！求您高抬貴手，克雷曼大人！』

那是克雷曼的部下，嘴裡發出慘叫，肉體演變成非完整型態的暴風大妖渦。

『——真教人吃驚，早就知道亞姆札會叛變——』

『——克雷曼軍潰散。作戰失敗。這次損失慘重——』

『——拉普拉斯也勸過他，這次都怪克雷曼不好——』

「我們得去跟那位大人報備——」

諸如此類。

當著蓋德和法比歐的面，可疑的小丑們如此對談。

他們是中庸小丑幫成員，福特曼跟蒂亞吧。還提到拉普拉斯，肯定沒錯。

另外還有「那位大人」。

原以為克雷曼是幕後黑手，看樣子另有其人。

該不會——

《答。一連串事件似乎都跟他有關。》

——果然。

那個不明人士暗中做怪，讓我跟日向對戰，還操縱克雷曼。

所以時機才算得那麼準。

讓西方聖教會跟我作戰，克雷曼趁機唆使法爾姆斯王國，才引發那起悲劇。

若你單純只是看我不順眼，我可以理解。

可是，你們做得太過火。

所以，我要打垮你們。

別怨我，這裡可是弱肉強食的世界。

「這才叫證據啊，克雷曼。」

說完這句話，我露出勝利的微笑。

說真的，有證據好辦事，但沒證據可以想其他方法，方法多得是。

反正我們會靠實力把他打得落花流水，再學克雷曼來個詭辯找理由搪塞就行了。

跟對錯無關，形象最重要。

而這次是如假包換的證據，他肯定無話可說。

「少、少來！拿這種東西太胡來！居然用魔法製成的虛假影像故弄玄虛，別幹這種下三濫勾當，你這隻史萊姆！」

「故弄玄虛？才不是故弄玄虛咧，笨蛋。你的軍隊已經被我們滅了。下一個就是你。」

克雷曼朝我擺出憤怒的表情。

「各、各位，別被他騙了！這隻叫利姆路的史萊姆很會虛張聲勢。解開維爾德拉的封印，要他滅掉法爾姆斯軍，再聲稱那是自己的力量拿來炫耀，是個小人！有格調的魔王豈能被這種傢伙矇騙！」

克雷曼拚命演戲。

居然找人撐腰，你才是如假包換的小人吧？

如果這些都是演出來的，那就算你厲害。

「喂，克雷曼。你剛才說那個利姆路跑去煽動法爾姆斯王國吧？假如維爾德拉復活的事是真的，他幹嘛繞一大圈做這種事？」

「這、這是因為……」

問題來自意讓人想不到的地方。

達格里爾出聲質問克雷曼，樣子充滿威嚴。

克雷曼煩惱了一下，接著似乎決定豁出去並做出回應。

「好吧。那麼，就讓我來說明一下。」

接著克雷曼加入肢體語言，開始透過誇張的表現手法說明原因。

蒐集人類魂魄，便能覺醒成真魔王——

疑似不想被其他魔王搶得先機，他才隱瞞這些事情。但如今達格里爾都問話了，他只好打開天窗說亮話，下定決心說清楚講明白。

「——這隻不知天高地厚的低賤史萊姆運氣好，變成魔王種。後來他得寸進尺，利用人類社會調查真相。後來他任意妄為，甚至引發人魔大戰，利用被人封印的維爾德拉進行大屠殺。放這種傢伙在外面亂跑，我們身為魔王的格調將會一落千丈。我認為必須肅清他，各位怎麼看？」

伴隨誇張的肢體語言，克雷曼試著說服眾魔王。

不過——

「所以啦，你要拿出證據。拿不出來吧？你那種只叫痴人說夢的願望啦。憑你這種做法，誰都不會認同吧？」

克雷曼恨恨地瞪視我，但要瞪隨便他。

我懶得再聽克雷曼詭辯。

「唔……別小看我，藉邪龍虛張聲勢的史萊姆！你這種貨色休想當魔王！」

「是不是史萊姆不重要，再說我跟維爾德拉是朋友。我來這裡不是要聽你鬼扯的。差不多該收手了吧？你就承認吧，那些小丑依你的指示讓暴風大妖渦復活，畫面裡那個叫法比歐的魔人可以出面作證喔！說他被那個小丑（福特曼）慫恿。還有剛才，你的部下變成暴風大妖渦作亂。這些都是明確的證據。你覺得我在故弄玄虛也好。就帶這個想法上路吧。」

我踢開隔壁的椅子起身，朝克雷曼示威。

接著若無其事地出手，伸手觸碰眼前這張圓桌的某個部分，偌大的圓桌瞬間消失。

沒什麼好驚訝的。

單純只是被我用「暴食之王別西卜」吃掉罷了。

這樣就清出一大塊空間。

被我踢飛的椅子飛向克雷曼後方，用力撞上牆壁，發出好大的聲響。

眾魔王依舊無動於衷。

被嚇到的只有克雷曼一人。

「各位，你們容許這種傢伙行使暴力嗎！這傢伙沒把魔王看在眼裡。我們應該要集體制裁他吧！」

還集體咧。

如我所料，這傢伙真的是小人一個。

我整個人站了起來，進到被椅子包圍的圓形空白地帶中央。

「對啦。我剛才已經說過，當不當魔王一點也不重要。我只是想創造能讓自己愉快過生活的國家。這方面需要人類的幫忙，所以我決定守護人類。誰敢阻擾，不管是人類或魔王還是聖教會都好，全都是我的敵人。就好比是你，克雷曼。」

之後我比克雷曼還要激動，當著眾魔王的面道出理想。

「什麼——！」

「至於你說的暴行啊，你來參加魔王盛宴，邊說邊打算操縱別人的精神這樣對嗎？」

我定睛凝視克雷曼，朝他發問。

他以為我沒發現吧，剛才演講到一半很囂張，居然對我施放精神攻擊。

大概想控制我吧？

可是，這招沒用。

因為「智慧之王拉斐爾」總是守護著我，那種攻擊早就被化解了。

不過話又說回來，這下我就名正言順。

我可以主張一切都照道理來，再說是克雷曼先出手的。

要是有別的魔王跟我作對，到時再看著辦。

我下定決心，決定訴諸武力。

我吃了秤砣鐵了心才問出那句話，不料答話人並非克雷曼，而是坐在最裡面的位子上、支配全場的人。

「不。這裡人人平等，都可以對其他人表達意見。」

紅髮魔王金如此答道。

他興致盎然，臉上浮現嫣然的笑容。

「可是金，這傢伙侮辱魔王——」

「少廢話。你看我不順眼，這是我們兩個的問題吧？」

「說得對，克雷曼。你也是魔王，就靠你自己的力量打倒那個魔人吧。還有你——」

金對克雷曼放話要他閉嘴，接著朝我看過來，嘴裡續道：

「你想當魔王嗎？」

「想。反正我已經接下朱拉大森林盟主的位子，在人類看來早就是魔王了。」

他們才不管來龍去脈，只知道我跟邪龍攜手支配森林。因此，有人叫我魔王，我也不打算否認。

「那好。見證人剛好在這裡聚首。若你當著我們的面打贏克雷曼，我們就准你當魔王。」

金朝我宣布。

只要打贏克雷曼，一切就能圓滿落幕。

眼下狀況正合我意。

＊

克雷曼迅速恢復冷靜，突然笑了出來。

「咯咯咯，真是的。我出謀劃策，不想把自己的手弄髒，反而把事情搞得更複雜。真是失策。」

克雷曼笑著說道。

他看開了？

克雷曼盯著我看，嘴邊掛著淡淡的冷笑。

接著——

「該妳上場了，蜜莉姆。」

這句話靜靜地脫口。

現場氣氛瞬間變得緊繃，連眾魔王都跟著緊張起來。

雖然其中幾個面不改色，依然一副悠哉樣。

我的視線也落到蜜莉姆身上。

他留一手──蜜莉姆在他的掌控之中，這點讓克雷曼很有自信。

事到如今，克雷曼毫不猶豫地利用她。

蜜莉姆果然被人操縱了……

「你真會耍嘴皮。說那麼多，最後還是靠別人？還把蜜莉姆牽扯進來，講不聽就用打的。」

我試圖用這些話挑釁克雷曼，不過……克雷曼不是笨蛋，沒笨到中計。

「無聊。那還用說，我也會出面作戰。金，你沒意見吧？」

「無妨，克雷曼。若蜜莉姆主動幫你，我不會干涉。」

大事不妙。

克雷曼就算了，蜜莉姆很強。

金也二話不說答應，看樣子勢必得跟蜜莉姆交手。

蜜莉姆當對手，就算是現在的我依然打不過她。

再說我要想辦法救她。

不，一定要救！

這個時候，跟人偶沒兩樣、動彈不得的蜜莉姆疑似握緊拳頭，舉手擺出獲勝姿勢……

──不，只有短短一瞬間，應該是我看錯。

真是的，她好可憐。
我馬上救妳出來，蜜莉姆。
我在心裡暗自發誓。
「也好。我本來就想救蜜莉姆，就算竭盡全力也要破除你的洗腦招數。」
「愛說笑！你會死得很絕望。」
「會死的人是你，克雷曼。對手是你，派我的部下剛剛好。要是我親自出馬，會變成大欺小。」
克雷曼因我的話神情僵硬。
八成怒了，他開始散發黑暗的妖氣。
不愧是魔王，壓迫感滿強的。
不過，感覺一般般啦。
是說這樣一來，克雷曼會因憤怒焦躁出現破綻吧。
紫苑要代替我上場，她應該能善用這點。
我朝紫苑使眼色，紫苑立刻採取行動。眨眼間逼近對手，朝克雷曼發動攻勢。
她的妖氣聚往拳頭，瞬間打出三十來拳。
接著一臉暢快地轉頭，看著我問道：「可以嗎？」
……
妳啊，一般都是打人之前先問吧？
而且我只有稍微看妳一眼耶。
——有看懂吧？克雷曼被我的言語激怒，妳要把握機會喔！——

我只對她放這些暗號，沒有叫她瞬間把敵人打成豬頭啊。

這樣我讓敵人露出破綻不就沒意義了嗎……？

唉，人都打了還能怎樣。

克雷曼因毆打的衝擊力道飛出，掉到我前方，也就是圓形空地的中心地帶。

「混、混帳、混帳東西——！」

克雷曼鬼吼鬼叫，人從地面上站起。出乎意料地耐打。

包裹克雷曼的黑色妖氣變濃，讓他的傷勢瞬間復原。

比半獸人王的回復能力高上許多，但他是魔王，有這樣的能耐正常。

克雷曼似乎把紫苑當成敵人了。

也好，大致照計畫走。

「如你所願，我要把你們全宰了。」

依克雷曼之令，逃到他腳邊的狐狸開始變大。

《警告。推測應該是繆蘭提過的九頭獸。》

對喔，這麼一說，她是跟我提過沒錯。

這狐狸果然不是寵物，而是擁有強大力量的隨從。

還有另一個，黑色斗篷自克雷曼的影子湧現。

這兩個好像都是他的隨從。

再來看我們這邊，紫苑隨時準備迎戰。
蘭加也跟著巨大化，擺出備戰姿勢。
咦？蜜莉姆也會參加，我們人數上輸給對方耶……
不不不，現在還不到慌張的時候。
這種時候貝瑞塔就可以──啊！
我們所有人都踏進原本放圓桌的圈圈裡，那裡是戰鬥舞台，一踏進去，該處就遭結界隔絕。
空間隨之擴張，圍在外面的椅子變得好遙遠。
為了避免其他魔王受到影響，好像還設了堅固的障壁。
算了，當初清空間當舞台，我已經料到事情會變成這樣……
幫手貝瑞塔還沒進來。
糟糕，不小心中招──這念頭剛閃現，克雷曼就高聲吶喊。
「蜜莉姆，把那個傢伙殺了！」
他發出怒吼。
蜜莉姆開始行動。
朝我祭出鐵拳。
威力足以讓人致命。
可是，我的知覺因「思考加速」提昇百萬倍，靠它有機會避開。
對，有機會，但沒餘力。
灼熱的硬塊擦過臉頰。

速度快得驚人。

徹底活用「智慧之王拉斐爾」的性能，還是無法完美迴避。

要是我試圖反擊就會露出破綻，遭受致命傷害。既然這樣，我只能拚命應付蜜莉姆，專心助她脫離洗腦狀態。

另一方面，我還透過「魔力感知」讓周遭狀況呈現在眼前。

能多功能處理的我好可怕。

現在不是開玩笑的時候。

紫苑在跟克雷曼對打。

不過，還加上克雷曼的隨從黑斗篷，二對一很難保持優勢。

蘭加在跟九頭獸戰鬥。

還以為我方占上風，只見妖狐的三尾變成兩個魔人。

一口氣變成三對一，對蘭加不利。

再來是我，要對付蜜莉姆。

我已經無計可施了。

只能在那祈禱，拜託讓我活到蜜莉姆的「解析鑑定」結束。

就是這樣，之後的事就拜託他們啦！

差不多這種感覺，在我方吃癟的情況下開打。

貝瑞塔在第一時間採取行動。

他向菈米莉絲懇求，希望一起參戰。

菈米莉絲沒有拒絕，立刻跑去煩金。

「欸，金！我站在利姆路這邊，想讓我家的貝瑞塔參戰耶！」

菈米莉絲大呼小叫要求金，但金的反應很冷淡。

「不行。」

他完全不買單。

「為什麼？」

「啊？這是魔王之戰，怎麼能讓區區一個隨從參戰。還有，是那隻史萊姆跟克雷曼在打吧？妳湊什麼熱鬧。」

「幹嘛說這種話！人家蜜莉姆都參戰啦。」

「對，那傢伙沒關係。」

「這算什麼？為什麼我就不行？」

麻煩死了——金在心裡暗道。

菈米莉絲平常就是隻煩人的妖精，一吵就停不下來。

至今菈米莉絲不曾帶隨從出席。因此金認為菈米莉絲這次帶隨從過來，應該有什麼隱情。

蜜莉姆似乎在盤算什麼，要是菈米莉絲這時跑去參戰，情況會更加混亂。為了避免這種事情發生，金才刻意隔離戰區。

「妳煩不煩，蜜莉姆或許有她的打算。」

「這樣好像在說我什麼都沒在想耶？」

「就是那樣啊。再說——」

話說到這兒，金看向菈米莉絲的隨從之一貝瑞塔。

「——妳的隨從效忠誰？另一人傾盡全力守護妳，那傢伙卻沒有。他表面上效忠妳，卻沒有對妳徹底忠誠吧？相信這種來路不明的傢伙沒問題嗎？」

金看得出來。

貝瑞塔除了菈米莉絲還效忠其他人。

菈米莉絲是金很重視的友人。她的隨從竟然將主子放在天秤上秤，金無法容忍。

「您說得是，我拿主子跟其他人做比較。」

就算貝瑞塔聽到金這麼說，依然沒有絲毫迷惘。

召喚主利姆路。

造物主利姆路。

然而他還有另一個主子，就是菈米莉絲。

這個魔王非常樂天、橫衝直撞、好奇心旺盛，還很膽小，貝瑞塔喜歡上這樣的她。

因此，被她耍得團團轉也不覺得是件苦差事。

利姆路希望他守護菈米莉絲，他也很慶幸自己能侍奉菈米莉絲。所以他並不覺得矛盾。

只有一點。

貝瑞塔想報答利姆路的恩情。

是利姆路讓他與菈米莉絲相遇。

自己曾是惡魔族，利姆路讓自己重獲新生並賜予新的使命——他想回報這份恩情。

此外——

「和我的願望相同，菈米莉絲大人也想拯救那位大人——」

貝瑞塔朝金大方斷言。

「哦？竟然不怕我，敢對我直言。有趣。菈米莉絲，這傢伙說的可是真話？」

金朝菈米莉絲問話，一看對方的表情就知道他問這話是多餘的。

「嗯！當然是真的！所以貝瑞塔，你就代替我，去救利姆路吧！」

「嗯——這傢伙會按照妳的願望行事啊。妳收到不錯的隨從呢，菈米莉絲。」

「不是啦。我沒有收，我跟他是夥伴。貝瑞塔、德蕾妮還有利姆路都是！其他還有好多好多！」

菈米莉絲說完露出幸福的笑容。

「算了，就答應你們。」

金雖然不知道菈米莉絲究竟想表達什麼，但菈米莉絲好就好，他沒意見。

他一臉不耐地伸手，在結界上開洞。

「——多謝，赤紅始祖。」

「嗯。這個稱呼就免了。我准你叫我金。不過，今後只能認菈米莉絲當主子，聽懂了吧？」

准他叫自己的名字——這表示對金來說，他承認貝瑞塔夠強（有資格）。

而現在，金要貝瑞塔選一個主子。若他膽敢不從，金打算當場了結貝瑞塔。

不過，貝瑞塔爽快應允。

「那麼，金。我今後只效忠菈米莉絲。因此，請恩准我為利姆路大人賣命一次。」

金有點驚訝。

對惡魔族這種種族來說，當主子的人要夠強。然而這貝瑞塔卻不怎麼看中力量。

基準好奇怪。換句話說，他是異類。

「這樣就夠了？」

「是。利姆路大人那邊有比我更強的人侍奉他。」

原來如此，金懂了。

但他同時產生疑問，貝瑞塔竟然大方承認別人比他強。

「再說，我很喜歡研究。跟菈米莉絲大人一起研究的日子，每天都像作夢一樣——喔，抱歉。利姆路大人也希望我侍奉菈米莉絲大人。因此，您無需擔憂。」

聽貝瑞塔這麼說，金突然想起某個惡魔。

一心追求自己喜歡的事物，是異類的代名詞。

如果是該類型，生出像貝瑞塔這種性格的惡魔也沒什麼好奇怪——但大家都知道那隻惡魔很少創生眷族。

不，該說某些人才知道他。

「我有個問題。你歸屬哪種系統——？」

貝瑞塔隱藏在面具後方的臉一歪，露出笑容。

「——我只是不起眼的小人物，一個高階惡魔。不過，跟我為同系統的族類非常稀少。」

稀有系統——這下可以確定了。

如今貝瑞塔的髮色淡去，變成銀色，但一開始恐怕是……

「原來。難怪不怕我。這類型的惡魔都我行我素，把喜好擺在第一位。這樣的你認同了有人比你強嗎？」

金朝目前正在作戰的紫苑及蘭加瞥去一眼，接著再度看向貝瑞塔。

紫苑和蘭加的確很強。不過，貝瑞塔也不遑多讓。

「承蒙厚愛令我倍感光榮，但我的功夫還不到家。有那位大人侍奉利姆路大人，錯過這次將再無大顯身手的機會。」

「嗯，原來如此。我懂你的心情。去吧。」

結界上頭開的洞已經夠一個人通過。

「那我先失陪了。」

姿態優雅地一鞠躬，貝瑞塔毫不猶豫地前進。

目送他的金嘴角上揚，臉上泛起笑容。

他嗅出端倪。

知道貝瑞塔說的人是誰。

（——是嗎？你也行動啦，黑暗始祖！）

那是早在太古之前就分道揚鑣的舊識。

竟然收服那號人物，眼前這個跟蜜莉姆作戰的史萊姆應該相當耐人尋味。

異類侍奉的還是異類。

（他好像叫利姆路吧，我記住了。）

懷著上述想法，金帶著愉悅的心情觀戰，這場戰鬥的結果顯而易見。

糟糕。

問我糟在哪兒，就是蜜莉姆嘛。

跟她對打很吃力，吃力程度甚至讓我拋下因克雷曼引發的怒火。

她尚未採取法比歐看過的戰鬥型態，應該還沒拿出真本事……但她強得不像話。我都使勁全力了。

「智慧之王拉斐爾」大顯身手。

說真的，要是沒有這個技能，我早就死翹翹。

差不多這種感覺，我忙著應付蜜莉姆。

此刻，我的部下也很努力。

原以為我方在人數上屈居下風，不過……

蘭加叫出兩隻星將狼的指揮官級眷族，將三對一拉至三對三。

看樣子，他好像能同時召喚三隻。其中一隻被哥布達叫走，似乎無法增加更多人手。

不過，這樣就夠了。

九頭獸的魔素量高到不行，但戰鬥經驗看似不多。

蘭加跟他對打始終高居上風。

話雖如此，九頭獸召喚的兩隻魔獸出乎意料地棘手。

他們是白猿與月兔，這是我「解析鑑定」的結果。

兩者智商頗高還聯手出擊，這方面非常棘手。月兔操縱重力，為戰鬥領域加壓。而白猿在裡頭飛來飛去、出手狠戾，而九頭獸負責給敵人致命一擊。

這種模式幾乎無人能敵。

但蘭加看穿他們的戰術，破除敵人的合作手法。

他放個大招就能早點分出勝負，卻擔心放出去會波及紫苑。

占上風是沒錯，但無法給出關鍵一擊。

至於紫苑——

她靠幹勁想辦法撐住。

黑斗篷是精巧的魔偶。

說真的，看起來比克雷曼還強。

「呵哈哈哈哈，我的最高傑作彼歐拉如何？很漂亮吧？」

克雷曼信心十足，確實有他的道理。

實力夠強這點無庸置疑。

可是，若問這樣東西漂不漂亮，答案是不漂亮。

因為它全身上下都插滿刀槍。

每件物品都是特質級武器，防具也是特質級，但這些東西塞太多毫無美感可言。

火焰、雷擊、冰雪、重壓、共鳴，還有其他攻擊手段，這些攻擊向外噴發，看似永無止境。

但紫苑沒把這些攻擊當一回事。

與她為敵會碰上棘手技能「超速再生」，大概拜這招所賜。不管遭受什麼樣的攻擊，紫苑都能瞬間復原、化解危機。

目前因克雷曼和彼歐拉聯手出擊，害她無法發動攻勢，可是紫苑的怒氣量表也隨之上升。

這些怒氣一旦爆發開來會嚇死人。

才想到這兒，有人就跑來幫紫苑。

「抱歉讓你們久等了。利姆路大人，容我助你們一臂之力。」

噢噢，是貝瑞塔！

不知道他怎麼來的，總之貝瑞塔順利闖入這塊隔離戰區。

「我一直在等你，貝瑞塔！」

「是！」

「竟敢多管閒事……我才要拿這些蠢蛋血祭！」

紫苑說這話只是輸不起，聽聽就好。

「別客氣。把他們打爆！」

「「「是——！」」」

這下子，情況又按原先的計畫走了。

＊

我方勝利在望。

雖然有些意外插曲，但事情發展到這兒，贏的人肯定是我們。

要說問題在哪裡……

就是目前還未拿出真本事的蜜莉姆。

只要救出蜜莉姆，我們就贏定了。

如今已無後顧之憂，我的意識全集中在蜜莉姆身上。

周遭的雜音消失。

我意識清明，眼裡只有蜜莉姆。

她的拳頭軌跡看起來比剛才更清楚。

接著集中精神。

讓身體裡的細胞全開，用來運算。

要是我輸掉，一切就白費了。

一定要想辦法解除克雷曼用來操縱蜜莉姆的咒術。

上吧，智慧之王拉斐爾大人。馬力全開進行「解析鑑定」！

你們說我剛才酸人愛找靠山，自己卻靠「智慧之王拉斐爾」撐場？你們是不是搞錯啦，智慧之王拉斐爾大人是我的力量。

我的心坦蕩蕩啊！

所以說，拜託你了。

《答。「解析鑑定」結果出爐……無資料。》

啥？啥啊？
那個，這話什麼意思？
難道說，它無法看穿克雷曼的咒術？

《沒有發現咒術。這──》

喂喂喂，這下可不是罵句沒用就能了事啊！
我以為之前沒集中精神才無法剖析，結果使盡渾身解數還是無法破解。不僅如此，居然沒找到任何咒術。
智慧之王大人，關鍵時刻反倒派不上用場呢。
糟糕，這樣下去會死得很難看。
我跟蜜莉姆硬碰硬有多少勝算，說真的低到不行。
既然這樣就沒辦法了。在紫苑他們打倒克雷曼前，我必須想辦法絆住蜜莉姆。
打定主意，我繼續跟蜜莉姆對峙。
話說回來，我的實力也大幅提昇。雖說她被人操縱，又沒拿出真本事，但我能跟蜜莉姆對打。
如果是以前的我，不到一分鐘就趴地了。

然而這次已經撐了十幾分鐘，一直使盡全力戰鬥。

搞不好我卯起來打她會把她打醒？

這想法從腦海閃過，但毆打蜜莉姆實在有違個人原則。

《有一提案。建議發動「暴食之王別西卜」，用吸收魔素的方式攻擊。》

哦？哦哦？原來還有這招！

事不宜遲趕快來用用看。

正面迎擊受傷的人將會是我，所以我都以化解招式為主。從一旁略為使力，讓蜜莉姆的拳頭和腳踢改變軌道。

再趁機用「暴食之王別西卜」吸收魔素。這招似乎很有效，蜜莉姆厭惡地拉開距離。造成的損傷微乎其微，但這樣就夠了。

蜜莉姆的攻擊都由龍氣保護。因此，我只要碰觸她奪取龍氣，就能循序漸進消耗蜜莉姆的體力。

至於這樣下去是否有獲勝可能，那又另當別論。

若我真的想贏得勝利就不能保留實力，必須發揮所有的力量。但做到這種地步不一定贏得了她，就算我贏了，也會在其他魔王面前暴露底細。

到時候，以整體大局論斷，我才是輸家。

目前我只能像這樣，逐步給予傷害，等蜜莉姆的咒縛解除。

期待紫苑盡快了結克雷曼。

雙方攻防不知持續多久。

說是說攻防，其實我一直處於防守狀態。

一旦失手就得直接退場，在如此嚴苛的規則下，我持續化解蜜莉姆的攻擊。

蜜莉姆的拳頭伴隨低鳴，劃過我的右頰。

精神不夠集中，根本無法閃避。

被她正面打中一拳，我的身體肯定會碎掉。

我有超越「超速再生」的回復手段「無限再生」，但用太多會過度消耗魔素。被她打個粉碎還是有辦法重生，可是一再重複這種過程，先耗盡體力的人將會是我。

專心，再專心。

我預測蜜莉姆的動向。

她的右拳形狀出現變化。

這是名叫龍牙的技能，偽裝成拳頭。

先循剛才的模式掠過臉頰，收手時出爪刮破頸部。

說它是龍牙當之無愧，我的腦袋肯定會跟身體分家。所以說，對付這招不能用閃的，要從側邊抵擋。

蜜莉姆放出龍牙，我則出動左手由內向外推，接下那一擊。左手萌生灼熱感。劇烈的能量爆開，用來接招的左手受重傷。

光抵擋化解就變成這樣。

跟她正面交鋒，瘋子才做這種事。

所謂的霸主之力，意即出點力就能壓制對手，形成必殺技。我如今正親身經歷並體認這點。

可是，不犧牲左手，到時更會引發致命傷。所以這樣就好，但蜜莉姆的蠻橫行為開始讓我頗有怨言。

可能是我的想法奏效，一個天賜良機出現。

就在那一刻，蜜莉姆重心不穩，硬是用閒置的左手打出鐵拳。

好機會！

《警告。可能是陷阱——》

當我在心裡「啊！」出那一聲，一切都為時已晚。

來自「智慧之王拉斐爾」的冷靜分析被我拋在後頭，我的攻擊早以發動。

我打算抓住蜜莉姆的左手，將她拋出去。蜜莉姆失去重心，我自認能給她來個過肩摔。

可是，假如那是蜜莉姆放的陷阱……？

蜜莉姆的左手突然頓住，臉上浮現竊笑。

那是詭計得逞的表情。

糟糕啦——！

我目前在蜜莉姆眼前處於旋身狀態，一雙手還伸出去，打算抓住蜜莉姆的左手。

我可以靠「魔力感知」以第三者的角度看這套動作，真是破綻百出。

完了。GAME OVER。

蜜莉姆揮出鐵拳，正要往我的頭直擊——還沒打到，某人就衝過來，擋在我跟蜜莉姆之間。

喀鏗！

一記悶音響起。

「咕喔！妳怎麼突然出手打人啊？這樣不會太過分嗎？」

一名生著褐色肌膚的金髮男現身。

樣子跟我有點像……咦，這不是維爾德拉嗎？

維爾德拉抱頭蹲在地上。

看起來好像很痛，但他被蜜莉姆的鐵拳直接命中只受那點小傷，似乎用不著擔心。

「欸，維爾德拉，你怎麼跑來了？」

我趁機站穩腳步，邊提防蜜莉姆邊問維爾德拉。

「咕唔，真是有夠衰耶。」

「那不重要，城鎮是不是出事了？」

「什麼事也沒有。是迪亞布羅那傢伙回來，守備網變強啦。」

什麼鬼？你說迪亞布羅回來了？

法爾姆斯王國攻略計畫不可能那麼快結束吧……

算了，先不管那個，現在的重點是維爾德拉。

「你跑來這邊幹嘛？來看好戲就免了，給我滾回去。」

「利姆路，你也很過分耶……沒關係，我要辦的正事是這個！」

彷彿還有效果音「鏘——————！」，維爾德拉遞出某樣東西，是我事先替他準備的漫畫。

維爾德拉拿的是最後一集。

「這是在幹嘛？」

我有看沒有懂就問了，結果維爾德拉整個人義憤填膺，開始對我發牢騷。

「你還問！內容是別本的！在這種關鍵時刻吊我胃口，想整我嗎？」

啊，啊——！我想起來了。

是想整他沒錯。

乖乖聽話就給續集，我想用這招調教他，才拿漫畫惡作劇。

沒想到我不小心留了這套漫畫給他。

是說維爾德拉那傢伙，為了看後續才跑來這邊嗎……

跑到這座隔離戰場。

有我的究極技能「暴風之王維爾德拉」加持，把他從「無限牢獄」叫來似乎也ＯＫ……就算我不叫，維爾德拉還是來了。

又長一智，但眼下有沒有長智都好。

城鎮那邊有迪亞布羅坐鎮，既然都來了，就善用這種狀況吧。

「好，給你續集前，我有件事拜託你。」

「嗯？什麼事？」

「你陪那個蜜莉姆玩一下。可是，絕對不能弄傷她。」

「蜜莉姆？哦，我家老哥的獨生女啊。我第一次見到她，還是小孩子嘛。好吧，包在我身上！」

維爾德拉爽快應允。

是想看後續嗎，還是對蜜莉姆有興趣？沒差都好。

我家老哥的獨生女——這句話令人在意，但那件事也容後在議。
蜜莉姆小心地窺探這邊，似乎對維爾德拉有興趣。
她的眼睛在發光，看樣子我走掉應該沒問題。
蜜莉姆對維爾德拉，究竟誰比較強。這點挺令人好奇，但起碼維爾德拉比我強，肯定能拖延時間。
這麼好的機會，不用怎麼行。
這下我就自由了，趕快去打倒克雷曼，把這場戰事了結。

＊

接下來——在我專心對付蜜莉姆時，情況不曉得怎麼樣了？
我一點也不擔心維爾德拉跟蜜莉姆，目光先朝蘭加轉去。
因為他看起來最吃力。
「蘭加，你還好嗎？」
「噢噢，利姆路大人。我沒問題，只是有點困擾。」
果然有狀況。
想說他打起來綁手綁腳，原來只是出招上有困難啊。
「怎麼了——？」
才想問蘭加，我就看出原因。
——救命。救我。救救我！

是孩童的哭叫聲，這些化為「思念」，從九頭獸身上傳出。

白猿和月兔不過是想保護害怕的主人罷了。所以不願認輸，拚命頑抗。

原來如此，我現在就過去救你。

「蘭加，你負責牽制白猿和月兔。別讓他們妨礙我。」

「遵命。」

蘭加負責牽制白猿，兩隻星將狼牽制月兔。

我則朝對我示威的九頭獸靠近。

接近被克雷曼操縱的可憐幼子。

《宣告。「解析鑑定」結果出爐……是支配咒。要解咒嗎？　YES／NO》

這次三兩下就發現施加的咒術，還順利解除。

解析蜜莉姆也這麼能幹就好了。

沒關係。我一解除咒縛，九頭獸就開心地叫了一聲，接著疲憊地睡去。

就是一副小動物樣，真的很可愛。

他有三根尾巴，毛還是金色的，其他部分活像隻可愛的小狐狸。

旁邊的蘭加似乎燃起競爭意識，是說你也有屬於你自己的帥氣可愛之處啊。

「保護這個孩子。」

「遵命，頭目。」

我摸摸蘭加，將小狐狸託付給他。

這樣蘭加的對手就搞定了。

接下來我看向貝瑞塔。

他早就打完那場仗。

貝瑞塔開開心心，將特質級武器及防具一字排開，在那擦亮它們。

「哎呀，利姆路大人您來啦。沒讓您看到我活躍的模樣著實令人遺憾，但我替您準備這些戰利品。」

「喂、喂喂！你在幹嘛？」

貝瑞塔朝我恭敬地一鞠躬，對我這麼說。

你說戰利品……

號稱克雷曼最高傑作的彼歐拉遭人肢解，變得慘不忍睹。其中一些似乎是送菈米莉絲的伴手禮。

我本來就猜貝瑞塔也是強者，沒想到他打倒那個像軍火庫的魔人還毫髮無傷……

不過，更重要的是——

「喂，貝瑞塔，我說你，這樣講可能滿難聽的，但你從菈米莉絲那好的不學盡學些壞習慣呢！」

「——唔！」

貝瑞塔用吃驚的表情看我，好像吧。他的臉被面具遮住，所以我只能憑氣息查知就是了。

在這我得提出一個忠告。不然這樣下去，貝瑞塔會沾染菈米莉絲的惡習。

「如果是我想太多就算了，你打算怎麼處置那些戰利品？」

「這、這個嘛……我想獻給利姆路大人……想說獻上這些東西，您可否為我和菈米莉絲大人提供住處，小人是這麼想的。」

嗯？提供居所……？

菈米莉絲確實說過想搬到我們鎮上居住，為什麼貝瑞塔要幫忙打點？

「為什麼你要幫忙打點啊？」

「──其實是這樣的……」

聽貝瑞塔說明，內容讓人傻眼。

剛才他想過來幫我們的忙，但被金強迫認主。

當時貝瑞塔曾說這次幫完我，他就會全心侍奉菈米莉絲。不過，貝瑞塔以前好歹是狡猾的惡魔，已經想好折衷辦法了。

菈米莉絲搬到我們鎮上，他就能跟來。這樣一來，可以透過菈米莉絲間接幫到我的忙。

這些說詞近乎詭辯，他說得堂而皇之。看他說話時得意洋洋，超有惡魔架勢。

「你啊……沒什麼，你真的愈來愈像菈米莉絲嘍！」

「聽起來不像誇獎，但我很榮幸。」

這不是誇獎啦！

真是的，才一陣子沒見，臉皮已經變這麼厚了。

不過，這樣的成長方式挺有趣的。

「總之，這件事之後再談。雖然只是住處要準備也沒那麼容易，我再想想看。」

「是，小的明白。」

既然貝瑞塔開開心心接受我的說法，目前就先這樣吧。

之後再研究貝瑞塔的提議。我轉眼看向最後一個人，也就是紫苑。
而在那個地方，勝負正要揭曉。

＊

克雷曼氣喘如牛，恨恨地瞪視紫苑。
看樣子他總算知道紫苑很強了。
是說克雷曼看起來確實一度跟紫苑打成平手，但這個誤會可大了。因為紫苑有不得了的王牌「超速再生」。
力量不相上下，續航力卻是紫苑占上風。
雙方的攻防乍看之下勢均力敵，在我跟蜜莉姆對戰的期間，克雷曼已經顯露疲態。
就算我不幫忙，紫苑也會贏吧。
如今紫苑明顯占有優勢，克雷曼就急了。
「你就只有這點程度嗎？號稱魔王也太弱了吧？」
紫苑這傢伙毫不留情耶。
完全藐視克雷曼。
「混、混帳，不可原諒！去吧，舞踏人偶！」
喊完這句話，克雷曼放出五具人偶。他們立刻變成魔人，朝紫苑撲過去。
每隻都是高階魔人。

克雷曼將收取的魔人靈魂灌入人偶裡，事先做好準備以便隨時操控，是隱藏性戰力。

他知道現在不該保留實力，一口氣使出殺手鐧。

這些戰力用來打倒一般魔人有過之而無不及。

不過——

紫苑拔出愛用的大太刀，將五隻魔人一刀砍殺。

「無聊。你真的很沒料耶。」

她朝對方放話，看起來一點也不累。

持續戰鬥卻毫髮無傷。

紫苑還比較有魔王架勢。

反之克雷曼陣陣發抖，端著屈辱至極的表情大叫：

「開、開什麼玩笑，混帳東西！現在高興還太早！舞踏人偶馬上就會復原，朝妳發動攻擊。接下來才要玩真的！」

不是他輸不起，而是真的有那種效果吧。

紫苑不以為然地等著，但人偶完全沒有起身的跡象。

當然，那是有原因的。

「怎、怎麼會……為什麼沒復活？」

克雷曼神情焦躁，嘴裡喃喃自語。

自豪的戰力沒有重新站起，怪不得他感到錯愕。

有鑑於此，我稍微替他說明一下。

「唔——好麻煩，就告訴你吧。紫苑的大太刀可以吃掉靈魂。你的人偶在物理、精神這兩大層面都沒有加入防禦術式吧？做得太粗糙，才會被人一刀劈爛。」

這點程度沒什麼好隱藏的。

反正我準備把克雷曼吃掉，想知道就告訴他吧。

「這、這劍居然具備精神攻擊能力！」

「又沒什麼稀奇的，人類也在用啊。」

「不、不可能！那在特質級裝備中也是極其稀少的力量啊！」

「是喔——都好啦。反正是我家人馬打造的刀。」

我參考日向的劍，替紫苑的大太刀進行改良。可以攻擊精神體。

不是真的嗑掉靈魂，不過這把刀也可以對精神生命體造成傷害。

根據施放的威力多寡，沒抵抗能力會立刻死亡，也沒有打七下的限制。因此雖然無法確實殺死對手，但因為紫苑下手不知輕重所以沒問題。

再說它是物理加精神面雙重攻擊，不必殺到七下。

「哦，原來是這樣啊。那它就是『剛力丸・改』嘍！」

妳不知道嗎……

給妳的時候做過說明吧？算了。

紫苑果然懶得記這種艱澀原理，把它的性能改成現在這樣真是做對的。

「咯、咯咯咯，是嗎？妳靠那把劍的力量對付我。那這把討人厭的劍也一起納入我的收藏吧！把它給吃了，操魔王支配！」

克雷曼好像誤會什麼了。

詭異的黑絲狀光束從克雷曼左右手射出，將紫苑從頭到腳包覆。

紫苑無動於衷。

咦，其實可以避開再滅了他……沒差，好像沒那個必要。

克雷曼可能以為紫苑來不及反應，看她變成那副模樣似乎很滿意。

「咯咯咯咯咯。妳該感到高興，這是連魔王都能支配的究極咒術！拿來對付妳這種魔人挺浪費，沒關係。反正我得重組五指，妳就來當我的部下，為我所用吧。」

他徹底會錯意，還說出這種話。

好可悲啊，克雷曼。

紫苑並非無法動彈，而是她不想動。

克雷曼把這個技能捧上天，卻沒有效果，想必各位不知道發生什麼事了吧。

紫苑獲得技能「完全記憶」，可以把記憶放在星幽體裡——簡單講，其實就是腦被破壞也能保存記憶的特殊能力。

只要收齊保有意志的靈魂和記憶，就算肉體徹底遭到破壞也能再生。她已經變成特殊的種族，說是半精神生命體也不為過。

換句話說，她可以用靈魂思考。

這表示可以讓精神支配系效果全數癱瘓。

面對紫苑這樣的對手，支配咒術一點用也沒有。

「喂，你用這招是想怎樣？不痛不癢，是不是要等久一點啊？」

紫苑被黑絲形成的繭包住，問得很不耐煩。

是說我從以前就一直有個想法……妳該改改那種像職業摔角的思考模式啦。

在玩真的戰鬥之中，為什麼要故意中敵人的招啊……

紫苑也好，蘇菲亞也罷，還有蜜莉姆，我無法理解戰鬥狂的思考模式。拜託妳們別這樣。

「智慧之王拉斐爾」的說明亦指出紫苑不受招式影響。小心提防克雷曼的祕術是多餘的。

「這、這怎麼可能……我的操魔王支配竟然沒用？不可能，怎麼會有這種事！那可是究極支配咒，連魔王都能操控啊！」

是剛才操縱九頭獸的招式。的確，災厄級好像能輕鬆支配，可是對災禍級魔王應該沒用吧？

克雷曼那傢伙，他對自己的力量太有自信。

紫苑八成不想再等下去，用妖氣三兩下吹跑黑色絲繭。

「真的很無聊。居然仰賴這種雕蟲小技，你不配當魔王。」

紫苑說話語氣裡盡是輕蔑。

撞見這一幕，克雷曼似乎陷入恐慌，他當場愣住。

——不，不對。

紫苑那句話似乎觸動克雷曼神經。

「咯咯咯、咯哈哈哈哈——！竟然說我不配當魔王？不可原諒，雜碎！我要讓妳悔不當初，後悔逼我拿出真本事。」

他抖動肩膀，不顧一切地大笑，笑得很淒慘。

接著脫去高級套裝和上衣，裸露上半身。克雷曼暗中攜帶各種道具，他好像不打算用那些東西，隨它們散亂一地。

還以為到這兒就結束了，結果克雷曼還留一手。

上半身裸露後，他背上長出兩對手。那些手細細長長、包裹黑色外骨骼。

這才是他的本性——跟之前的偽裝截然不同，散發瘋狂的氣息。

「對，沒錯。是啊。魔王，我是魔王。所以才拘泥於戰鬥手法，高尚、優雅地葬送敵人。可是，已經夠了。夠了。這種心情，被我遺忘許久……我要親手捏碎妳！」

他激聲吼叫，顯露本性。

克雷曼只握住一樣東西，看起來很寶貝。

那是面具，刻了笑痕的小丑面具。

他毫不猶豫地戴上那樣東西。

「哦？好像有點料了，我對你刮目相看了。我是魔王利姆路大人的近衛祕書紫苑，就讓我當你的對手！」

紫苑一臉欣喜，對克雷曼報上名號。

克雷曼也——

「魔王——不，我是『狂喜小丑（Crazy Pierrot）』克雷曼。我要殺了妳，魔人紫苑！」

他跟著報上名號，做出回應。

就這樣，他們兩人同時動手。

＊

顯露本性的克雷曼很強。

不愧是魔王，用那強大的魔力朝紫苑進逼。

用那對正常的雙手，操縱不祥的黑絲光束。

背後上方那兩隻手拿斧頭跟槌子，下方那兩隻手持劍與盾。

同時操弄魔法與物理攻擊，想讓紫苑吃點苦頭。

不過，紫苑更強。

她揮舞名喚「剛力丸．改」的大太刀，擋開克雷曼的劍，粉碎他的盾。

還從上方揮下率直的一刀，破壞交叉抵擋的斧與槌。

會有這麼狂放的力量，全因紫苑的固有技「鬥鬼化」使然。

至於很犯規的武器破壞效果，八成來自「廚師」的「確定結果」跟「最適行動」。

換句話說，克雷曼不是紫苑的對手。

就算拿出真本事，克雷曼還是被紫苑打得落花流水。

他交叉背上那兩對鐵腕抵擋紫苑的拳頭，但那四隻手被人折斷。紫苑還一拳打進克雷曼的肚子。

「喔噗噢噢噢……」

克雷曼口吐白沫，整個人痛不欲生。

勝負已定。

我說這種話很像在護短，但紫苑變超強。她死而復生，因而獲得遠勝以往的力量。

「嘎噗嗚嗚嗚嗚——！」

紫苑還加踢一腳，克雷曼則帶著苦悶的表情打轉。

他的面具也跟著裂開，露出充血的眸子。

「……不……不可……能……我、我不信。本人……我……魔王克雷曼居然……！」

他終於明白雙方實力懸殊，卻無法接受現實。克雷曼六神無主。

「利姆路大人，我可以取他性命嗎？」

此時紫苑朝我提問。

這個嘛，雖然還有一些事情想問，但我已經猜出大概了。只剩幕後黑手的真實身分，他是否會老實回答？

「可、可惡！蜜莉姆、蜜莉姆在摸什麼魚？那種貨色，快點把他打倒——」

似乎知道自己死期將至，克雷曼慌得大叫。

不過，他口中的蜜莉姆遭維爾德拉壓制。疑似發現這點，克雷曼看著維爾德拉，那眼神就像看到某種難以置信的景象……

「你、你是誰……？這、這算什麼？那非比尋常的力量是怎麼一回事——！」

看樣子他發現維爾德拉不是一般的魔人。

「雖然現在外表是人，但他是維爾德拉。剛才不是說了嗎，我跟他是朋友。」

克雷曼啞口無言。

似乎很想否認，但他看到對方足以和蜜莉姆抗衡，只能被迫接受現實。

維爾德拉跟蜜莉姆從剛才開始就持續交手到現在，打法超華麗。好像還夾雜很耳熟的必殺技名稱，蜜莉姆見狀露出吃驚反應。

甚至讓我懷疑——她真的被人操縱了？

《…………》

我對蜜莉姆的反應有些疑惑，算了，不管她。

維爾德拉好像第一次以人類姿態對戰，看起來很開心。

就是這麼一回事，克雷曼放棄找蜜莉姆撐腰。混亂之餘，這次改逃到隔離戰區邊緣，開始朝外頭叫喊。

「芙、芙蕾！芙蕾，妳搞什麼？我跟妳是命運共同體，快點幫我！」

克雷曼拚命求救，芙蕾的反應冷淡至極。

「哎呀，不好意思，克雷曼。這個『結界』沒金的允許就不能過去。真的好可惜。」

如此這般，她給出虛假的回應。

克雷曼不悅地咂嘴，再次轉頭望向蜜莉姆。

他的眼頻頻抽動，理性蕩然無存，徹底發狂了。看樣子，克雷曼又想到壞點子。臉上浮現瘋狂的笑容，視線再度落到蜜莉姆身上。

「咯哈、咯哈哈哈哈！蜜莉姆，蜜莉姆啊！聽從我令發動『狂化暴走』吧！將這些人全都殺光！」

他居然說出這種喪心病狂的話。

克雷曼顧不得面子，只想活下去。

這下慘了。死定了。

不能再悠哉觀戰，我打算加入戰局。

才想到這裡，令人難以置信的話語便傳入耳裡。

「我幹嘛做那種事？利姆路他們是我的朋友喔！」

我吃驚地轉頭望去，只見蜜莉姆臉上掛著竊笑，在那裡耍威風。

「蜜莉姆！等等，妳不是被人操縱了……？」

「哇——哈哈哈！你好像被我騙得團團轉呢，利姆路！我怎麼可能被克雷曼操縱？」

什、什麼？

《…………》

不曉得為什麼，「智慧之王拉斐爾」從剛才開始就一直氣呼呼的。

先把它晾一邊去，現在的重點是蜜莉姆。

「妳沒有被克雷曼控制？」

呃——究竟發生什麼事了？我下意識做二次確認。

不過，蜜莉姆只給出得意的笑容。

一頭霧水的人不只我一個。

有個魔王還吃驚地說：「咦？她剛才不是被打，一點反應都沒有嗎？」

其中最驚訝的莫過於克雷曼。

「對、對啊。『那位大人』賜我『支配的寶珠』，它應該讓妳對我言聽計從才是……妳沒有照我的命令殺掉卡利翁？」

啊——好你個克雷曼。

他震驚過度，沒發現自己說了什麼話。

這下我的證物影像可信度跟著提高。

因為克雷曼不小心將他的犯行說出，還坦言有幕後黑手。

蜜莉姆對他的話做出回應：

「對，就是這個！我想問的就是這個。回答我，克雷曼。『那位大人』究竟是誰？」

她若無其事提出尖銳質疑。

完全無視克雷曼的問題，真像蜜莉姆會做的事。

這個嘛，也就是說蜜莉姆並沒有被人操縱，打一開始就懷疑克雷曼？

可是，為什麼？

我的問題還沒得到答案，另一道聲音就跑來插嘴。

「喂喂喂，你說誰死了？」

就在隔離戰區對面，低沉的磁性嗓音響起。

聲音來自魔王芙蕾的部下，那個生著大鷲翅膀的男人。

喂喂喂，該不會……

還真的做那種破綻百出的打扮——！

這下沒發現的我不就……

《…………》

糟糕。

「智慧之王拉斐爾」好像很傻眼。

這麼說來，當時「智慧之王拉斐爾」好像想說些什麼……不，是我多心了。對，一定是我想太多。忘了吧。

然後，今後要多加注意。

就這麼辦。

那個男人——卡利翁慢慢摘下面具。

驚人的妖氣同時滿溢而出。

卡利翁發出氣勢，瞬間恢復原本的面貌。

「獅子王(Beast Master)」卡利翁——是本尊，如假包換。

「看來你平安無事，卡利翁先生。」

「嗨，利姆路。也不能說是平安無事啦。先不管這個，本大爺的部下受你照顧了。」

「別客氣。」

卡利翁先向我道謝，再來就望著克雷曼扯出一抹笑容。

這下可以確定，蜜莉姆並沒有被人控制。

「什、怎麼會……也就是說，妳真的……？可是，芙蕾她說……是嗎，芙蕾也有份。連妳都背叛我

──！」

總算弄清來龍去脈，克雷曼像個瘋子，一雙眼瞪著芙蕾。

不過，芙蕾一副事不關己的樣子。

照這情形看來，與其說她背叛克雷曼，不如說她……

「哎呀？看看你誤會多久，以為我是你的同夥？」

芙蕾這話說得冷淡。

啊，果然。女人真的好可怕。

果然沒錯，芙蕾從頭到尾都在欺騙克雷曼。

「開、開什……開什麼玩笑！你、你們幾個……不可原諒，絕不放過你們！」

就這樣，悲哀的小丑吶喊聲於現場響盪──

「紫苑，動手。」

「交給我吧！」

我一聲令下，紫苑便採取行動。

她就像餓肚子的狗，一直處於「不准動！」狀態，這下雙手用力握緊刀，火力全開朝克雷曼揮下。

拿大太刀問斬，將他處死。

克雷曼盡全力防禦，三對手全被切斷，被人斜向劈砍，身負致命重傷。

紫苑的大太刀連精神都能摧毀，這一刀讓克雷曼當場倒下，一聲都沒吭。

＊

好了，克雷曼沒戲唱了。

卡利翁還活著，證詞都備妥了。

這樣一來，我就不會被眾魔王當成敵人看待。

克雷曼奄奄一息。

他已經不構成威脅，不可能再出什麼大逆轉計畫。

罪證確鑿，事到如今別想找藉口開脫。

因為他當著眾魔王的面，洋洋灑灑地自白。

由各魔王自由心證，但克雷曼已經失去信用。這下肯定不會有魔王出面替克雷曼說話。

隔離戰區的「結界」解除，芙蕾朝我們走來。接著，她朝蜜莉姆筆直走去。

「我相信妳不會被人操縱，但我還是捏把冷汗，蜜莉姆。不過，妳遵守跟我的『約定』。謝謝妳。」

「哇哈哈哈！我們是朋友，那是當然的。對了，芙蕾，那樣東西妳有一路上小心呵護，把它帶過來嗎？」

「有喔，就是這個吧？話說回來，竟然對支配的寶珠免疫，妳真的好厲害……」

兩人互相交談，芙蕾還從懷裡取出某樣東西並交給蜜莉姆。

是我送她的龍指虎。

蜜莉姆開開心心地接下那樣東西，迫不及待地戴上它。

然後綻放一抹微笑。

蜜莉姆跟芙蕾的互動過程被其他魔王盡收眼底，看完這些，他們總算進入狀況。

「原來都是演出來的。」

「我、我早就看穿嘍！」

「我就猜事情應該是這樣。」

「果然是這麼一回事……」

諸如此類，聽到一些對話片段。

被蜜莉姆騙的人應該不只我一個，但結果大家都一副早知道的模樣。

這時，我聽到腳邊傳來痛苦的呻吟。

「——從、從什麼時候開始的？妳騙我多久了……？」

是克雷曼。

看來他還在苟延殘喘。面對難以接受的現實，他實在無法信服。

蜜莉姆朝這樣的克雷曼道出殘酷真相。

「嗯，我可是很辛苦呢！我跟芙蕾做了『約定』，才假裝受騙上當。然後戴上手環誤導你，讓你以為我受到控制。」

「……開、開什麼玩笑……那可是用了支配的寶珠，灌注我所有的魔力……最頂級……最厲害的支配咒法啊……！妳、妳居然把它——」

「嗯！這類魔法我大多能輕鬆抵擋。我先解除所有的結界，再靠意志力忍住，逼自己放棄抵抗……沒讓你親眼看到咒術生效，小心謹慎的你絕不會相信。靠這種方式，我努力撐過來！」

「妳……妳說……什麼？妳……妳故意讓人施咒？竟然將最高級的魔寶道具……我那連魔王都能支

配的極密奧義給……」

「是喔？不過，要支配我是不可能的事！」

蜜莉姆一臉自豪，挺起胸膛大肆誇耀。

「真是的。害我白擔心。話說妳握拳擺勝利姿勢，嘴邊帶笑，演技完全不行。」

「又不能怪我。看利姆路為我生氣，我很高興嘛。」

看蜜莉姆這樣，芙蕾聳聳肩膀。這時她突然想到一件事，開口說道：

「對了，當初克雷曼打蜜莉姆害我好緊張。要是蜜莉姆沒忍住，我的家肯定被人毀掉。妳真的忍功一流，這點值得稱讚。」

她還針對這件事情爆料。

原來克雷曼剛才毆打蜜莉姆已經不是第一次了，之前就打過她。

居然有這種人，他想自殺嗎？

「嗯！因為我已經是大人了。懂得忍耐的大人！」

她特別強調大人二字，還是小孩子嘛。

「哪裡像。算了，不跟妳計較。還有，妳忍耐不光為了我們倆的約定吧？妳真正的目的是什麼？」

「嗯？沒什麼啦，就想到克雷曼曾經說過奇怪的話。他想把利姆路等人塑造成人類的敵人，策劃人魔戰爭。要是被他得逞就不好玩了，所以我才出面干涉！」

「哦，沒想到妳會為他人出頭……」

「哇哈哈哈！就說啦！我已經是大人了！」

「好好好。就當是那樣吧。」

原來喔……

蜜莉姆直覺敏銳，發現背後有人在操縱克雷曼。所以為了找出其真實身分，才刻意假裝被人操縱嗎？

她好像還跟芙蕾做了其他約定，我被騙的事就算了吧。

也就是說依結論看來，蜜莉姆從頭到尾都沒被人洗腦。

不是半路上洗腦效果解除，而是一開始就沒效。

全都是演出來的，是蜜莉姆太會演，可以封她為最佳女主角。

而且她竟然為了維持面無表情的狀態，私底下偷吃青椒。利用強忍難吃味道自然而然浮現的表情騙倒眾人。

維爾德拉一眼就看穿，於是配合蜜莉姆演戲。想說拿來動動這具身體，藉此熟悉一下，跟蜜莉姆交手樂在其中。

維爾德拉的適應力出乎意料地高。

是說你都沒發現嗎，智慧之王大人？

《…………》

啊，是。

這麼說來，它好像一直有話要說。

智慧之王大人說查無結果，現在想想合情合理。

因為她根本沒有被咒術控制嘛。

是我誤會了。

今後除了要注意聽人家說明，最好多培養一個習慣，就是把別人的話聽完。

我針對這件事悄悄做個反省。

這時卡利翁來到蜜莉姆面前站定。

「對了，蜜莉姆，有件事想問妳方便嗎？」

「嗯？好啊，隨你問！」

蜜莉姆笑著回答。

還戴著龍指虎，心情很好。

「沒什麼大不了的，只是想確認一下……妳沒被人操縱吧？也就是說，妳在那耍本大爺耍得很開心嘍？」

卡利翁笑臉迎人，額際卻浮現青筋。

嗯，對啊。當然會介意啦。

「唔！那、那個……」

「哎呀，別緊張，沒關係啦。都怪本大爺太弱。不過啊，把我們的國家打個稀巴爛，這也是妳的主意？」

完全不打算掩飾自身怒火，卡利翁朝蜜莉姆發問。

有那麼一瞬間，蜜莉姆慌了，不過——

「哼！卡利翁，這點小事無所謂吧？」

她反過來對人發飆。

看到這一幕，就覺得果然是蜜莉姆。

「什麼小事！妳啊，要是不小心失手，本大爺會沒命耶！」

「喝，煩死人了，你好煩喔！那是我太投入演——不對，為了騙克雷曼才努力演戲的？所以說，都怪克雷曼不好！」

「喂喂喂，居然把錯推給克雷曼……夠了。反正跟妳抱怨，妳也聽不進去……」

總覺得卡利翁有點可憐。

看卡利翁精悍的臉泛著淚水，讓我有種很想安慰他的衝動。

我也被騙了，可以理解他的心情。

「別難過，卡利翁先生。三獸士跟其他人都沒事，為了替你報仇，他們這次都很努力。不全是壞事啊。」

「噢噢，利姆路。抱歉，讓你安慰。」

「哎呀，別在意。還有啊，城鎮再蓋就有。為了重建，我要他們抓克雷曼的部下，讓那些魔人替你們出勞力。」

「啊？喂喂喂，真的假的……？」

「真的。我們不吝提供技術協助，當然也會幫忙。所以說，來建立更雄偉更舒適的國家吧！」

我們有的是時間。還從克雷曼那裡弄到一些錢。為了今後的貿易著想，現在先施點恩惠是不錯的策略。

我也想藉這次的工作跟獸人們敦親睦鄰，就讓我好好利用這個機會吧。

「哇──哈哈哈！太好了，卡利翁。這也是我的功勞喔！」

蜜莉姆哪來的功勞啊。

硬要說功勞在哪裡，大概就只有整個夷為平地連瓦礫都不剩，工作起來比較輕鬆愉快吧。

「抱歉，得救了！利姆路──該叫你利姆路先生才對。本大爺發誓，今後我們獸王國將永遠與你們的國家維持友邦關係，願意提供任何協助！」

卡利翁很驚訝，說話時一臉感動樣。接著他面向蜜莉姆，順便警告她：「希望妳好好反省一下。」

蜜莉姆似乎看出事情已經圓滿收場，又變回平常那副德性。

該說她很現實嗎？罷了，這樣才像蜜莉姆。

總而言之，卡利翁也恢復精神，就算了吧。

此外，要說誰對我的話大感驚訝，好像不只卡利翁一人。聚集在我們四周的魔王眾也為這番話感到吃驚。

「竟然有這種事。讓那些魔人活著，你這傢伙未免太天真……但想法很有趣。怪不得黑暗始祖會跟定你。」

紅髮的金愉快地說道。

黑暗始祖？那啥鬼？

算了不管它。那先擺一邊，來看看克雷曼。

「吶，克雷曼。你對待弱者或無法抵抗的人，態度都很囂張。我認為你沒資格當魔王。但蜜莉姆一直隱忍，我才沒出面干涉……可是連我都有點生氣呢。」

芙蕾冷冷地發飆，朝他開口道。這表示她不打算救克雷曼，形同判他死刑。

「是啊。雖說弱肉強食是自然定律，但克雷曼，你做得太過火。本大爺的國家被人毀掉，也想一吐怨氣呢。」

卡利翁也是，國家被人炸爛讓他忿忿不平。雖然實際動手的人是蜜莉姆，但他似乎想將責任推給克雷曼。他不打算原諒克雷曼。

金只在一旁看好戲。

其他魔王也不例外，對於克雷曼的處置都沒意見。看樣子連眾魔王都不挺克雷曼。

整起事件已成定局。

接下來只剩「最後的收尾工作」。

克雷曼的死期近了。

●

克雷曼知道自己活不久了，心裡滿是懊惱的念頭。

接著他想起夥伴說過的話。

那些話變成走馬燈，在他的心裡打轉。

——你一定要小心——

（啊啊……拉普拉斯，被你說中了……）

他以為自己已經夠謹慎了，想來都是被力量蒙蔽雙眼。

目睹蜜莉姆超乎常理的強大力量，錯把它當成自己的東西，才導致今天這種局面。

（如你所想，就結果看來，我等同被蜜莉姆玩弄於鼓掌中。我自認步步為營……卻被蜜莉姆耍了。你們信任我才將魔王職位託付給我，看來我最多只能走到今天……）

當他無視友人的忠告，就注定走向這種結局。

那些想法在克雷曼腦內打轉。

——克雷曼，你的實力不及我們，不可以一個人偷偷逞強喔！

——呵呵呵呵。蒂亞說得對。有事找我們就對了。

（啊啊，蒂亞。啊啊，福特曼。是啊。我都忘了……）

他把面子看得很重，一直不想依賴同伴。

不，他總是依賴同伴，卻在關鍵時刻將這點拋諸腦後，真是要不得。

（我很想變得跟你們一樣。為此不惜逞強。這是當然的吧？因為我也是中庸小丑幫的成員……）

沒錯。

克雷曼希望夥伴認同他。

希望他們認可自己的實力，才沒有讓中庸小丑幫躍上檯面。克雷曼發現這麼做真是失策。

不過，已經太遲了……

——他想起跟「那位大人」初次會面的情形。

「嗨，你就是克雷曼吧？」

「你是誰？竟敢直呼我的名諱，看來是活得不耐煩了？」
「喂喂喂，用不著提防成這樣。我是透過別人介紹才過來的。」
「介紹？」
「對。介紹人就是你家老大，魔王卡札利姆。」
「你說什麼？」
原想殺了這名少年，不料他端出令人懷念的名字——卡札利姆。這時克雷曼才興起聽少年說話的念頭。
後來他得知一些事。
得知對方的野心，還有他的能耐。
「——事情就是這樣，我要掌控這個世界。助我一臂之力吧，克雷曼。」
「呵、呵哈哈哈哈。有趣，這算委託嗎？」
「對。委託『中庸小丑幫』。」
「報酬是？」
「讓魔王卡札利姆復活，如何？」
這報酬求之不得，沒道理拒絕。
他知道少年有多大的能耐，認為這個辦法可行，沒什麼好懷疑。
克雷曼當機立斷，決定接下委託。
「我就知道你會接。讓我們聯手將這個世界納為己有。到時候，大家快快樂樂過生活！」
看「那位大人」把這個世界當成一場遊戲享受它的樂趣，克雷曼覺得這個想法很有可能成真。

須跨越重重阻礙。正因為這樣，才顯得有趣。
他原本這麼想，如今卻因自己的失誤害該計畫付諸流水。
難得報酬已經支付——魔王卡札利姆成功復活……
（我的疏忽讓事情走到今天這個地步。這樣一來，連辯解的餘地都沒有……）
卡札利姆好不容易才復活，克雷曼卻遲遲找不到機會道賀。
都是他自作自受。
上頭下令要他安分點，克雷曼卻自作主張將它當成耳邊風。

最後，他想到那個人說過的話。
來自受克雷曼敬愛的魔王卡札利姆，想起他的忠言。
——克雷曼。你跟我很像，把我當榜樣沒關係，但絕對不能學到我的缺點。
他早該想到的。那可是至理名言。
（啊啊……卡札利姆大人……對不起。我將你的忠言拋在腦後，犯下致命的失誤……）
對，克雷曼走錯路。做出最壞的選擇。
跟魔王卡札利姆一樣，敗給新進魔王，學他做下蠢事。
這就叫現世報。
對克雷曼來說是令人痛恨的失誤。
（連您借給我的軍團都無從倖免，因我的誤判失去他們……我不能死，還不能死。像這樣一無所成地死去，我將無法原諒自己……）

事已至此，至少要將他方才得手的情報散播出去。這念頭為萬念俱灰、幾近放棄的克雷曼點亮心中明燈。

——你是我用屍體製成的妖死族，但我特別對你的腦袋多下工夫。跟福特曼和蒂亞不同，不適合作戰。不過，出謀劃策指揮軍團，這項工作只有你能勝任。所以說，克雷曼。由你來當魔王——

他辜負了魔王卡札利姆的期許。

然而力量不足，只要獲取力量就行了。那樣一來，他就能跟福特曼、跟蒂亞平起平坐，不，將會強過他們。

腦筋靈活的克雷曼一旦獲得力量，肯定會比他們更加優秀。

（對，就是這樣。無法覺醒成真魔王也無所謂。所以，賜我力量吧。讓我獲得力量……給我無人能敵的力量——！）

《確認完畢。靈魂轉換魔素……成功。開始分解用來充當容器的肉體，重新構築——》

對於他的願望，克雷曼並不期待實現。然而「世界之聲」回應克雷曼的請求。

處在絕境之中，克雷曼的願望實現了。

（原來老天爺還沒拋棄我！）

既然這樣——

克雷曼心中早有答案。

（——咯、咯咯咯……這幫人一直小看我，一定要對他們還以顏色。不過，現在不管用什麼手段都要從這……）

即使克雷曼衰弱到無法吭聲的地步，他的靈魂仍鬥志高昂。

那是生命之火燃起的燦爛光輝。

但如今——

與他的心相反，克雷曼保持冷靜，決定從這裡撤退。

這裡有幾名遠古魔王，其中又以金、蜜莉姆、達格里爾最為棘手。剛覺醒的他打不過這些人，現在最重要的是謹慎行事。

去向「那位大人」報備——這才是優先事項。

先前小看的史萊姆實力不明，但光是他的魔人部下就比克雷曼強。不僅如此，他還跟復活的維爾德拉締結友誼，這點不容小覷。

跟那個日向對戰還能生還，肯定不是偶然。

他要拋棄成見，冷靜分析才是。

因此，克雷曼決定先把這些情報帶回去。

以帶回情報為前提，他擬定作戰計畫。

使盡全力放出超大魔力彈，利用魔力彈創造的混亂局面趁機逃脫。

（要小心金，但……）

金對弱者沒興趣。故克雷曼認為，他對自己漠不關心。

（——沒問題，我一定能逃出去。）

克雷曼如此判斷。

若能順便波及一些人算他賺到……

帶著這些念頭，克雷曼起身。

●

在眾魔王的注視下，最先察覺他有動靜的人應該是我吧。

因為我一直保持警覺，盯著克雷曼看。

「快離開，紫苑！」

她立刻對我的命令起反應，退到我身邊。緊接著，連紫苑剛才站的地方都受到影響，克雷曼四周颳起巨大的魔素風暴。

風暴自周邊吸取更多魔素，再朝克雷曼匯集。要是我下令的時機再晚一點，紫苑肯定遭殃。

「看樣子要來真的了。」

「利姆路大人？到底發生什麼事了……？」

紫苑趕緊問我，看到我老神在在，她好像就放心了。

沒什麼好慌的。雖然不慌……

「克雷曼覺醒了。如我所料。」

「如您所料啊，那就可以放心啦！」

紫苑完全相信我，但我還是有點不安。

一切都按「智慧之王拉斐爾」的計畫走。

真的沒問題嗎？這樣還輸會遜掉……

一開始遇見克雷曼時，我看到一大群邪門物體緊追他的靈魂。那些東西可以稱之為怨念，克雷曼至今殺害不少人，那是其靈魂殘渣。它們沒有跟克雷曼融合。無法成佛，不會擴散到大氣之中。就算殺了克雷曼，它們也只會隨之消滅。

我才在想該怎麼利用這些東西，「智慧之王拉斐爾」就提出一項作戰計畫。就是將克雷曼逼入絕境，促使他覺醒。

《有一提案。用「暴食之王別西卜」「捕食」克雷曼的覺醒能量，將能彌補消耗的魔素量。》

「智慧之王拉斐爾」說得很輕鬆，其實問題重重。

不確定克雷曼是否真的會覺醒，若他覺醒肯定變得更強。

啊，就那個吧？開始進化成魔王，克雷曼是否會睡著？

《答。克雷曼的進化非循正當步驟，無法進化完全。因此，推測不會進入休眠狀態。》

看來它預料克雷曼的增強幅度有限。反正最後都要打倒覺醒的克雷曼。

照「智慧之王拉斐爾」的預測演算看來，不管克雷曼變得多強都能輕鬆打贏他。

肉身強度、獲得的力量、可能學會哪些技能——這些全透過演算進行預測，將他的威脅程度設到最高，「智慧之王拉斐爾」依然算出贏家是我。

擔心也沒用，只好上了。

——再說，我的魔素量快要乾掉也是事實。

回填速度超級快，發動大規模術式也能立刻補充，但說真的，離滿檔還有一大段距離。

即使如此還是比覺醒前多，不知不覺拿來運用的維爾德拉燃料庫已經沒了，我當然會想補滿自己的魔素量槽。

一方面也想展現給魔王們看看。

我是新人，要靠自己的力量爭取魔王寶座才行。

像這樣展現實力才能得眾魔王認可，以後比較不會有麻煩。為了避免其他魔王找碴，讓他們提防我才是最好的辦法。

想避免日後衍生其他麻煩，就拿覺醒的克雷曼開刀，展現我的實力吧。

用我的力量——究極技能「暴食之王別西卜」。

「喂，利姆路！你說克雷曼覺醒了？雖然難以置信，但那股力量確實驚人。就讓本大爺助你——」

「不，卡利翁先生。我來對付這傢伙。我都自稱魔王了，我想靠自己的力量爭取席次。將這傢伙滅掉，讓其他人認同我。」

聽我這麼一說，卡利翁只好讓步。

「可別輸給他。」

讓完還替我加油。

我不會輸的。

要打倒敵人。動機就只有這個。

畢竟最火大的人是我。

來吧，克雷曼。讓我們一較高下。

就是這樣，克雷曼起身，我主動來到他面前。

其他魔王好像打算繼續觀戰。

看我獨自一人作戰，大家似乎都沒意見。

好吧，其實他們是想見識我的實力，才沒有發表意見吧。

蜜莉姆笑得很開心，菈米莉絲顯得漫不經心。大概認定我不會輸吧。

就當她們對我很有信心好了。

「紫苑、蘭加，你們退下。」

「可是——！」

「看我的吧。」

「遵命！」

「祝您武運昌隆，利姆路大人。」

眾魔王跟著後退一步，紫苑他們也依令後退。這樣應該不會波及到其他人。

看現場只剩我一個，克雷曼露出淺笑。

「呵呵呵、呵哈哈哈哈哈——！看，我得到力量了！誰叫你那麼囂張，雜碎！來吧，接下來換我，看我把你捏碎！」

他的笑轉為哄笑，用不屑的眼神看我。

不過，他只是在演戲罷了。

可悲的是，克雷曼的行動都如「智慧之王拉斐爾」所料。

「智慧之王拉斐爾」說了，它料準克雷曼會採取兩種行動。

不怕死、不顧一切朝我殺來，或者假裝看不起我，讓我掉以輕心，再找機會逃走。

這次顯然是後者。

所以接下來克雷曼會有哪些動作也——

他話裡盡是對我的輕蔑，眼神卻很小心。

克雷曼在找我身上的破綻。

因此我決定如他所願，配合他演戲。

「剛才說過了吧？你已經走投無路了。我比你強。你就放棄掙扎，供出對你下指令的幕後主使者吧。」

我說這話不是在演戲，都是真心話。

或許是我講真心話的關係，克雷曼不疑有他直接上鉤。

「呵呵呵，真是囂張到了極點。讓你見識我的實力——」

克雷曼游刃有餘地演下去，這時他突然採取行動。

似乎覺得我掉以輕心，他一口氣擊發超大魔力彈。

剛才邊講邊集的吧。覺醒的力量全數灌入，威力超強的巨無霸魔力彈朝我直逼而來。

克雷曼預測我會避開。搞不好他還做了其他推測，認為我會為了抵銷攻擊打出魔力彈反擊，但臨時變出魔力彈不可能抵得了，他八成這麼想。

要是我避開攻擊，他將在空中引爆魔力彈。想出招抵銷正好，他可以趁魔力彈爆炸藉機逃離現場──克雷曼的如意算盤大概這麼打吧。

不過，可惜了。

「我說過，你沒戲唱了。那種攻擊沒用啦。放射系傷不了我。」

我開「暴食之王別西卜」將克雷曼的巨無霸魔力彈連同空間一起「捕食」。

這樣周圍都不會遭受波及，克雷曼的計畫被我三兩下毀掉。

「──啥！」

他既驚訝又錯愕。

而我趁機彈一下手指，敲出清脆的聲響。

剎那間，一道「結界」出現，將我和克雷曼與外界隔離。

這是隔離戰區，我試著學金構築的術式重製一個。

「竟然偷學我的招式，不要臉的傢伙。」

金感到有趣地如此喃喃道，但看起來沒生氣，真是太好了。

這樣就可以安心地將克雷曼吃掉。

打這種主意居然不會良心不安，看樣子我的思考模式愈來愈像壞蛋。

因為我是魔物嗎？

不排斥吃掉克雷曼。

還是因為我當上魔王的關係？

算了，都好啦。

「怎、怎麼回事？到底發生什麼事情……？」

克雷曼難掩動搖。

自豪的一擊轉眼間消失，他的腦筋大概一時間轉不過來吧。

都跟你說好幾遍啦，你已經沒戲唱了。

以你那種程度的實力還想對付我，下場早就注定了。

自己有多少實力、對手有多少實力，看清這點非常重要。

「喂，想拿出真本事就快點，我等你。還是說，你想靠剛才的攻擊魚目混珠趁機逃跑？」

我明知故問。

人好壞。沒差，我不是人，是史萊姆所以沒關係。

說起來，克雷曼到現在還是低估我。

他對我保持警覺，但還不夠。

確實如「智慧之王拉斐爾」所料，克雷曼覺醒還是不怎樣。

魔素量擴增不少，但就只有這些。

好像沒獲得用來控制這些魔素的魔力，也沒學到有用的技能。

看來他雖然覺醒了，情況還是跟我有著天壤之別。

我只要靠「思考加速」將知覺速度提昇百萬倍，時間就彷彿靜止不動。還可以在這種情況下構築術式，所以魔法就變成一想完馬上發動。

需要集氣的魔力彈在時間上非常沒有效率，所以在這種狀況下我不會採用。

跟單靠意識——即情報——構築的術式不同，操控妖氣需花一段時間，這是當然的。
不過呢，那是因為我有「詠唱排除」和「森羅萬象」啦。
無論該魔法發動時間多長，有百萬倍的體感時間總是能施得老神在在。畢竟一秒相當於兩百七十七小時。
不管術式規模多大，其實都花不到一天，所以我施起法來要不了零點一秒。
至於一般的魔法，同時施好幾套也是小事一樁。
因此，假如我是克雷曼，將同時發動多種魔法讓現場局面混亂，再趁機卯起來脫身。
克雷曼沒有選擇這招，表示他力量不足。
甚至沒發現我架起隔離戰區。
這下克雷曼的退路就被我斷了。想逃必須先打倒我。
不知他是否察覺情況不妙，他身上的氣息有所改變。
「呵、呵呵呵，區區一隻史萊姆，口氣還真大。你確實很強，我承認。不過，我的實力可不只這樣！」
他打算不顧一切衝過來殺我——改變方針，走我們推測的另一條路。
放棄逃跑，打算向其他魔王展現自身能耐，是賭注但勝算不低。對眾魔王來說「力量就是一切」，因他夠強就將罪行一筆勾銷也不無可能。
可是，他要先打贏我。
「你似乎對妖氣的掌控很有自信，但你有辦法接下這招嗎？看招，我的最強奧義！龍脈破壞砲——！」
克雷曼講一大堆話分散我的注意力，拚命操縱地脈、在我四周布網，接著一口氣釋放。

匯集地氣再搭上自身魔素令它增幅，轉成有擾亂作用的光束攻擊敵人——這就是龍脈破壞砲的原理。

誰被這招影響到，身上的魔素排序將會大亂，自內部遭破壞。物理防禦無效，這招對魔攻擊連透過魔素組成的「結界」都能毀掉。

那股力量堪稱魔物剋星，確實很有魔王風範。

不過——

對我來說一點用也沒有。

「將一切吞食殆盡，『暴食之王別西卜』——」

龍脈破壞砲發出的光束恰似龍自地面升天。可是，如今那些龍彷彿發出死前哀號，還沒碰到我就被扭曲的空間吸光。

無法逃離。

這情景有如被吞進連光都出不去的黑暗重力漩渦。

「沒用的，克雷曼。你比我弱。」

我要打擊他的心靈。

這樣一來，他或許會供出幕後黑手。

要打擊別人的心靈，恐懼是最棒的武器。

「不可能……這怎麼可能————！那可是我的、我的絕招啊！」

是不是絕招不重要，因為放射系攻擊對我沒用。若他多花點心思想想，直接正面攻擊我或許就另當別論了。

「你已經知道自己沒勝算了吧？那換我問話。說出你掌握的情報，供出幫手的名字。老實招供的話，我會讓你死得舒服點。」

「呵哈哈哈！我是妖死族，今天被你殺掉還是會活過來，改天再找機會殺你——喔噗！」

我開始扁他。

悶不吭聲連續痛毆克雷曼。

同時對克雷曼發動「思考加速」，加速百萬倍。我的「智慧之王拉斐爾」不只對我有貢獻，還能影響其他人。

換算成現實時間僅數秒。

但對克雷曼來說，感覺起來有如過了幾十天，期間持續品嘗被人連續毆打的恐懼與痛苦。

讓他用靈魂記住這份恐懼與痛苦。

幾秒鐘過去——

克雷曼的頭髮因恐懼脫落，表情變得跟殭屍一樣。

「克雷曼。」

我靜靜地呼喚他，結果克雷曼抖了一下，整個人因恐懼定格。

「最後我再問你一次。是誰放消息給你的？他跟你是什麼關係？說出來就給你個痛快。」

問是問了，克雷曼卻比想像中更有骨氣。

「——別、別小看我。我不會背叛同伴，更不會出賣委託人。這、這可是『中庸小丑幫』的鐵則！」

是嗎？壞蛋也有他們自己的鐵則，不容妥協。

「是嗎，那就別怪我。對了。順便跟你說一下，你沒機會復活啦。」

我朝克雷曼道出這句話，說得雲淡風輕。

他剛才一直在那嚷嚷說要復活，但那是不可能的。

被我的「暴食之王別西卜」吃掉，那可是比落入維爾德拉都無法逃脫的「無限牢獄」還要悲慘。

「什、什麼？你在說什麼鬼話？」

難道說，他對復活抱持期待才逞強嗎？

一聽到我的話，克雷曼就慌了。

「你剛才說過吧。說妖死族死了也會復活？所以你故意要我殺你，到時再讓星幽體脫離，藉機逃亡。對吧？」

這傢伙真的很狡猾，但不管怎樣都要努力達成目的，這點令人佩服。

克雷曼的臉頓時一陣鐵青。

「——你、你說什麼？」

他拚命裝傻，但這態度顯示此地無銀三百兩。

不用找「智慧之王拉斐爾」，這點小事連我都看得出來。

可是，智慧之王大人更厲害。

「我看看？你可以讓星幽體跟地脈接觸，保存自我意識和記憶，我說得沒錯吧？因此肉體毀壞也沒關係，你不會真的死去。所以你才想裝死啊……」

原來如此，原來是這麼一回事。

我直接唸出「智慧之王拉斐爾」的解釋，結果克雷曼開始陣陣發抖。看來被我猜個正著。

「等、等等……」

這樣我就知道背後原因是什麼，差不多該做個了結了。

「好啦，繼續問下去好像也問不出更多情報，我接下來要處死克雷曼。有人反對嗎？要是誰有意見，我可以奉陪喔！」

我無視有話要說的克雷曼，朝眾魔王發問。

要是有人反對就麻煩了，應該沒有吧。

「隨你處置。」

如我所料，金代表大家做出回應。

其他魔王好像也沒有意見。

「住手！別這樣，快住手——！」

克雷曼拚命鬼叫。

這時他終於發現自己難逃此劫。

「你給我添不少麻煩，讓我很不爽。可別以為能死個痛快啊！」

這話一出，我的手就放到克雷曼頭上。

若他願意供出幕後黑手，我本想讓他死個痛快的。然而克雷曼並沒有說出口。放長遠看，我需要那些情報，沒弄到就算了，到時再看著辦。

或許克雷曼的城堡藏了某些線索，聽證人說「中庸小丑幫」不是魔族，顯然他們跟人類聯手。

不知道是東方帝國還是西方諸國，哪邊都好，既然知道我的動向，他們肯定也在西方諸國布下眼線。

慢慢抽絲剝繭，總會抓住他們的尾巴。若聽信來自克雷曼那不知是真是假的證詞，說不定會成反效果，害我搞混。

所以啦，克雷曼——

「——距離你的靈魂消滅還有一點時間，在這段時間裡，你就好好反省一下。」

「不要！喂，快住手！別這樣！住手啊——！救、救救我，福特曼！快救我，蒂亞！我還不能死。不能死在這——！」

克雷曼還想找方法逃跑，樣子實在很難堪。

不過，我絕不會放過他。

不管他怎麼鬧，我都不為所動。像他這種人，放過他等同埋下禍患。

還有啊，拜你之賜，我再也不會那麼天真了。我可不想因自己的天真想法，再次失去同伴。

「請、請您幫幫我，卡札利姆大人——」

克雷曼朝毀壞的面具伸手，握著它祈禱——

喀嚓。

克雷曼難看地鬼叫，試圖抵抗，在眨眼間消失。

他被我的「暴食之王別西卜」吃掉，連靈魂都不剩。

在我體內轉換成純粹的魔素。過程中，克雷曼嘗到宛如身在地獄的痛苦。

汙穢的靈魂也好、邪惡的靈魂也罷，甚至是善良的靈魂都無法倖免。

死亡之前人人平等。

這時我突然聽見——

——啊，拉普拉斯。你說對了。我做得太過火。應該聽你的勸，老老實實待著……你的觀點總是很正確——

——我彷彿聽到克雷曼的聲音。

他在懺悔？

原來再怎麼壞的惡人都會懺悔啊……

希望克雷曼被我賜「死」能多少反省一下。

就這樣，克雷曼的野心遭人破壞，變成我的糧食。

ROUGH SKETCH

第六章

八星魔王

Regarding Reincarnated to Slime

我剛吃掉克雷曼，紅髮魔王金就跟著起身。

接著他開口說話，模樣充滿威嚴。

「幹得漂亮。我准你今後以魔王身分問世。有人反對嗎？」

似乎沒人持反對意見。看樣子他們認同我這個魔王，這下總算可以放心了。

說真的，在這與其他魔王為敵決一死戰，根本是自殺行為。

不過，擔這種心似乎是多餘的。

我解除隔離戰區，菈米莉絲飛過來找我說話。

「我就知道利姆路認真起來一定能辦到！所以說，要我收你當弟子也行啦！」

「啊，這就免了。妳去收別人當弟子吧。」

「為什麼？又沒關係，你就乖乖當我的弟子嘛。」

菈米莉絲開始發牢騷。

對此，蜜莉姆春風得意地回應：

「哼哼！利姆路是我的朋友。好像不想跟妳走在一起喔！」

「咦？騙人，喂！利姆路，那不是真的吧？」

「哇哈哈哈哈！妳被排擠了，菈米莉絲！」

「妳說什麼——！看我的！」

中了蜜莉姆的激將法，菈米莉絲朝蜜莉姆的臉祭出飛踢。

蜜莉姆則輕鬆避開外加高聲大笑。

這兩人感情意外地要好呢。

另一方面——

不知不覺間，維爾德拉開始跟魔王達格里爾狀似親暱地聊天。

好像在跟他炫耀，說自己目前正在進行壓抑妖氣的訓練。

還用手指指我，嘴裡說道「看到了吧，達格里爾？那個就是最佳模範」，一副得意樣。

達格里爾則說「的確。雖然只有短短一瞬間，但我感應到了，那魔素量很有爆發力。居然藏得如此完美」，對維爾德拉的說詞表示贊同。

維爾德拉疑似為我跟克雷曼的戰役擔任解說員。

拜託你別這樣，行行好。就是猜到你會幹這種事，才要你看家的……

這場戰事一結束似乎就失去興致，迪諾帶著睡意開口：

「好吧，這樣也不錯啦。」

接著隨便扔出這句話。

這魔王難以捉摸，不知道在想些什麼。不過他好歹算是認可我了，就這樣吧。

雷昂則一副事不關己的樣子。

「哼，我對誰當魔王這件事沒興趣。你們愛怎樣就怎樣吧。」

這傢伙真的好冷淡。

芙蕾跟卡利翁似乎也沒意見。

這麼說，只剩最後一人……

就在那時，一直沉默不語的魔王瓦倫泰朝前方重重踏出一步。

「哼。下賤的史萊姆竟想當魔王，余是不可能點頭的——」

瓦倫泰帶著輝煌的帝王氣息，口裡道出這句話，看我的眼神充滿輕蔑。

看來他投反對票。不過，從多數決的角度看來，可以確定大家都認可我當魔王。

那就沒問題了，我想到這裡，打算把他的話當耳邊風。

「嘎——哈哈哈。臭小子，敢侮辱我的朋友？喂，米露絲，妳的隨從沒大沒小，我替妳教他好了？」

維爾德拉毫不客氣，朝魔王瓦倫泰的女僕發話。

欸，喂！你在幹嘛，大叔？

「說這話什麼意思？我只是魔王瓦倫泰大人的忠心侍女啊？」

聲音冷淡，表情冷若冰霜，米露絲朝維爾德拉應聲。

「喂，不行啦！瓦倫泰一直隱瞞真實身分。維爾德拉，不可以爆人家的料！」

咦，蜜莉姆小姐？妳剛才掀人家的底吧？

我本來就有點懷疑，看樣子我想得沒錯。

這個穿女僕裝的美少女，米露絲才是真正的魔王。

光靠視線就能殺人，米露絲用那種眼神瞪視蜜莉姆。

「啊！」

蜜莉姆好像發現了，尷尬地吹口哨，想蒙混過去。

又沒吹出聲音。再說，妳做這種事沒用吧。米露絲好像開不起玩笑，做那種事無法讓她消氣。

米露絲惡狠狠地看向四周。

她的眼神透露訊息，想把大家宰光湮滅證據。

看來是非常好戰的危險人物。幸好米露絲最後放棄，不打算跟在場眾人為敵。

「嘖，可恨的邪龍。一天到晚壞妾身的好事……還有，你竟然連妾身的真名都忘了。真會激怒人。」

身上的氣息丕變，米露絲──不，魔王瓦倫泰開口道。

看來維爾德拉隨便得可以，還把人家的名字記錯。這點更讓魔王瓦倫泰惱怒。

「夠了。就直呼妾身瓦倫泰吧。」

瓦倫泰不悅地宣告。

緊接著，她釋放龐大的魔力，外觀瞬間改變。服裝也隨之變化，褪去女僕裝，變成豪華的黑色哥德裝。

那是魔法換裝──蜜莉姆也很在行的快速換裝魔法。

接著一名傾城傾國的美少女出現。

啊，果然。本尊就是不一樣。

男性魔王瓦倫泰也很強，但層次天差地別。美貌與實力兼具的魔王就此駕臨。

「羅伊，你先回去。」

換完裝的瓦倫泰王者風華盡現，朝現任魔王瓦倫泰下令。聽起來魔王瓦倫泰的本名好像叫羅伊。

「可是，瓦倫泰大人──」

「當著這麼多人的面暴露身分，再瞞下去也沒意義。」

瓦倫泰如此斷言，還放眼瞪視維爾德拉。維爾德拉則一臉尷尬，嘴裡碎念道「又不是我的錯，不干我的事……」，視線從瓦倫泰身上別開，那些話連藉口都稱不上。

至於始作俑者蜜莉姆，她完全置身事外。對蜜莉姆來說，這件事已經過去了吧。還是狗改不了吃屎，老是我行我素。

大概比任何人都清楚這點，瓦倫泰盛怒之餘並沒有進一步抱怨的意思。

她換個心情，對如今淪為下人的羅伊嚴詞以告：

「而且，有件事令我在意。克雷曼那傢伙看到你，視線頓了一秒呢。或許跟之前入侵我國領土的臭蟲有關，你回去叫大家嚴加戒備。」

她這麼說。

照這樣聽來，克雷曼到處找別人的碴。難怪會被討厭。

或許只是想找出地點不明的瓦倫泰領土，但這傢伙太亂來。太愛蒐集情報可是會玩火自焚的。

「——遵旨。」

做完回應，羅伊便獨自一人離去，先行回國。

並沒有違抗瓦倫泰的命令。這表示羅伊對魔王寶座絲毫沒有留戀，真的只是替身罷了。

同時昭顯瓦倫泰的權勢。

就這樣，瓦倫泰重新坐回魔王寶座。

＊

接下來，來恢復原狀吧。

我從「胃袋」取出圓桌，將它放好。

先收起來以免弄壞是正確的選擇。若雙方人馬在隔離戰區備妥前開打，桌子一定會壞掉。這張桌子看起來很貴，我可不想賠償。

魔王們回圓桌就座，金旗下的兩名女僕替大家上紅茶。

雷昂斜眼看著這景象，這時突然開口道：

「──啊，我想起來了。卡札利姆這個名字很耳熟，原來是我殺掉的魔王。」

我差點把喝下去的紅茶噴出來。

雷昂這傢伙，竟然面不改色說那種話。

「你認識他啊，雷昂？」

妳怎麼不認識，蜜莉姆小姐？

其他魔王的反應跟她差不多。

誰啊？這麼想的占大多數。

菈米莉絲也把他徹底遺忘。妳不是保有記憶嗎？很想吐嘈她，看她可憐就算了。

──所以卡札利姆這名字是哪來的？

《……答。克雷曼剛才向一些人呼救，其中一個名字就是「卡札利姆」。》

啊，對喔！我想起來了。

他還有叫那個名字啊。我記得清清楚楚，希望大家別把我跟蜜莉姆、菈米莉絲看成同類。

「是說那個卡札利姆，跟克曼是什麼關係？」

我試著提問，回答我的人是卡利翁。

「卡札利姆是『咒術王』。蜜莉姆，就是妳跟卡札利姆推舉我當魔王的吧？」

「哦，原來是那傢伙。『咒術王』我記得。對喔，雷昂殺的魔王是他。」

不記本名，記得綽號。勉強接受。

說到雷昂打倒的魔王就只有他一個啊。依我看，她認為這不重要才遺忘吧……

「對。本大爺記得卡札利姆跟克雷曼一樣，都是妖死族。還是從長耳族自食其力進化的特殊變異體。本大爺私底下跟他有些交情，曾經聽說過。克雷曼繼承卡札利姆的地盤，由此可知他們兩人暗中聯繫。」

卡利翁一面緬懷過去，一面告訴我這些。有別於克雷曼，在卡利翁看來，卡札利姆似乎沒那麼壞。

喔，對，等等？剛才聽了差點略過，既然卡札利姆也是妖死族……

「難道說，卡札利姆還活著？假裝被雷昂殺死，其實躲在某個地方？」

「嗯，那傢伙是有這個能耐。卡札利姆那傢伙，他比克雷曼更難纏，這個男人很聰明。」

卡利翁也認同這個看法，我想得應該沒錯。

「說得好像我讓他溜掉一樣，教人難以接受。他曾高高在上地說會助我當上魔王，邀我當他的部下。我懶得拒絕，就打倒那傢伙直接奪走他的地位。管他是生是死，都跟我無關。」

雷昂說得臉不紅氣不喘。

我想雷昂只是想展現實力，不是真的要殺他吧，所以才不關心卡札利姆的死活。

「喂喂喂，雷昂。就因為你是這種態度，克雷曼才那麼恨你吧。」

「哼，我沒興趣。」

卡利翁好言相勸，雷昂卻答得冷淡。也是啦，對雷昂來說只覺得很困擾吧。

是說克雷曼還跟雷昂作對啊，面向真廣。他真的是聰明人嗎？我愈來愈懷疑。

不過這樣一來，我好像對卡札利姆和克雷曼的計畫有點概念了。

聽說雷昂當上魔王是距今約莫兩百年前的事，除了助卡利翁和克雷曼當上魔王，卡札利姆八成還想增加更多夥伴。

這次克雷曼策劃豬頭帝（半獸人王）魔王化計畫，大概是照本宣科吧。為了在魔王盛宴上說話更有分量，才想多找些人手幫忙。

竟然打團體票的主意，很沒魔王風範，這種想法好小人。

但那是非常有效的辦法，我能理解啦。

「在克雷曼的同夥裡，有個集團叫『中庸小丑幫』。他們疑似有人類幫襯，復活的卡札利姆很可能附在人類身上。」

我闡述自己的論調。

被雷昂打倒時，卡札利姆的肉體好像消滅了。因此，要復活得先從精神體開始。

既然如此，他自然會想附在其他生命體上。

此外，若在眾魔王的居住領域復活肯定馬上被人發現，至今無人發現卡札利姆，我想他躲的地方應該不是魔王領土。

「也許是那樣吧。雷昂的攻擊連精神都能破壞。卡札利姆有辦法活下來，值得誇獎呢。還有，就連我們惡魔族要從靈魂狀態復活都得花上數百年的時間。妖死族更不用說，不太可能靠自己的力量復活。」

沒想到金居然認同我的看法。

跟惡魔族這種精神生命體不同，妖死族須仰賴肉體。因此，從星幽體復活需要一段時間，他能活下來已經是奇蹟了。

金的說明如上。

也就是說，可能有人在幫他。

背後似乎有某種關聯，但目前沒有其他可靠資訊。

「先這樣，總之，我們要假設卡札利姆復活，保持警覺。克雷曼被殺，我想他應該很恨我。」

「哇哈哈哈哈！利姆路，你比較強，沒必要擔心啦！」

「笨蛋，在這方面掉以輕心會打敗仗好嗎！」

我開口道，將蜜莉姆的話帶過。

一方面是提醒自己。

這次大獲全勝將克雷曼的勢力一掃而空，我想敵人暫時不會採取行動，但還是不能大意。只有我一個人就算了，現在的我可是有同伴要顧。

今後在防禦面要多用點心力，還要擬一些對策。

＊

閒談時間結束，會議再度展開。

充當司儀的克雷曼退場，由金當代表主持大局。

「本次議題為卡利翁背叛，還有那邊那個利姆路崛起，這些問題都解決了。卡利翁沒有背叛大家，利姆路展現配當魔王的力量。我個人認為會開到這邊就行了，但機會難得，有人要發表意見嗎？」

似乎一直在等這句話，芙蕾出聲了。

「可以讓我說一下嗎？現在會開到一半正好，我有個提議，該說是請求才對？」

「無妨，說說看。」

見金應允，芙蕾點頭續言：

「我從今天開始將追隨蜜莉姆。基於這點，我要讓出魔王寶座。」

接著她丟出這顆震撼彈。

「喂喂喂，怎麼突然說這種話？」

「等等，芙蕾！這件事我怎麼都沒聽妳說過？」

「是的，我一直沒提。可是，我已經想很久嘍。」

芙蕾說著便瞇起眼睛，看向遠方。

●

芙蕾回想。

她當時在跟蜜莉姆交談，這次談話促使芙蕾下定決心，決定相信蜜莉姆。

「問妳喔，芙蕾，可不可以跟我當朋友？」

「——為什麼問這個？」

「因為我交到利姆路這個朋友！朋友真的很棒。有困難會互相幫忙！」

「哎呀，是嗎？吶，蜜莉姆……如果妳願意幫我的忙，我可以當妳的朋友喔。」
「真的嗎！那我當然要答應妳啦！」
「哎呀，真教人開心。可是，我為人比較小心謹慎，若妳願意遵守『約定』，我就相信妳。」
「我知道了！這樣我們就可以當朋友！」
芙蕾不相信克雷曼，所以她選擇相信蜜莉姆，可以確保自身安全，另一方面，她還假裝接受克雷曼的提議。
假如蜜莉姆沒有遵守約定……
要是蜜莉姆真的被人操縱……
雖然對此不安，芙蕾還是在蜜莉姆身上下賭注。
最後，她賭贏了。
這就是原因。
讓芙蕾下定決心相信蜜莉姆，決定追隨她。
孤高的女王從不相信任何人，這是她第一次對他人報以信賴。

●

芙蕾好像回想了些什麼，只見她偷笑，之後用充滿決心的語氣開口道：
「總之，理由一言難盡。不過最重要的原因，是我認為自己太弱，不配當魔王。看完剛才的戰鬥更加確定，要是我跟克雷曼對戰，好一點頂多打成平手。更何況克雷曼覺醒，怎麼打都打不贏吧……」

「可是芙蕾，妳不是擅長在空中打高速飛行戰嗎？用不著如此看輕自己吧？」

達格里爾替她說話，但芙蕾似乎心意已決。

「的確，在空中戰鬥對我比較有利。可是這不是當魔王的藉口。再說我也知道，有些時候光只是有利還不夠──」

說到這兒，芙蕾朝我偷看一眼。

接著她繼續把話說下去：

「──所以，我決定去當蜜莉姆的部下。還有，蜜莉姆總不能一直耍任性吧？也該想想要怎麼經營自己的領土不是嗎？」

也就是說，芙蕾說這話不光為了自己好。

蜜莉姆確實很危險，不能放著不管。的確需要某個人監視她，從旁輔佐。

芙蕾她自認不足，但在我看來並沒有那麼弱。該說她跟克雷曼是不同類型的策士，讓人摸不清想法，有點可怕。

總之，她是那種會讓人覺得「女人很可怕」的典型代表人物，才覺得她特別恐怖吧。

話說回來，若這件事成真會怎樣？

不當魔王，而是以隨從的角度出發，她的戰力肯定配得上蜜莉姆，這點毋庸置疑。

蜜莉姆名下似乎沒有國家，但芙蕾成為她的部屬，她是否會有領地。

到時勢必要跟蜜莉姆的國家建立邦交，有芙蕾在或許交涉起來會比較複雜。

不過，這樣才有趣。

「如何，妳願意接受這個提議嗎？」

芙蕾說著說著就看向蜜莉姆。

「可、可是，我從來不收領民……」

蜜莉姆不知所措。

正當她想回絕這個提議時——

「等一下。關於這件事，本大爺也有話要說。」

拿這句話開頭，卡利翁加入她們倆的話局。

「本大爺也是，跟蜜莉姆單挑輸給她。做人要乾脆，我想向她投降。名義上來說，魔王的地位同等。對手是勇者另當別論，但本大爺輸給同為魔王的人，應該要退位才對。所以啦，本大爺繼續當魔王說不過去。就是這樣，本大爺從今天開始當蜜莉姆的部下。請多指教，老大！」

這邊這個直接無視她的個人意願。

對眾魔王來說力量就是一切，這個道理我不是不懂。可是……

蜜莉姆沒收任何部下，不會遭部下反對。可是兩名現任魔王直接入她門下，這樣說得過去？

「等等，卡利翁！單挑事件是克雷曼搞鬼！我被人操縱。那件事跟我無關！」

這是在詭辯吧。

我認為這種藉口行不通喔，蜜莉姆。

其他魔王也傻眼地看著她。

「妳這傢伙，少裝蒜。剛才還親口說『要支配我是不可能的事！』，說得理直氣壯耶！」

卡利翁學人家講話學超像，將蜜莉姆的話重現。原來他意外地多才多藝。

「唔？這、這個嘛……」

「沒關係，別管那個頭腦簡單四肢發達的笨蛋，妳願意收我吧，蜜莉姆？」

「妳、妳說那種話，是想讓我受騙上當吧？當我的部下或臣子，到時就不能沒大沒小地聊天吧？再也不跟我一起玩，不會陪我惡作劇吧？」

聽蜜莉姆這麼說，芙蕾搖搖頭。

「不，這樣我們就能永遠在一起，可以一起做更多好玩的事喔。」

她開始用這些話對蜜莉姆洗腦——唆使她。

看吧。就是這種地方讓人大意不得。

至於卡利翁，很有他的個人風格，單刀直入說：

「說到底，原因都出在妳把本大爺的國家打爛啊！利姆路先生答應要幫助我們，但妳也有撫養我們的義務！」

應該沒那種義務啦，可是蜜莉姆碰到大道理就沒轍。

卡利翁那傢伙，意外地老謀深算。

蜜莉姆似乎著了卡利翁的道，人都快昏倒了。後來她好像懶得去想這些，終於大爆發。

「煩耶——！我知道了啦。隨便你們啦！」

有如火山爆發，蜜莉姆的頭開始冒煙，她放棄思考了。

不愧是蜜莉姆。

看起來很聰明，其實不愛動腦。

「卡利翁，你真的願意嗎？」

「是啊。本大爺想了很多。本大爺不打算從獸王國退位，只是想追隨蜜莉姆，建立新的體制。」

金朝卡利翁提問，卡利翁則給出明確答案。

「我很中意你。再過個幾百年你也會覺醒吧，我本來很期待呢。」

金用鼻子哼了聲，遺憾地說著。

不過他立刻露出笑容，發表宣言：

「好吧！從現在開始，芙蕾跟卡利翁就不是魔王了。你們就順從自己的渴望，去侍奉蜜莉姆吧。」

金的宣言一出，他們兩人便正式從魔王之位卸任。

在場眾人似乎都沒有意見。

當然，我也沒意見。

就這樣，我正式當上魔王、獲得認可。同時另一名魔王消滅，兩名退位，去當魔王蜜莉姆的直屬部下。

十大魔王就此變成八大魔王。

*

還以為會議到此結束，結果似乎還有一個問題等在那裡。

我不經意說出一句話，事情就從這兒開始。

「對喔，這樣就不是十大魔王了。」

這句話將眾魔王點醒。

「真讓人煩惱啊。事關威嚴，得想新的名稱才行。」

達格里爾這麼說。

咦？有這麼重要？

「幸好魔王盛宴還沒散會。所有的魔王齊聚一堂，或許能激盪出不錯的點子。」

連開不起玩笑的瓦倫泰也不例外，極其認真地接話。

喂喂喂，名稱那種東西用不著這麼慎重吧。

放著不管，人類就會擅自幫我們取名啦。

「之前搞得焦頭爛額。每次要決定名稱又增增減減，結果魔王盛宴開了好幾次——」

咦！就為了這種無聊小事，特別召開魔王盛宴？

我記得菈米莉絲說得很誇張，說這是魔王必須全員到齊的特別會議……不對，一開始好像只是單純的茶會？

總覺得變得隨便怎樣都好了。

「對啊。之前的『十大魔王』稱呼也是，最後是人類自己叫的嘛？枉費我們想得那麼拚命。所以我不行了。沒力氣想啦——」

不不不。行不行是其次，你只是懶得想吧。少在那亂講，講得好像你以前很認真想一樣。

「肅靜，各位。你們只是在抱怨，完全沒提有建設性的意見啊！」

「說這什麼話，瓦倫泰。妳這麼會講，還不是把工作全推給羅伊。」

瓦倫泰展開吐嘈，道出我的心聲，卻被迪諾一語道破。跟蜜莉姆和菈米莉絲不同，懶歸懶嘴巴卻很厲害。

話說只是想個名字，幹嘛花那麼多時間。應該說，他們好像是講真的，其實魔王很閒……？

打聽之下才知道，上次定名居然想好幾年，結果想到一半，人類就稱他們「十大魔王」。取名理由在於魔王人數的增減，只要想出好的稱呼，他們似乎就會隨之調整魔王人數。

最後他們就對外用這個稱呼了，並不是因為每個人都接受了才這麼叫。

這訊息真是不痛不癢。

「你們幾個，都給我冷靜點。像這種時候，我們就要拿出平常沒有的團結精神共度難關！」

直接道出他們平常一點都不團結。

金這麼一說，菈米莉絲開始自言自語。

「咦，可是……那這次是，八大——」

話雖這麼說，那句呢喃在周遭的無聲壓力下銷聲匿跡。

她重新拿別的話搪塞：「對啊。剛才金說得真棒！大家一起努力吧！」

眾人似乎一致否決八大魔王這個稱呼。

不過，這不代表大家很團結。

「哇哈哈哈哈哈！這項任務就交給你們了！」

「我好累。來去睡。」

要不了多久，完全不合群的傢伙陸續出現。

雖然早就料到了，但他們真不愧是魔王。

我想說要他們團結應該是不可能的任務，還真的被我猜中了。

接著，有人出面打破如此尷尬的氣氛。

這個白目男就站在我身後。

「哦？如果是這件事，我的朋友利姆路很擅長喔！」

是維爾德拉。

開始覺得無聊的維爾德拉似乎想早點回去，竟然說出這種話。

嘖，眾魔王的視線全都集中到我身上。

與其來這亂講話，還不如去看漫畫吧你。咦，是說他看完了嗎？最後一集。

蜜莉姆一雙眼死盯著那個維爾德拉看，不，是維爾德拉手上的漫畫。那雙眼比盯上獵物的老鷹還要銳利，害我產生強烈的不祥預感。

不過，現在好像不是擔心那種事的時候。

認同維爾德拉的人出現了。

是菈米莉絲。

「說到這個，我的貝瑞塔也是他火速取名喔！」

她亂扯這些，把燙手山芋丟給我。

這傢伙……對我愈來愈隨便。隱約透露她有愈來愈依賴我的傾向。

我不經意轉頭張望，其他魔王的眼神也充滿期待。

糟糕。已經形成包圍網了！

魔王們默默地互使眼色，金則代表大家起身。

「今日利姆路以新魔王之姿崛起，我想賜你很棒的特權。」

「啊，不用了，我不需要。」

我不讓他說下去，快刀斬亂麻趕緊拒絕。不過，我好像想得太美好。

鏗咚！一聲，伴隨巨響，散發黑曜石光澤、看起來很高級的大圓桌被人一分為二。

金帶著笑容，無視我的拒絕續道：

「當然需要啦。替我們取新稱謂的權利，就獻給你了。這是天大的榮譽，想必你願意接受吧？」

他踩著悠然的步伐走到我身邊，摸摸我的臉頰宣示。

這算在撒嬌拜託嗎？

乍看之下柔情似水，那語氣聽起來卻有種不容拒絕的感覺。

我默默無語，不接受也不拒絕，打算行使緘默權，不過……

金開始用手指大力撫摸我的臉頰，邊咬我的耳朵邊對我耳語道：「話說回來，你讓人數減少就是造成該問題的元凶吧？你一定會負起責任，幫忙想名字吧？」

旁人看來就像戀人在對我撒嬌一樣，實際上並非如此。

這是威脅！

但事已至此，我實在沒辦法拒絕。

沒想到居然這麼麻煩……

算了。

「好吧，真是的。到時可別抱怨，說你們不喜歡我取的名字喔！」

我放棄掙扎，心不甘情不願接下任務。

魔王們笑容滿面，彷彿在說「太好了，這樣我們就放心了」。

甚至有人再要一杯茶，在那悠哉。工作都堆到別人身上，自己無事一身輕。

好啦，別管這些傢伙。

我們是八魔王，其實取八大魔王也不錯……不，好像太過直白。

剛才菈米莉絲說到一半的詞應該是八大魔王，不要用這個好了。畢竟在那瞬間，來自其他人的壓力異常強大，示意她別再說下去。被那種頗具威脅的視線盯視，連我都撐不住。

別用八大魔王這個稱呼。

那麼……

對了，今晚是新月。

夜空中繁星閃耀非常漂亮──

「叫『八星魔王（Octagram）』如何？是說靈感來自八芒星啦。」

此話一出，沉默跟著降臨。

魔王們紛紛閉上眼睛，開始咀嚼這個字眼。

緊接著，大家一起睜開眼簾。

「就這個吧。很好聽。」

「這樣就贏定了！新時代來臨！」

「果然沒錯！我相信利姆路一定能辦到！」

「真有一套，不愧是維爾德拉推薦的人選。」

「哦。感覺還不賴，我就稍微認同你吧。」

「居然瞬間想到！好厲害。上一次我們那麼辛苦不知道在辛苦什麼！」

「……嗯。」

看樣子沒人反對。

太好了。要是有人反對，我打算叫他想名字呢。

雖然不曉得蜜莉姆要跟誰比、在贏些什麼，讓人有點在意，就別深究了。

還有迪諾，我才想問。你們之前到底在討論什麼鬼……

某些人的感想讓我萌生諸多疑問，但這裡就靠大人的裝傻功努力帶過。

就這樣——

從此刻開始，魔王們將帶著全新稱謂問世，受世人敬畏。

*

人稱八星魔王（Octagram）——

惡魔族——「暗黑皇帝（Lord of Darkness）」金・克林姆茲。

龍人族——「破壞的暴君（Destroy）」蜜莉姆・拿渥。

妖精族——「迷宮妖精（Labyrinth）」菈米莉絲。

巨人族——「大地之怒（Earthquake）」達格里爾。

吸血鬼——「夜魔女王（Queen of Nightmare）」瓦倫泰。

墮天族——「幽眠支配者（Sleeping Ruler）」迪諾。

人魔族——「白金劍王（Platinum Saber）」雷昂・克羅姆威爾。

還有我。

妖魔族——「新星（Newbie）」利姆路．坦派斯特。

——以上共八名。

自今日起，新的魔王時代來臨。

首先要分配領土。

我的領土是朱拉大森林全境。

這可是大優待。

不過，蜜莉姆更厲害。

芙蕾、卡利翁和克雷曼的領土整合在一起，全由蜜莉姆控管。

話雖如此，讓她控管只是名義上。

領土的營運工作由卡利翁及芙蕾、信奉蜜莉姆的祭祀龍之子民包辦。

此外，原先屬於克雷曼的領地之於東方帝國正好形成緩衝地帶。必須調查克雷曼如何管理，構築防衛線。

感覺這份差事不容易，既花時間又耗人力。不過，那是蜜莉姆他們該操心的事，我想優先處理自己手邊的工作。

其他魔王的領土沒有變動。

有人名下無領土四處流浪、有人將領土隱藏起來，或者居住在其他大陸上，諸如此類。差不多這樣，大家的所在地不清不楚，就算出現變動也沒概念。

這些魔王我行我素，但有自己的聯絡手段。

來自做為魔王證明而得到的「戒指」的功能之一。不只可以證明本人身分，還可以跟其他魔王進行「超時空通訊」。

甚至有私人的祕密通話功能，還有好幾個人一起對話的團體對話機能，是相當便利的魔法道具。有了這個戒指——魔王戒指，從「無限牢獄」中通話似乎也不成問題。因為它太方便，我以後想將它「解析鑑定」再量產，但這可是祕密。

繼克雷曼的陰謀——森林騷動之後引發一連串事件，這些事件終於落幕，我獲得認可，成為新的魔王。

克雷曼的主子——卡札利姆令人在意，但魔王的相關問題都解決了。

——就這樣，我成為八星魔王的一員。

ROUGH SKETCH
魯米納斯
女僕版
迪諾
瓦倫泰

終章

神聖之地

Regarding Reincarnated to Slime

還以為自己會丟掉小命——懷著這個念頭，拉普拉斯拚命逃亡。

按計畫走，魔王盛宴一開辦，他就試著入侵聖地。打算前往上次遇到魔王的「內殿」，拉普拉斯朝聖神殿內部的大聖堂去，不過……

他在那裡遇到最不想遇見的人。

那就是最強的美人「法皇直屬近衛師團首席騎士」兼聖騎士團長的坂口日向。

（搞啥！怎摸會這樣，跟原先說好的不一樣啊！）

拉普拉斯在心裡發牢騷，對象是人不在這兒的僱主。

該是說約定還是開會決定，最後談妥是僱主會負責約日向出去。

啊哈哈，抱歉抱歉！他彷彿聽到僱主隨性的道歉聲。當然這是幻聽，但拉普拉斯很不爽。

話雖如此，現在不是為此抱怨的時候。

「竟然潛入這種神聖之地，臭蟲就是討人厭。」

一聽到日向冷著聲說出這句話，拉普拉斯嚇個半死，他毫不猶豫地選擇逃亡，順利逃過一劫。

哪還有心思前往「內殿」，作戰失敗。

不過，這不是拉普拉斯的錯。

（難得魔王瓦倫泰外出不在，但那個女人留守就沒戲唱啦……）

「那種怪物，怎摸可能打得贏啊——」

拉普拉斯碎碎念，他早早放棄，決定先撤退。

話說回來……拉普拉斯思考著——

最近好像老是逃來逃去耶。

能逃離日向的魔掌已經很強了，他想稱讚自己，卻覺得很不是滋味。最近運氣很背，最好別自我感覺良好，以為這樣就能逃掉——

拉普拉斯的思緒正好轉到這兒。

只見聖都外圍的空間出現扭曲現象，從中傳出強大的魔力波動。

「咦……不會吧……」

窩完蛋了啦——拉普拉斯好想哭。

這反應已經超越高階魔人，顯然是不同層次的強者。不僅如此，拉普拉斯還對那波長有印象。

「雜碎。竟敢再次出現在余的面前！」

魔王瓦倫泰燃起熊熊怒火，他的怒吼傳遍四面八方。

「可惡！這次換魔王來！」

真是衰斃了，拉普拉斯好想為自身不幸感嘆。不過，現在沒空做那種事，他再次打算馬力全開試圖開溜——

「哼！雜碎全都一個樣。這麼喜歡逃跑？」

——霎時間，瓦倫泰的話讓拉普拉斯覺得奇怪，他停下腳步。

「什摸意思？」

「哼，雖然跟你無關，但余就告訴你吧。就在剛才，魔王克雷曼死了。那隻愚蠢奸詐的雜碎跟你一樣，四處逃竄。還難堪地哭叫。」

瓦倫泰不屑地嘲弄，道出這句話。

「你說什摸？」

「哈哈哈，有什麼好氣的？這件事跟你無關吧？」

「住口！喂，你說克雷曼死了，這件事素真的？」

「哈——哈哈哈！雜碎，你說溜嘴啦。你們果然是同夥。一切都如魯米納斯大人所料！」

看瓦倫泰哈哈大笑，拉普拉斯愣住。

克雷曼死了，他一時間難以置信。

其實並非難以置信，是他不願相信。對拉普拉斯來說，克雷曼雖然有點神經質，卻是志趣相投的夥伴，還是他的好友。

「你笑什摸，混帳！」

「雜碎，你在對誰……咕唔——！」

「王八蛋！不准笑窩的朋友！」

活活打死。

用這個字形容再合適不過，拉普拉斯的拳頭沒有停下。

「唔，少得寸進尺，雜碎！」

瓦倫泰因憤怒和屈辱漲紅臉，瞪著拉普拉斯大叫。

對手是擁有「超速再生」的瓦倫泰，不管怎麼打都沒用。愚蠢之人必須死，接受制裁。瓦倫泰心想。

他無意擦拭噴出的鮮血，不，是把那些血變成紅色血霧，朝四周擴散——

「去死吧，血刃閃紅波！」

——處在不容反抗的鮮血結界中，鮮血粒子砲朝無處可逃的拉普拉斯逼去——卻沒有如願。

「沒用的。你死定了。」

「——唔！」

瓦倫泰一時間反應不過來。擁有強大力量的他居然被低等雜碎捉弄。本想用最強的必殺技取他性命，奇怪的是，技能沒有發動。

今晚確實是新月夜，是身上力量最低落的日子。但來到魔王等級，這點差距只是誤差罷了。些許弱化並不構成影響。那麼，合理的解釋只有一個。

拉普拉斯很強。

這理解相當正確。

拉普拉斯手裡拿著一樣東西，那樣東西在跳動。

「——唔！」

「沒錯。這素你的心臟（核心）。你動彈不得，連聲音都出不來吧？這都素窩的傑作。」

他殘酷地宣告。

不知不覺間，瓦倫泰的身體開始瑟瑟發抖。就好像……

（這是恐懼？余在害怕？）

「你發現得有點晚呢。對。窩很強的。」

瓦倫泰一張臉血色盡失，露出絕望的表情。

拉普拉斯手裡拿的東西，確實是自己的心臟，驚覺此事的瓦倫泰知道自己會輸。

看對方露出那種表情，拉普拉斯笑得很瘋狂，將心臟捏爛。

勝負瞬間揭曉。

拉普拉斯笑個不停。

——啊啊，福特曼一定會氣炸。

他邊笑邊殺發現自己的衛兵，將他們殺個精光。

——啊啊，蒂亞一定會哭吧。

埋頭直衝，試圖逃跑。

——所以，窩要笑。

他心想「你真素一個大傻瓜」，只有拉普拉斯嘲笑克雷曼。

因為他認為，這才是送「狂喜小丑」上路最棒的方式。

他不怒、不哭。

代替再也無法發笑的朋友，拉普拉斯笑了出來。

ROUGH SKETCH

後記

好久不見！
跟上一集相隔五個月，為大家送上《關於我轉生變成史萊姆這檔事》第六集。
再來按照慣例進入後記時間。
這次再度跟編輯I氏交手，展開寫與不寫的壯烈戰爭。

寫第一集的時候，I氏很溫柔。
「若你真的討厭寫後記，不寫也沒關係喔～！」
「這樣啊，謝謝！我不知道該寫什麼才好，很不擅長寫這個，這句話救了我！」
當時曾有過這樣的對話。

可、是！

這次——
「我已經試排頁數了，後記好像有八頁！」
「啊？八頁，這樣太多了吧？」

我說啊，後記排到八頁，太亂來了啦。

我當然會有疑慮啦。

「哎呀，沒辦法嘛。因為裝訂的關係，要是刪減空白頁，整篇後記就沒了。」

「啊。那就不要寫——」

「不行啦，你說這什麼話？後記不寫不行。」

第一集明明說不寫也沒關係的，那個溫柔的編輯I氏已經不見了……

不，確實我也對於自己喜歡的小說後記很樂在其中，但換自己寫就馬上加入不寫也沒關係派。

根據不同立場自由自在變換想法，這是我的特技之一——根本不行嘛——我發動這項特技，試著說服I氏，不過……

「就算增加頁數，我也要逼你寫！說什麼不寫後記，沒有這個選項給你選！」

在編輯一喝之下，不寫後記的路被人給斷了。

我知道講再多也沒用就放棄掙扎，經過無數次交涉，終於成功扣掉一些頁數。

哎呀，不過呢。

每回都要上演的橋段又來了——

「這次的頁數好像又會多一點點……」

「沒關係，不要在意快寫！」

有這個插曲，還要叫我寫後記。

我一直很擔心頁數增加的事，結果那些擔心是多餘的。

本篇的頁數明明暴增一大堆，後記頁數卻還要追加。

編輯I氏真的好瘋狂。

順便提一下，我提出初稿後，I氏的感想如下。

「〇〇的片段好像沒了，發生什麼事了？」

「沒啦，因為頁數暴增太多，我只好忍痛刪掉！」

「不行吧？這個片段一定要放！」

「不，可是，其他不好刪……」

「真是的，不用去想刪減的事！寫就對了。《史萊姆》一直都是想寫多少就寫多少！」

曾經發生過這樣的對談。

結果初稿寫好的時候，分量為以往最多，多將近一萬字。

因為是兩段式排版，所以聽說本來字數就是GC系列輕小說裡最多的了，這次更連頁數都躍升第一。

「這下刷新紀錄了！」

編輯I氏這麼說。

他的目標是放多遠啊。

經歷一番風雨，第六集終於出爐。

這本第六集號稱厚度是史上最高的，希望大家看得開心。

接下來，我也想針對內容部分稍為做點探討。

第二集有提過，我看書先看後記。

所以接下來自然會有劇透，請大家讀之前做好心理準備！

*

第五集後記也有提過，這次依然加筆不少。

看目錄就一目了然，利姆路來到這一集將獲得認可，成為名符其實的魔王，寫到「八星魔王」誕生為止。

網路版第四章的「魔王誕生篇」，以分別收錄於第五集和第六集的形式呈現。

有鑑於這個「魔王誕生篇」的文量少到無法填滿第五集，可想而知大部分的內容都是後來加寫的。

這部分有跟編輯I氏做些互動，內容就如第五集後記提到的那樣。

為了不讓人說這是跟可爾必思加水稀釋一樣灌水，我做過一番努力。

就是這麼一回事，至於這集……

還是老樣子，登場人物很多。

有看過網路版的姑且不論，只看書籍的人或許會很吃力。

可是仔細想想，文字數比一般文庫版兩集加起來還要多，所以人數應該不至於算太多。

大家想看插圖吧——基於這點，這次也拜託みっつばー老師努力畫！

十大魔王——咦？有十一人？好奇怪喔——齊聚一堂，成品相當帥氣。

說到這個，みっつばー老師好像跟編輯I氏為女性角色的胸部大小做過激烈爭執，但這部分我沒有參與。至於這場爭辯的結果是否有反映出來，大家直接看成品插圖做判斷吧。

喔喔，離題了。

就是這麼一回事，有了美美的插圖，就算角色變多想像起來仍算簡單。

再來看跟網路版的差異在哪，可以說只有大綱勉強對應吧。

話說回來，可能某個角色的行動目的完全變調，或者設定做點變化，光看細部其實改變滿多的。

要找網路版相對應的原始橋段應該滿難的呢。

今後這些細微變動或許會愈積愈多，變成截然不同的故事。

話雖如此，我還是打算保住大綱，但結果如何寫了才知道。

這樣的《關於我轉生變成史萊姆這檔事》，今後還請大家多多指教。

＊

那麼接下來要替後記做總結，我想寫些感謝的話語。

給每次都幫忙畫美麗插圖的みっつばー老師。

看完角色設定草稿，某些角色圖甚至取代我心中的想像。

接受刺激真是件好事！
往後還會有更多新角色出場，請多指教。

再來是負責繪製漫畫的川上泰樹老師。
還有漫畫編輯U氏。
你們一一回應我的任性要求，真的很感謝。
這次也拜託你們幫忙介紹，多謝你們爽快應允。
咦，你是想降低後記的頁數吧？
這話什麼意思，我完全聽不懂。

還有每次都和我一起討論的編輯I氏。
您的意見對我來說非常寶貴。
無法讓編輯認同的作品，大多數的讀者也無法認同吧。
望您今後繼續對我直言，實話實說！

給負責校稿、設計，以及參與本書製作的所有人員。
特別是校稿的同仁，校這麼多的字肯定很辛苦。
大家辛苦了！

最後要給買了這本書的讀者們，我會繼續努力，讓大家今後也能快快樂樂看《關於我轉生變成史萊姆這檔事》。

那麼，我們下集見！

漫畫發行紀念　漫畫特別篇

畫：川上泰樹

蕾絲髮帶

來擺個姿勢。
這樣也很可愛…!!
利姆路已經看開了…!

八男？別鬧了！
6
Y.A
Kadokawa Fantastic Novels

Kadokawa Light Novels

軍武宅轉生魔法世界，靠現代武器開軍隊後宮 1~4 待續

Kadokawa Fantastic Novels

作者：明鏡シスイ　插畫：硯

為了拯救前來求助的高等精靈公主，
這次將推翻王國毀滅的預言！

高等精靈王國第二公主麗絲與她的親衛女僕席雅出現在琉特等人面前。她們的王國被預言將在一夜之間毀滅，能拯救此危機正的是手持「不可思議筒狀武器」的勇者！敵軍是多達萬人的龍人士兵——「軍武宅」琉特將與同伴們一起穿越陰謀重重的戰場！

各 NT$200~220/HK$60~68

台灣角川

國家圖書館出版品預行編目(CIP)資料

關於我轉生變成史萊姆這檔事 / 伏瀨作；楊惠琪譯
. -- 初版. -- 臺北市：臺灣角川, 2016.05-
冊； 公分
譯自：転生したらスライムだった件
ISBN 978-986-473-104-6(第3冊：平裝). --
ISBN 978-986-473-197-8(第4冊：平裝). --
ISBN 978-986-473-305-7(第5冊：平裝). --
ISBN 978-986-473-377-4(第6冊：平裝)

861.57 105004989

Kadokawa
Fantastic
Novels

關於我轉生變成史萊姆這檔事 6

（原著名：転生したらスライムだった件 6）

2016年11月28日　初版第1刷發行
2023年9月22日　初版第12刷發行

作　　者：伏瀨
插　　畫：みっつばー
譯　　者：楊惠琪

發 行 人：岩崎剛人
總 編 輯：蔡佩芬
編　　輯：黃怡珮
美術設計：宋芳茹
印　　務：李明修（主任）、張加恩（主任）、張凱棋

發 行 所：台灣角川股份有限公司
地　　址：104台北市中山區松江路223號3樓
電　　話：（02）2515-3000
傳　　真：（02）2515-0033
網　　址：www.kadokawa.com.tw
劃撥帳戶：台灣角川股份有限公司
劃撥帳號：19487412
法律顧問：有澤法律事務所
製　　版：尚騰印刷事業有限公司
ＩＳＢＮ：978-986-473-377-4